福妻無雙 2

風 文創 466

暖日晴雲 著

目錄

第二十九章

榮華堂裡，寧念之和寧寶珠湊在一起，唧唧咕咕地說話。唐嬤嬤剛來府裡，又擔心趙氏有別的企圖，就沒跟過去。

趙氏抓住機會，問馬欣榮：「再幾個月就是霏兒的及笄禮，妳可想好了怎麼辦？」

不是為了婚事啊，沒猜對。

馬欣榮有些可惜，但臉上不露分毫，帶著笑容問道：「娘有什麼安排？」

當年，寧博怕兒子受欺負，所以挑選繼室時，沒選家世特別好的，趙氏娘家人的官職，最高不過是六品通判，還遠離京城。這會兒閨女及笄，想邀身分高的人來，她出面有些不夠看，只好找上馬欣榮。

「聽說，這段時日大長公主身子還好？」趙氏有求於人，態度好得不行，還親自將點心盤子推給馬欣榮。

馬欣榮心下好笑，面上卻不顯。「兒媳回京不久，和大長公主沒多少交情，瞧咱們府裡送年禮的單子，好像也和大長公主府沒什麼來往呢。」

趙氏臉色沈了沈，但隨即又露出笑容。「霏兒的及笄禮，若大長公主能來，說出去，妳面上也有光是不是？雖說離念之及笄還有十年，但咱們先和大長公主府交好，日後對念之也有幾分好處。」

馬欣榮聽了，為難道：「娘說的，我都知道。大長公主是皇親國戚，和當今皇上一母同胞，若真能請到她，日後咱們府裡和大長公主府來往，也是一條路。可……」

趙氏擺擺手。「以前呢，妳不在京城，我老胳膊老腿兒的，沒怎麼出門；妳弟妹又是個棒槌，在自家管管事還行，出門就不行了，這才沒和公主府來往。

「可現在咱們不一樣了，妳回來，府裡有了名正言順的管家夫人，誥命封賞也下來了，在京城裡算是有一席之地。妳出面，這情況就不一樣了。」

趙氏把馬欣榮捧得高高的。「看在妳的分上，大長公主也要給幾分面子，妳說是不是？」

馬欣榮心裡搖頭，這個真不好說，鎮國公聽來是挺威風，可這之上，還有郡王、親王呢。大長公主可是皇上的胞姊，當年為了弟弟的皇位，違心嫁給不喜歡的人，年輕時是受過苦的。因此，自皇帝登基後，大長公主的地位便步步高升，連皇后都不敢違逆她的意思。

但大長公主聰明，從不在前朝給皇帝添堵，也不去後宮為難皇后，藉口身子不好，甚至不怎麼出門，安安靜靜地在家享福。

馬欣榮想想，還真沒什麼本事能讓大長公主對她刮目相看。

「兒媳瞧著不好辦。前些年，寧王的大孫女及笄，都沒能請動大長公主，兒媳不敢和寧王妃比肩。」馬欣榮笑著說道。她可不是被人捧兩句就要飄起來的人。

趙氏皺眉。「這事若是成了，將來妳妹妹說不定就是寧王世子妃了……」

寧霏聽見，在旁邊咳嗽一聲，滿臉通紅。

馬欣榮轉頭過來，臉上笑容更盛。「是嗎？我都不知道，原來妹妹已經和寧王世子訂親了？」

趙氏皺眉。「妳就見不得妳妹妹好是不是？這不是擺在眼前的機會嗎？若咱們能抓住，日後妳妹妹自然飛上枝頭；若咱們沒抓住機會，京城裡想成為寧王世子妃的人可不少。

「咱們家霏兒雖然說長相好、出身好，規矩、禮儀也好，在京城是出了名的才女，但也沒十足把握。若霏兒的及笄禮辦得夠大，能得長公主兩句誇讚，寧王那邊還能拒絕得了嗎？」

馬欣榮搖頭。「想辦個盛大的及笄禮，兒媳還是能做到的，但邀請長公主這事，兒媳實在沒把握。不如娘親多提幾個人選，萬一……」

趙氏有些生氣了。「要連這點小事都辦不好，妳這國公夫人是不是太沒用了？妳自己說說，自從回來管家，我讓妳做過幾次事？」

馬欣榮不說話，趙氏更是氣悶。「什麼是當家夫人？妳以為每天看看帳本、管管下人就完事了？若真是這樣，妳弟妹也管家好些年，妳出去問問，看誰說她是咱們國公府的當家夫人？

「以前妳不管家，一回來，大家提到國公府，誰不是先提妳？就是辦個宴會，請的是不是妳？如果當家夫人不能為家裡分憂解難，妳有什麼資格作這個家的主？」

說著，趙氏猛拍茶几，茶杯跳動了兩下。

馬欣榮趕緊恭敬地起身。「是兒媳想得太狹隘了，請娘息怒。」

趙氏揉額頭。「我知道，寧震不是我親生的，你們夫妻倆心裡防備我。可妳也不想想，霏兒是咱們寧家的姑娘，說出去也是嫡女，她嫁得好，以後念之還用愁嗎？若霏兒嫁得不好，念之臉上就有光？

「我的確不怎麼喜歡妳，卻還不至於用霏兒的事來為難。辦砸了差事，壞的是霏兒的及笄禮，妳以為我轉不過這個彎嗎？」

趙氏真生氣了，自以為她這個繼母當得還算不錯，沒弄死寧震，也沒挑唆寧博和兒子離心，甚至還給寧震娶了他喜歡的人進門。結果倒好，這夫妻倆都將她當敵人看了。就是老爺子，嘴上不說，她也知道，心裡是防備她的。

有時候，趙氏想著，不是防著她嗎？那她索性真做點什麼，也不辜負了他這番防備。今兒伸手從公中撈一筆，明兒求著他給寧霄弄點好處，隔三差五的，好噁心噁心寧震夫妻。

可寧霏是她唯一的閨女，及笄禮是大事，她絕不允許出錯。大長公主的身分雖高，馬欣榮或許請不到人，但試都沒試，怎麼就堅定地認為不可能呢？

趙氏又氣又怒。「我看，妳根本是不想出力！」

馬欣榮不知道趙氏心裡也憋著委屈，只能苦笑，上前一邊給趙氏揉胸口、一邊解釋。

「娘，不是我不想出力，只是咱們府裡和大長公主實在沒半點交情，我想著，是不是求寧王妃，讓她出面牽牽線？但您又說妹妹和寧王世子……這就不好找寧王妃出面了。

「要不這樣，咱們可能請不來大長公主，但我娘家大嫂和大長公主的兒媳有來往，我去問問她？」

趙氏氣不順，大長公主的兒媳和大長公主能一樣嗎？

馬欣榮見趙氏還是不高興，腦袋轉轉，立刻又換個人選。

「若您非得請皇親國戚，那端王妃如何？」

趙氏聽了，譏笑道：「這會兒妳不說沒來往了？以為皇親國戚是地裡的大白菜，任由妳挑選？」

「娘，聽您說的，雖然端王府跟咱們府裡沒來往，但七彎八繞地，總能找到關係。大長公主和駙馬的感情不大好，除了大長公主的兒媳，咱們還真攀不上大長公主。」

總不好去求皇后吧？再說，就是求皇后，也不一定有結果。

趙氏覺得馬欣榮不想出力，馬欣榮則覺得趙氏的目標太高，兩個人扯半天扯不攏。

原本寧霏還害羞，不敢插話，現在憋不住了。「大嫂，到底是做不成還是不願意，妳自己心裡有數！如果什麼事情都要娘親拿主意、要娘親出面，妳有什麼資格做寧家的當家夫人！」

「霏兒！怎麼和妳大嫂說話的？」趙氏皺眉斥了一句。

馬欣榮嘆氣。「妹妹，這事……算了，既然娘和妹妹堅持，那我先試試，若能辦成，自然皆大歡喜；若是辦不成，娘和妹妹也別抱怨，暫且別抱太大希望。」

又是捧、又是激的，要是今兒她不答應這件事，指不定這娘兒倆還會冒出什麼主意來，不如先應下。就像趙氏自己說的，她們娘兒倆肯定不願意看見及笄禮辦不成。

馬欣榮說了這話，趙氏的臉色才好些，抿口茶，又說起唐嬤嬤的事情。

「聽說唐嬤嬤是皇后娘娘身邊出來的？之前是皇后娘娘宮裡的女官？」

「是，娘娘給的恩典，日後唐嬤嬤就是念之的教養嬤嬤了。」

馬欣榮笑著說道，揉了揉寧念之的頭髮。「這丫頭從小跟著我待在白水城，規矩什麼的，都要從頭學起，不然，我就請唐嬤嬤順便教著寶珠了。她們姊妹倆作伴，說不定學得更快，是怕耽誤寶珠，這才沒提。」

她頓了頓，又道：「再者，她們姊妹倆性子不同，唐嬤嬤也說，要針對念之的性子來教，以後只能專心地盯著她了。」

趙氏點點頭。「既是如此，那妳得空了，多看看念之的規矩。另外，請先生的事情，女紅這邊，府裡針線房的師傅就不錯，妳覺得如何？」

「聽娘的，咱們家的姑娘，以後不用針線活養家，有興趣便多學點，不喜歡了就不學，沒必要請大家。」馬欣榮爽快點頭。

趙氏嗤笑一聲。「別小看了那位師傅，她是我花大錢從江南請來的，繡工出挑。我不奢望她們姊妹倆能成大家，學得兩、三分就不錯了。」

馬欣榮應了，見事情已經商議完，便帶著寧念之告退。

府外，悅來客棧門前，寧震凝視匾額良久，才跨步進去。

小二迎過來。「喲，客官是吃飯嗎？我們這裡有上好的飯菜，您想吃點什麼？」

「這裡可有位姓原的客人？」寧震挑眉問道。

小二立刻反應過來。「客官要找原老爺？客官是不是姓寧？」

寧震點點頭，小二忙伸手示意。「客官請隨我來。原老爺早交代了，若是寧公子上門，帶您過去找他。原老爺住在後面的冬梅院，往這裡走。」

從後門出去，一排排的小院子上掛著門牌，小二上前敲門，小廝看見是寧震，忙開大門迎接。那天晚上，正是這個小廝跟著原老爺的。

原丁坤正在喝茶，聽見外面有聲音，起身道：「鎮國公，久仰大名。」

「不敢，原老將軍是長輩，晚輩有禮了。」寧震忙行禮。

原丁坤笑著抬抬手，示意寧震落坐。「看樣子，你知道了我的身分。那東良……」

「東良還不知道。」寧震打斷他的話。「原老將軍，東良是我兒子，以前是，現在是，以後也會是我兒子。」

「血脈親情斬不斷。」原丁坤收起笑容。

寧震搖頭。「他是我從狼群裡找到的，說話吃飯、穿衣行走，都是我和內人手把手教導的，生恩不如養恩大。」

「他是我原家嫡長孫！」原丁坤微微皺眉。

寧震笑了笑。「原老將軍，這些年，東良可是在寧家長大，他叫我一聲爹，叫內人一聲娘。我家族譜上，也有東良的名字。」

原丁坤沈默，好半天才說道：「寧家養育東良多年，我甚是感激，但東良乃原家嫡長孫，我勢必要把他帶回去。這些年你們養育東良的消耗，我願十倍償還。」

寧震被氣笑了。「原老將軍以為是錢的問題？鎮國公府看起來像缺錢缺到要賣兒子的地步？」

「我並非這個意思。」原丁坤也反應過來，自己走了步臭棋，連忙解釋：「你們夫妻到底花費了心血，我若直接將人帶走，心裡難免不安……」

「原老爺，你不一定帶得走東良，先別說得太早。」寧震不客氣地打斷原丁坤的話。「如果我沒記錯，您是得了聖旨才進京，只能待半個月，再過十來天，就該走了吧？」

原丁坤點頭。「是，到時候，我想把東良帶走。」

「那是不可能的，原東良是我兒子，將來也只能在寧家長大。」寧震笑著擺擺手。「過了十來年，原老將軍才想到要找人，是不是太晚了？」

「鎮國公，原本我不想說的，畢竟這是家醜。可你對我孫子一番真心，我不說明，你定是捨不得放人，也不會安心讓我把人帶走。」

原丁坤沈默一會兒，嘆氣道：「說起來，這是十幾年前的事了，那時，東良才剛出生。東良的爹是我的嫡長子，出生時，他娘不小心摔了一跤，所以打小身子就不好。

「鎮國公也是武將，自是明白，我們這樣的人家，身子不好，便代表不能習武，不能領兵，將來也不能上戰場。」

原家和寧家不一樣，寧家從寧震祖父那代才開始打仗，家底也在京城，若寧震身子不好，大不了改走文官的路，可原家卻是世世代代駐守西疆。換句話說，西疆的軍權由原家家傳，原東良的父親身子不好，即代表著不能繼承原家。

嫡長子，卻不能繼承原家。

雖然原丁坤護著長子原康明，卻管不住下面人的心思。寧博這樣的人，在元配過世後還要續娶，更不要說原丁坤了，他不是什麼癡情種子，除了嫡妻，還有三、五姨娘。於是，內宅就有些亂了。

原丁坤不似寧博有魄力，他想著，長子不能繼承家業，那就等長孫。可其餘的兒子不知道，只覺得繼承人沒定下來，便代表著人人有機會。

原康明身子不好，天天被親娘周氏哀怨地盯著，又覺得對不起父親的期望，在有心人的攛掇下，遂準備離家出走，做出一番事業來。

按說，若是他自己走，就不會有後面那些事了。偏偏，他身子不好時看多了書，好的沒學會，倒是學了幾分書生癡情，被懷有身孕的嬌妻一哭，便瞞著家人，把她一塊兒帶出去。

這下正好，肥羊自己出了柵欄，將刀子送給那些庶弟們。

原康明不傻，遇上兩次行刺，便知道事情不對，忙帶著嬌妻回家。可出來容易，想回去卻難了，嬌妻連驚帶嚇，早產了。

後來，那些人引著原康明往西北走，繞到白水城附近，借騰特人的手，送原康明夫妻上了西天。原東良運氣好，早產難以養活，那些人不想再沾手，想著在大草原待到晚上，沒被野獸吃了，也要被凍死，遂沒管著小嬰兒。卻沒想到，原東良的命不是一般好。

其實，原康明離家出走沒幾天，原丁坤就派人出來尋，只是，他手下的人不是個個都願意將這沒本事的病秧子大少爺找回府。

「起初，我以為他們夫妻福薄，連孩子都沒留下來。」原康明夫妻的屍骨都沒保住，更不要說孩子，要麼是沒生出來就被兒媳帶走，要麼是生出來卻被野獸吃了。

「但又暗地派人找了幾個月，查遍新生的嬰兒，卻沒有任何發現，便放棄了。」

聽著這話，寧震忍不住抽了抽嘴角，孩子被狼群帶走，能找得到才怪。

所以，並不是他們之前想的，原家根本不重視原東良，沒讓人找，而是陰錯陽差，以為人死了，這才沒找。

「那你後來是如何得知消息的？」寧震皺眉。

原丁坤苦笑一下。「我中年喪子，不願再聽白水城那邊的消息，以至於錯過好多年，才知道寧家長子姓原……」

雖說他已經死心，以為人早死了，卻因此生出期盼。於是，去年得了聖旨，便提前一個多月上京，為的就是看看寧家的長子。

光看相貌，原丁坤即有幾分確定了，不過沒有證據，不敢認，只能派人回去打探原東良的身世，發現時間、地點都對得上，有十足十的把握，這才找上寧震。

「原老將軍有苦衷，我能體諒，但原家並非是好去處啊。東良從小跟著我和內人長大，白水城那邊可沒有什麼內宅爭鬥，就是寧家，也不會有為了爵位便謀害人命的事情。」即便他和寧霄不是一母同胞，他也敢保證，寧霄絕不敢，也絕不會做出這樣的事情。在原家，為了家業就害人性命，實在太不可思議了。

「如果原老將軍真為東良好，應該明白，在寧家，他才能過得更好。」寧震皺眉道。

原丁坤搖頭。「可在寧家，東良永遠只是個外人，就算上了族譜，也不能繼承你的爵位，他想出人頭地，只能自己慢慢打拚。

「若跟我回去，就不一樣了，他是原家嫡長孫，原家是他的，以後西城軍也是他的。我老了，總有一天，他會接管一切。」

他看向寧震。「你也是當爹的，應該明白，為人父母，總是希望兒孫能成就一番事業。」

就像寧震，寧博不疼他嗎？可不照樣送他上了戰場？大好男兒，若是只求平安，庸庸碌礙地活到死，那一輩子有什麼意思？又不是女兒家，安安生生長在後院，只等將來嫁個好夫婿。

男人要奉養父母，照顧妻兒，不能太沒出息。再者，原東良那孩子，被寧震夫妻教養得很好，性子裡又帶著幾分狼性，定不是那種懦弱膽小、一輩子縮在父母翅膀下的無能之輩。既然孫子有出息，那他願意給孫子更高的起點。

「長大是以後的事，現在東良還小。」寧震不為所動。

原丁坤再次搖頭。「十一歲，不算小了。再者，走不走，也不是你說了算，得看東良願不願意跟我走。」

寧震聞言，起身道：「原老將軍，該說的我都說了。我再說一次，東良是我兒子，以後永遠是我兒子。所以，您不要再白費心思，我不會讓他跟你走的。」

原丁坤沒出聲，跟著起身，目送寧震出門了。

他身邊的小廝見狀，忙靠過來。

「老爺，咱們是不是偷偷地將小少爺找回來？我已經打聽好，小少爺每天早上出門去書院，下午才回府。咱們中午把人接出來，神不知、鬼不覺地籠絡小少爺的心。到時候只要小少爺願意，寧家說的就是個屁。」

原丁坤皺眉道：「寧家好歹把東良養大，是東良的再生父母，你再對寧家不敬，就不用跟著我了。」

小廝趕緊認錯，原丁坤轉頭盯著門口，沈默了好一會兒，才慢悠悠地說：「不著急，再等三天。如果寧家那邊仍沒動靜，咱們再去找東良。

「畢竟，東良是他們家養大的，若在寧家不知情的情況下帶走他，東良心裡會有怨恨。我是要接孫子回去，可不是要帶個仇人回家……」

第三十章

寧震回到鎮國公府，便直接進了明心堂，把見原丁坤的事告訴馬欣榮。

「他們是想帶走東良？西疆那邊情況如何？」馬欣榮皺眉問道。

寧震搖頭。「還是和以前一樣，不過，大概好一點。北邊的騰特部落已經戰敗，對西涼有所震懾，不然，原老將軍也不會悠閒地在京城待這麼久了。」

「說起來，倒真是有緣分，我們家東良的姓是取自草原的原，沒想到，他本來就姓原。」馬欣榮頓了下，感嘆道。

寧震嗤笑一聲。「什麼緣分，不過湊巧罷了，難不成不姓原，要姓草嗎？不過……曹東良這名字也挺不錯的，不然就改成寧東良？」

正說著，門口傳來聲音。「我才不要改名字呢，我將來要娶妹妹，若是姓寧，就不能娶了。」

寧震還沒來得及氣人偷聽，便先被原東良的話氣著了。

「你個臭小子，我之前白說了嗎？你才幾歲就惦記著娶媳婦？我告訴你，想都別想，你和念之是兄妹，一輩子都是兄妹！」

原東良沒吭氣，捏了捏寧念之的手，拉著人進屋。

「爹、娘，那邊找過來了？」

寧震正生氣呢，不想搭話，馬欣榮伸手把原東良拉到自己身邊。

「本來我和你爹還想著要不要告訴你呢，沒想到你聽見了，那正好，省得我們為難。不瞞你說，這次找來的，是你的親生祖父，就是鎮守西疆的撫遠將軍。原家世世代代長駐西疆，你爹娘……」猶豫一下，看向寧震。

寧震沒好氣地接道：「有什麼好隱瞞的？這會兒妳不說，日後他還是要曉得的。不管回不回去，得了空，總得祭拜親生父母。」

雖然原康明沒什麼本事，人又衝動，但終歸是原東良的親爹。兩口子死無全屍，原東良是他們唯一的孩子，總要去上炷香，讓他們投胎也能安心。

於是，馬欣榮將之前聽來的事給原東良講了一遍。

「……我自己說句話，你爹娘呢，大錯是沒有的，人都是這樣，被人瞧不起了就想立功。至於你祖父，雖說有疏忽的地方，但你爹娘已經是大人，總不能把人拴在褲腰帶上、時時刻刻帶著是不是？

「所以，你可以埋怨原家，卻不能埋怨你祖父，也不能埋怨你爹娘。你爹娘生了你，就是最大的恩情了。」

原東良點頭。「娘放心，我沒有怨恨親生爹娘，反正我打小沒有見過他們，日後該祭拜就祭拜，該上香就上香，不會耽誤這些的。」

「至於原老將軍，我也不恨他，只是，認親就免了。我想著，他也不缺兒孫，以後不至於沒人養老送終。回頭爹將我的意思告訴原老將軍，日後不要有什麼來往了。」

寧震聞言，這才滿意地點頭。

「你放心，留在寧家，我和你娘也不會虧待你。雖然繼承不了咱們家的爵位，但有我在，你再長些出息，之後看你意願，想留在京城，我送你進御林軍；想去戰場，我派人送你去立功，總有出人頭地的一天，不用惦記原家的家業。」

原東良笑咪咪地說：「我知道爹娘對我好，肯定不會走的。以後我要娶妹妹，萬一走得太遠，妹妹忘了我，那才吃虧呢。」

寧震聽了，迅速收斂臉上的笑容，暴跳起來。

「你個臭小子，我之前說的，你全當耳邊風是不是？我告訴你，以後再說這樣的話，我就把你打得連你娘都認不出來！真是一天不打，上房揭瓦，出來出來，今兒非給你點顏色瞧瞧不可！」

馬欣榮搖著頭，看寧震把人拎出去，回頭揉揉小閨女的腦袋。「什麼時候過來的？」

「爹一到家，我就和哥哥過來了。娘，哥哥的祖父是個什麼樣的人？」寧念之好奇地問道。

馬欣榮又搖頭。「我也不知道，沒見過呢。不過，聽妳爹的話，年紀應當是和妳祖父差不多的。」

寧念之扒著馬欣榮的胳膊撒嬌。「那哥哥肯定不會跟他走對嗎？」

「嗯，肯定不會。」馬欣榮笑著安慰她，捏捏她的臉頰。「再過兩天，我給妳請的先生就要來府裡，妳可準備好了？上午學規矩，下午學讀書認字，不能再像現在這樣到處亂跑了。」

「我知道啊，和哥哥一樣，早上出門上學，晚上吃飯才能回來。」寧念之做出乖巧的樣子。「我會聽話，學很多很多的字，將來給哥哥寫信。」

馬欣榮笑了下，又摸摸寧念之的頭，讓她去找寧安成玩耍了。

原東良被寧震揍了一頓，頗為憋屈，實在不明白，為什麼一說要娶妹妹的事情，爹爹就生氣、就要打人？他和妹妹明明不是親兄妹，為什麼不能娶妹妹呢？

他不是小孩子了，這話也不是說著玩，爹為什麼非要反對呢？

原東良想不通，寧震也很鬱悶，對馬欣榮吐苦水。

「我一直當他們是親兄妹，從小看著他們一起長大，吃喝玩樂都在一起，怎麼長大了，東良卻生出這種心思？」

馬欣榮也發愁。「我原想著，東良去上學，念之以後要學規矩，兄妹倆見面的次數少了，東良有新朋友，就不再惦記這事。沒想到，竟是一會兒都放不下。」

寧震皺起眉。「這可怎麼辦？東良現在都十一了，已經是大孩子，要轉不過彎……」

馬欣榮嘆口氣。「說不定，再過兩年，他就自己想明白了？」

「那小子是個執拗性子，像狼一樣，認準了就不回頭，這還真不好說。」

「若以後兄妹變……那咱們家可就成了大笑話，養個孩子當女婿，活像閨女嫁不出去一樣。」

夫妻倆說了幾句，還是沒說出個結果，知道這事不能急，只得暫且按下不提了。

一連幾天，寧震沒上門，原丁坤坐不住了，現在孫子在人家家裡，如果寧家不鬆口，他不一定能將人帶回去。思來想去，遂吩咐小廝：「想辦法去書院，把東良帶出來。」

不管怎麼說，孫子的意思也很重要，雖然寧震夫妻疼愛孩子，可若孫子答應要走，他們應該也不會攔著。

小廝興奮地應了聲，轉身出去辦，臨近中午，就領著原東良出現在房間門口。

原丁坤沒起身，第一次這麼近地看自家孫子，神情帶了幾分激動。

像，實在太像了！

「東良，我是你祖父。」他顧不上繞圈子，抬手要摸原東良的腦袋。

原東良側頭躲過去了，表情沒什麼變化，拱拳行禮。「見過原老將軍，我知道您的身分。」

原丁坤愣了一下。「鎮國公和你說了？」他還以為，為了不讓原東良離開，寧震夫妻不會把這事說出來呢。

原東良點頭。「爹娘問過我了，既然原老將軍不死心，那我親自來和您說一聲，我是不會跟您走的，也不用認親。雖然不姓寧，但我是寧家的兒子。親生父母那邊，我不會忘了，日後立牌位，上香祭拜，一樣不少。」說完，轉身就想走。

原丁坤急忙把人拽住。「等等，是不是寧家的人說了什麼？」

原東良皺眉。「沒有，爹娘只將事情從頭到尾說了一遍。被他們收養時，我已經能記事，該知道的都知道，該明白的，也明白了。」

他頓了頓，知道原丁坤不容易，中年喪子不好過，對他這個孫子定然有感情，不管是移情還是別的原因，願意找他，甚至一開口就把原家給他，感情不會太淺。

所以，原東良不好太冷淡，轉身道：「若原老將軍想讓我喊您一聲祖父，也是可以，但我已經決定不回原家。以後逢年過節，我會給您寫信，得了空，說不定會去看看您，但現在回西疆是不可能的。」

「你真的願意認我？」原丁坤還沒來得及失望，忍不住先露出笑容。「你願意叫我一聲祖父？」

原東良大方得很，點頭道：「祖父。」

「哎，好好好。」原丁坤樂得眼睛都瞇起來，笑了一會兒，又有些擔心。「你這樣認了我，寧家那邊，會不會不高興？」

原東良有些詫異。「您不是盼著我回原家嗎？」若是惹惱寧家，讓寧家把他趕走，不正合他的心意？

原丁坤搖頭。「我雖然想帶你走，但寧震夫妻畢竟養育你一場，他們把你教得這樣好，我感激寧家還來不及呢。要是你毫不顧忌他們的感受，我倒要猶豫了，如此冷心冷情，還不如不認。

「東良，你真的不跟我回去嗎？你跟我走，整個軍隊跟原家全是你的，西疆你說了算。你是我唯一的嫡孫，我的東西都要留給你。對了，還有你祖母，因為你爹娘，她傷心過度，眼睛都快哭瞎了，你不回去看看她？」

原東良沈默下來，他能說自己和原家沒有關係，可這些並非說說就算數。當初原家不是故意丟棄他，原老將軍、原老夫人也不是鐵石心腸，他們曾經找過他，都還惦記著。周氏只有原康明一個兒子，也就是說，只得了原東良這個親孫子。以前沒找到就算了，現在找到卻不能認，心裡的痛苦可想而知……

原東良猶豫一會兒。「這件事，能不能瞞著她？」

「瞞倒是能瞞住，但你忍心嗎？自從收到你爹娘的噩耗，她就每年為你做衣服，一針一線，全是她親手縫的，又時時哭，眼睛已經……

「她不相信你也出事了，總是說你還活著，想見見你……」

原丁坤雖有姨娘、通房，但那些像玩意兒一樣的東西，能和嫡妻比嗎？一見原東良猶豫，遂立刻抓住機會勸說。

這孩子不愧是寧家夫妻養出來的，同樣的嘴硬心軟。前幾天寧震說得多斬釘截鐵，可要真是半點機會也不給，便不會將這事說給原東良聽了。剛才原東良說得多堅決，定不會離開寧家，卻又認了他這個祖父。

有了第一聲，難道還會沒有後續？

硬的不行來軟的，原丁坤紅了眼眶。「若不是她身子不好，我定會帶她到京城看你，估計她沒幾年日子了，我不想讓她走得不安心。東良啊，回去看看好嗎？」

原東良不說話，原丁坤也不敢把人逼得太緊，遂退一步。

「我知道你捨不得寧家，這樣吧，京城住半年，你再去西疆住半年好不好？你祖母年紀大了，我只想讓她這幾年過得開開心心，她這輩子過得太苦了。」

「京城太醫的醫術好。」原東良沈默半天，才開口道。「這邊天氣也好，吃的、用的都好。如果來京城，祖母的身子說不定會好轉……」

「你要把我一個人留在西疆嗎？」原丁坤立刻哀怨了。

原東良訕訕地後退，原丁坤嘆口氣。「我不逼你，咱們各退一步，你隨我回去看看你祖母，就一眼好不好？」

至於以後，人都回去了，還能把他放回來嗎？

原東良沒答應，原丁坤抬手拍拍他肩膀。

「我還能在京城待五、六天，你先回去想想。我年紀大了，現在不求別的，只想享受幾年天倫之樂。既然你看不上原家，我不勉強，但你總不能連我這個老頭子最後的心願都不肯滿足吧？」說完擺擺手，示意小廝送原東良出去。

「你好好想想，只是耽誤半年工夫，看過祖母再回來。你養父母的年紀不大，以後總有孝順的時候；可我和你祖母，卻是等不起了啊。」

原東良沈默著，不再說話，跟著小廝轉身離開客棧。

第三十一章

原東良回了書院，下午上課心不在焉的。

先生一宣佈下課，馬文昭就湊過來。「東良，你是怎麼了？上課不好好聽講，下個月月初可是有考試呢，到時候考砸，姑父鐵定揍你。」

「沒事，就是有點不舒服。」原東良搖搖頭，將筆墨紙硯全塞進書兜裡。

馬文昭伸手摸摸他的額頭。「不像發熱啊。對了，你中午幹什麼去了？找半天都沒找到人，你家書僮以為把你弄丟了，要回家稟報呢，幸好被我攔住。兄弟幫了這麼大的忙，你是不是該表示一下？」

「我有桿長槍，槍頭是石磨的，回頭送給你。」原東良起身。「不是和你說過嗎？中午時我拉肚子啊，你回家千萬不要跟大人們說，不然我娘聽見該著急了，我只是吃飯急了點，回去睡一覺就好。我先走了，明兒見。」

說完，他便匆匆出門，喊了站在門口守著的書僮，坐馬車回家。

因為寧念之年紀小，唐嬷嬷又得了馬欣榮的囑咐，教規矩時並不嚴厲。原東良放學時，寧念之也剛好下了課。

「哥哥心情不好？」寧念之迎出來，拉了原東良的手，仰起小臉看他。

原東良伸手捏捏她臉頰，正巧被進門的寧震看見，寧震便使勁咳嗽了一聲。

「爹回來了！」寧念之忙鬆開原東良的手撲過去。

寧震一彎腰，正好將閨女摟在懷裡，瞟原東良一眼，冷哼一聲，大踏步進了明心堂。

原東良摸摸腦袋，嘆口氣，跟著進去。

「爹、娘，我今兒見了原老將軍。」原東良沒隱瞞。

知子莫若父，寧震的臉色生出幾分冷意。「他說了什麼？你現在是不是猶豫了？」

「我自然不想離開爹娘，更不想離開妹妹，我是爹娘的兒子，以後還要照顧爹娘、孝敬爹娘呢。」原東良忙道，頓了下，又把原丁坤的話說了。「只是，原老夫人那邊……」

馬欣榮不吭聲，寧震也不說話，寧安成還不懂事，寧念之看看這個、看看那個，這事看起來不好辦啊。

寧家夫妻捨不得從小養大的孩子離開身邊，雖說原東良從小懂事，又有原丁坤照看，路上不會出事，但養兒到老，為人父母總是忍不住擔心。

再說，他們辛辛苦苦養大的孩子，一下子成了別人家的，將來喊的爹娘是別人，孝敬的也是別人。

兩、三年不顯，三、五年不顯，那七、八年呢？指不定原東良就忘記了寧家的養父母，徹底變成別人家的孩子了。

可原家確實有苦衷，並非故意把孩子扔掉。再設身處地想想周氏的情況，若自己的孩子陰錯陽差丟了，被人撿走養大，自己臨死之前，是不是也會很想見孩子一面？明知道孩子在哪裡，哪能忍住不去要？就像原丁坤說的，他們夫妻年輕，等得起，可他和周氏上了年紀，怕是等不起了。

寧震夫妻不是不講理的人，事情到這一步，好像已經看到了結果。

「哥哥要走嗎？」一家子都沈默，寧念之忽然開口道。

馬欣榮揉揉她的頭髮。「是啊。念之捨得哥哥嗎？」

「捨得。」寧念之點頭。

一家子震驚了，尤其是原東良，又吃驚、又傷心。「我走了，妹妹居然不會捨不得？如果我走了，咱們要很久很久見不到面呢。」

「很久很久是多久？」寧念之眨巴著眼睛問道。

原東良語塞，頓了下，抬手比劃。「就是特別特別長的日子。」

寧念之撇撇嘴。「可哥哥又不是永遠不回來了。我聽得清楚啊，哥哥的祖父找過來，想帶哥哥回家看祖母，但哥哥捨不得爹娘和我，所以不想走，是不是？」

寧震點頭，親親寧念之的嫩臉頰。「我的閨女就是聰明。」

「哥哥去看看唄，看完了再回來。」寧念之笑咪咪地說。

男孩子麼，長大了總有離開的一天，當原東良提早長大不就行了？

當年，自家親爹一去白水城就是五、六年，難道祖父不想嗎？男人麼，要有出息，總留在家裡可不行，外面天地那麼大，得出去走走，見識一番。

即便現在不走，再過兩、三年，寧念之也打算勸原東良出門瞧瞧。看得多了，眼界才能大；見得多了，心胸才能廣；聽得多了，思想才能寬。

馬欣榮沈默，好一會兒後，才嘆口氣。

「不然，讓東良回去吧。那邊好歹是他的親祖父母，又上了年紀。你多派幾個人跟著，不管東良過得好不好，若想回來，隨時都能回來。」

原東良有些慌了。「娘，您想讓我走？」

「傻孩子，只是讓你去西疆看看，不是不要你了。你是我們寧家的孩子，是我和你爹養大的，這裡有你的爹娘、妹妹，還有弟弟，這裡也是你的家。」

馬欣榮想笑一下，卻笑不出來，轉頭擦眼睛。

「我們不能攔著你回去，不然，話傳出去，會壞了你的名聲。再說，你又不是不回來了，就像你祖父說的，那邊住半年，這邊住半年，時常寫信，得了空，我們去看你，或者你來看我們。等你長大，回京定居，我們不是又能見面了嗎？」

寧震也嘆口氣，就知道事情會到這一步；這個兒子，終究得還回去的。

知道原東良要離開，除了不懂事的寧安成，寧震夫妻跟寧念之都很傷心，晚上吃飯時，表情便不對勁了。

寧博皺眉，伸手拍了拍寧震。「怎麼回事？你們這家子的臉色像在外面欠債了，欠了多少？」

趙氏聞言，瞬間緊張起來，趕緊看向寧震。

寧震伸手揉揉臉。「爹，我怎麼會在外面欠債啊，是別的事情。」想了想，覺得不需要隱瞞，索性說出來。「東良的家人找過來了。」

沒等他說完，寧霏便插嘴道：「是要把東良帶回去？大哥答應了嗎？我覺得咱們應該答應。不管怎麼說，那邊是東良的親人，血緣關係斬不斷。咱們勉強將東良留下，等東良長大了，說不定會怨恨咱們……」

「小姑姑，我才不會怨恨爹娘呢，不管爹娘作了什麼決定，肯定都是為了我好，我只有感激爹娘，怎麼會怨恨他們？小姑姑不要以己之心度人之腹。」原東良毫不客氣地打斷寧霏的話。

寧霏的臉色頓時不好看了。「你怎麼說話的？我好歹是長輩……」

「長輩要有長輩的樣子。」原東良嘀咕了一句。

寧念之聽了，轉頭抱著寧博的膝蓋撒嬌。「爺爺，哥哥要是走了，得很久很久才能回來，您給他找幾個護衛好不好？將來好送信什麼的。」

寧博想了一會兒，問原東良：「你自己是怎麼想的？」

原東良有些茫然，想了想，作出決定，話一出口，心裡籠罩的那層霧像是被撥開了，心思也清晰起來。

「我去看看，到西疆住一個月就回來。以後的事情，以後再說。」

寧博點點頭。「嗯。不過，到時候原老頭不會輕易放你離開。」

「這不是他一個人說了算的。」原東良搖搖頭，伸手捏捏寧念之的小臉蛋。「再說，我捨不得妹妹，得早早回來。我還和馬家的兄長們約好了，要一起上太學呢。」

「東良長大了。」寧博抬手揉揉原東良的頭髮。「你心裡有數就行。不管以後回不回來，寧家都是你的家。」

既然作好決定，寧博便打算見見原丁坤，吩咐寧震去安排了。

幾日後，寧博與原丁坤約在酒樓見面，原東良也跟著。

初次見面，兩個人互相打量一番，原丁坤先開口，抱拳行禮。「久仰寧老將軍大名，今日一見，果然名不虛傳。寧老將軍老當益壯，精神矍鑠，自有一番氣勢啊。」

寧博笑著還禮。「過獎過獎，原老將軍才是老當益壯。我老了，沒什麼精力，能讓兒孫們做的，便不勞心勞力了，比不上老將軍，還替朝廷鎮守西疆，實在可敬可佩。」

兩人寒暄一番後，便不再客套，討論正事。

寧博笑著道：「都是當祖父的，我也明白你的心思，畢竟是嫡長孫，肯定捨不得他流落在外。只是，孩子在我們家長大，不說寧震夫妻，我也很喜歡東良。

「東良練功勤，唸書也很用心，得空就照顧弟弟妹妹，幫了寧震夫妻很大的忙，兄長當得實在無可挑剔。

「我們把東良當成親生孩子，好不容易養到這麼大，你忽然要帶走他，自然是捨不得的。」

原丁坤忙點頭。「我了解。我帶走東良，但不會讓他徹底和寧家斷了關係。以後，咱們兩家就像親戚一樣走動，寧震夫妻還是東良的父母，寧家對他的恩情，我絕不會讓他忘記。」

寧博點點頭，又道：「不過，說句難聽的，之前呢，我打聽過你們家的情況，現下東良的親生父母不在了，聽說在你身邊伺候的是你家老二？」

「不過是個庶子，自然比不上東良。」

「這個可說不準。一個是在身邊長大的親生兒子，一個是剛剛找回來的孫子……再者，老二伺候你這麼些年，軍中的事情，定有不少是他經手吧？」

好不容易吃進去的東西，怎麼可能輕易吐出來？說不定那老二早已把原家當成囊中之物，原東良回去就是搶東西的，豈會輕易放過他？

「寧老將軍不用擔心，也不怕你笑話，雖說老二跟了我這麼些年，但不該給的，我一點都不會給。康明的事，已經給我教訓，這輩子疏忽一次，就失去了一個兒子。

「東良是康明留下的唯一子嗣，我定不會再讓這獨苗出事，不然，日後沒臉下去見康明夫妻了。」

寧博聞言，嘆口氣。「其實東良不回去，寧家也不會虧待他，有兄弟幫襯，有長輩謀劃，這輩子未必不能得到原家這樣的地位跟權勢。

「只是，將心比心，如果這次我攔了東良，日後說不定就是個心結，所以……」

原丁坤聽出這話裡的意思，一激動，起身帶翻凳子都顧不上，伸手抓住寧博的手。

「你說真的？你們當真願意讓東良跟我回去？」

「那是自然，但我有個條件。」寧博拍拍他的肩膀，示意他坐下。「西疆距離京城有些遠，趕路要一個月吧？」

原丁坤忙搖頭。「要不了一個月，快馬加鞭，二十多天就能到。東良是年輕小子，一年奔波一次，也不算累。若寧家願意，每年我讓他回來一次，兩邊來回住，你看怎麼樣？」

這話正合寧博心意，遂點頭應了下來。

原東良垂著頭，聽著兩個祖父你一言、我一語地說話，心裡又是一片亂糟糟。

之前雖作了決定，但不過是說說，現在才真正確定要走了，離開京城，離開父母，離開妹妹，去完全不熟悉的地方，和完全不認識的人生活在一起。

聽說，原家的庶子不少，就算祖父保證以後原家都是他的，但那些人定不會答應。雖然那裡有期盼他的祖母，但以前沒見過，感情也沒多少。

可是，不管感覺如何，總要有分別的一天……

原東良有些忐忑，又怕寧念之擔心，只得強迫自己鎮定下來，回去好安慰她幾句。

很快地，原丁坤該動身回西疆，給寧家送了消息。

離別前，馬欣榮一邊揉眼睛、一邊吩咐人開箱子，再次幫原東良檢查行李。

「這個是你五歲剛會喊爹時，你爹買給你的禮物，你喜歡得不行，連晚上睡覺都要摟著。現在帶上，萬一想念爹娘了，就拿出來看看。

「你這年紀長得快，這些衣服，是我猜著你大些的身量讓人做的。你別捨不得，該穿的時候就穿，不然再過兩年，就穿不上了。

「這些銀子，你裝好，千萬別讓人知道，想買點什麼，可以自己作主。別捨不得花，要是沒錢，寫信回來，娘讓人給你送去。

「那幾個半大的小夥子是你祖父和你爹挑選出來的，長輩都是咱們家的家將，忠心自不必說，若有什麼事情要辦，就吩咐他們。

「如果在原家過得不好，派人送信回來，我讓你爹親自去接你，知道嗎？」

原東良不說話，只對著寧念之點頭。

不然，別回去了？雖然那邊的祖母為了他，差點哭瞎眼睛，可到底沒見過，不管是喪子之痛還是別的悲傷，過了這些年，應該已經好了吧？

「哥哥要寫信給我。」寧念之憋了好半天，才憋出這麼一句話。

就長久打算來說，自然是讓原東良走比較好，但感情這種事，理智壓不下來。不然，老祖宗也不會創個詞叫情不自禁了。

大家心裡都知道走了好，但這會兒，卻是誰也捨不得。

寧震站在門口道：「別捨不得了，快收收眼淚，又不是一輩子不見面，東良每年都能回來住一段日子的。原老將軍在外面等了半天，讓東良過去吧。」

婆子過來把箱子一個個搬出去，馬欣榮手上的帕子又濕了一條，寧安成拽著原東良的衣服，問個不停。「哥哥要去哪兒？帶我去嗎？哥哥什麼時候回來？給我買糖葫蘆吃嗎？」

寧念之見狀，狠下心，推著原東良出門。「哥哥快去吧，以後寫信給我啊，可不許忘記我，也不許忘記弟弟。」

寧震哭笑不得。「東良每年回來都要看見妳，怎麼可能會忘記？東良，快些，男子漢大丈夫，別婆婆媽媽，既然作好決定，就不要後悔。」說著，直接拽了原東良出門。

原東良不停地回頭看，見寧念之一手扒著門框、一手扯著寧安成，慢慢地，目光中只剩下寧念之一個人。

他扯著嗓子喊道：「妹妹，等我回來！我過幾天就回家，到時候給妳帶禮物⋯⋯」

第三十二章

原東良跟著原丁坤離開後，做娘的依然放心不下。

寧震夫妻正在用膳，馬欣榮推開寧震遞來勺子的手，嘆口氣。

「吃不下。不知道這會兒東良走到哪裡了，出城沒有？原老將軍看著挺在意這個孫子，但他又不是沒有親生兒子，不知道會不會改變心意？」

寧震哭笑不得，抬手將勺子裡的飯塞到馬欣榮嘴裡。

「妳別擔心，這會兒早已出城了。東良又不是小孩子，我和爹交代過，萬一那邊有人容不下他，立刻帶著人回來。再者，東良是名正言順的嫡長孫，就算原老將軍被吹了枕頭風，也得想想過世的兒子跟兒媳是不是？」

馬欣榮白他一眼，艱難地嚥下嘴裡的飯，覺得噁心，連連擺手。「真吃不下，有些不舒服，大概是太擔心東良了。」

寧震哼哼兩聲。「其實我倒覺得，這次東良走了，說不定是好事。一來，男人麼，要幹點事業才算是大丈夫，將來才能護得住想保護的人。咱們家不用說了，日後世子的位置，肯定是安成的。東良若能得到原家，那可是大大的助力，也省得孩子將來心裡不自在。」

雖說把原東良當親生兒子看，但人心本來就是偏的，萬一將來他鑽了牛角尖呢？還不如讓他光明正大地繼承原家，然後在寧家的幫助下，和寧安成相守相助。

「二來呢，那小子性子擰，天天說著要娶念之，不管是咱們還是外人看，東良在咱們家長大，便是咱們家的孩子，就算全天下都知道他們倆不是親兄妹，但東良要是不死心，外人要麼說他亂倫，要麼說咱們養上門女婿，不管是哪個，都不好聽。

「現在東良走了，如果將來還想娶念之，就是上門求娶，有相當的身分，又有小時候的情分，便是一段佳話了。」

馬欣榮聽了，疑惑地眨眨眼。「之前你不是還聽不得東良說這種話嗎？」

寧震哈哈笑。「以前他們是兄妹，東良說多了，對念之的名聲不好。以後麼……一家女百家求，就算東良也求，只要咱們不答應不就行了？若是將來念之也喜歡東良，孩子是咱們從小看到大的，了解品性，也算是個好人選。念之還小，不用想得太遠。」

馬欣榮撇撇嘴，也不知道是誰想太遠。

見妻子還是沒精神，寧震皺眉了。「請大夫來瞧瞧吧，就是沒病，鬱結於心也不是好事。開個調理的方子吃吃看，晚上睡一覺，說不定明兒就好了。」

「不用開方子，找點安神的東西吃就行。」馬欣榮無精打采地說。

寧震摸摸她額頭，沒發燒，但到底不放心，還是讓人請了大夫。

大夫過來，搭上手指為馬欣榮把脈，沒一盞茶工夫，便笑咪咪地起身。「恭喜國公爺，這是滑脈啊，尊夫人有喜了！」

寧震大喜。「真的有了？太好了！只是，我夫人有些不高興，心緒低落，對身子可有妨礙？」

大夫聞言，遂提筆寫了安胎方子，又囑咐道：「現下沒什麼大妨礙，但時日長了不行，國公爺還是要多想辦法，讓尊夫人開懷。多笑笑，心情好，肚裡的孩子也健壯些。」

寧震不是頭一回當爹，但第一次是還沒聽見消息就上了戰場，第二次只趕上抱孩子。第三次，他是頭一回被告知，喜得一個勁兒直搓手，若非陳嬤嬤攔著，怕是要拽著大夫問一整晚的問題了。

馬欣榮得知有孕，心情總算好了幾分，但還是有些懶懶的，不願意動彈。

寧震讓人端了飯菜餵她，然後親自帶寧念之和寧安成去榮華堂報喜了。

寧博得知馬欣榮有身孕的消息，樂得合不攏嘴，連連點頭。「這是好事！你媳婦懷孕了，這段時日可不要惹她生氣，她有什麼想吃的、想用的，你只管給她弄來，不能虧待了她，知道嗎？」

寧震傻笑著點頭。「那是自然，我定會好好照顧她的。」

趙氏也笑。「咱們家好幾年沒有添丁，老大媳婦回來沒多久就有了，真是個有福氣的。」說著轉頭看寧博。「只是，老大媳婦懷孕了，老大身邊沒個伺候的人……」

寧博斜睨她一眼。「妳別瞎操心了，老大自己知道好歹，要是覺得身邊少了伺候的人，不會開口說嗎？他若不覺得少，妳就別管了。」

趙氏抿抿唇，又笑道：「我倒是想管來著，既然你不肯，那便罷了。只是，老二家也有好幾年沒添丁，我正打算給老二挑幾個伺候的人，原打算一碗水端平的，現在省我一分力氣了。」

李敏淑聞言，身子有些僵硬，不自在地看趙氏。「娘，這段日子，相公正忙著朝堂上的事……」

趙氏擺手。「正因為他忙，所以才給他選幾個伺候的人，妳是兩個孩子的娘了，這醋該不該吃，自己心裡有數。妳是嫡妻，這事本該由妳操心，卻沒個動靜，我才替妳留意留意，可別不領情。」

李敏淑的笑容都要僵掉了。「兒媳怎麼會……只是相公之前說不要……」偷偷地擰了寧霄一把。

寧霄微微皺眉，看看趙氏，又看看寧震，沒開口。

趙氏見狀，臉上帶了幾分笑意。「我的幾個丫鬟都是好的，雲墜兒伺候了我好幾年，貼心乖巧、溫柔懂事，有她在霄兒身邊，我也放心。」

寧念之抬頭看趙氏身邊的丫鬟，長得挺漂亮，溫溫柔柔、臉帶紅暈地站在趙氏身後，更添幾分嬌羞動人，若二叔沒反對，等會兒這丫鬟就得跟著去二房了。

寧念之心裡有些沈，二叔的新姨娘都來了，自家親爹身邊，大概也少不了吧？雖說這次祖父擋下來，但祖父也是男人，自己也有兩、三個姨娘、通房呢。

她出了榮華堂，轉頭想找原東良商量，看見身邊沒人，才忽然反應過來，原東良已經走了，心情更是低落幾分。

這下可好，連個商量事情的人都沒了。

再看看身邊不懂事的弟弟，寧念之嘆口氣，實在不行，就天天纏著爹爹吧，讓他沒空去找姨娘、通房。以後也要耳聽六路，但凡有歪心思的，得先解決才行。

至於老太太，得給她找點兒事情做，讓她沒空盯著自家娘親。唔，娘親懷孕了，那小姑姑的及笄禮，是不是就不能幫忙？二嬸的事情也多，有小妖精盯著二叔呢，估計也沒空。不如，讓老太太自己操心？

小姑姑可是老太太的親生閨女，給大兒媳找麻煩，和給小閨女找幸福，老太太應該能分得清孰輕孰重吧？

姨娘、通房什麼的，全是破壞家庭幸福的敵人！

她好不容易得到老天爺的賞賜，重活了這輩子，有溫柔慈愛的娘親、英勇威武的親爹、事事順著她的哥哥、乖巧聽話的弟弟，她絕不會讓人毀了這份幸福。

馬欣榮懶散小半個月，便忽然恢復過來了，精神甚至比以往更好，管家理事不在話下，還有空幫寧念之把先生都請進府。兩位女先生，一個姓吳，善書善棋；一個姓曹，善畫善琴。

寧寶珠也快六歲了，李敏淑見寧念之要開始唸書，遂來找馬欣榮，想讓寧寶珠和寧念之作個伴。

正好，馬欣榮覺得寧念之一個人唸書有些孤單，找人作伴，還能有個比較，互相討論功課，便爽快應了下來。正巧，寧念之的芙蓉園後有座緣惜院，空出來當書院，姊妹倆就到那邊上課。

從此，每天早上，寧念之起床後，先到明心堂請安，摸著馬欣榮的肚子跟沒出世的弟弟說說話，然後一起吃早飯。

馬欣榮開始管家理事，寧念之便先跟著唐嬤嬤學規矩，再去緣惜院跟著吳先生念一個時辰的書，現下這年紀，也就認認字、描個紅。到了下午，跟著曹先生學畫畫或彈琴，剩下一個時辰學女紅。

女紅不光是做針線活，還得認識各種布料，有時學得不耐煩了，就跟著馬欣榮看古董。

寧念之倒是有耐心，可寧寶珠就沒什麼耐性了，那些古董又不好看，每到這會兒，她就想辦法偷懶。馬欣榮為人比較開明，見寧寶珠走神，索性講起各種和古董有關的小故事，好讓她安生地聽一會兒。

三月時，原東良的第一封信送到了京城，還不是只寫一封，而是寫了三封——寧博的、寧震和馬欣榮的，以及寧念之的。

寧震探頭往寧念之手裡的信看。「也不知道有什麼要說的，竟要單獨寫一封信？現下還行，念之才六歲，再過兩年可不能這樣了，看信前，得讓我先過目。」

見那信上都是些亂七八糟的畫，寧震才收起好奇心，轉頭和馬欣榮說話。「這段日子，孩子鬧妳沒有？有沒有覺得不舒服？」

「沒有，這孩子比念之和安成乖巧多了，我現在吃得好、睡得好，沒瞧見我又長胖一些嗎？」說著，抬手摸摸自己的下巴。「臉都長成圓的了。」

「沒事，圓的也好看。」寧震忙說道，伸手捏了捏馬欣榮的胳膊。「身上有些肉比較好，摸著軟綿綿的……」

馬欣榮瞪他一眼。「胡說什麼，孩子還在呢。」

「我又沒有說錯，確實軟綿綿的呀，是妳自己想岔了。」寧震理直氣壯。

寧念之撇撇嘴，從軟榻上溜下來，順手拽了寧安成。

「爹、娘，今兒吳先生不上課，我帶弟弟出去玩。」

不等寧震他們說話，便噔噔噔地跑出去了。

看姊弟倆出了院子，馬欣榮才問寧震：「聽說最近常有丫鬟給你送湯水？」

「嗯，頭一次去，我就讓人把她扔出門，下令不許丫鬟再靠近書房。那丫鬟不知道從哪兒來的，家裡的規矩還是有些亂，妳回頭多注意。」

寧震皺眉，不大高興，頓了頓又道：「我知道妳擔心什麼，但咱們可是患難夫妻，在白水城那麼艱苦的日子都熬過來了，妳能陪我吃苦，我也能給妳幸福。別多想，這事有我處置，老太太問起，全推到我身上就行。」

馬欣榮沈默一下，說道：「二房那邊，雲墜兒倒是好命，聽說懷上了。」

寧震打個哈欠。「和咱們有什麼關係？再者，不過是個庶子或庶女，礙不著什麼事。」

馬欣榮聽了，想起原東良，又擔心起來。「不知道東良在西疆過得如何？之前我還說，等春暖花開，要帶著他們兄妹到莊子上住幾天呢，結果，孩子冷不防就被接走了……」

寧震忙安撫她。「這不是寫信了嗎？信上說過得很好，妳不要瞎操心了。東良又不是小孩子，天冷曉得穿衣服，肚子餓時知道吃東西。再者，他是原家親生的嫡長孫，原老將軍要死要活地把人接回去，就算不全心全意疼著，也會護他幾分的。」

馬欣榮嘆口氣，寧震又道：「要不，明兒我休沐，帶你們娘兒三個去莊子上玩一天？」

「真的？」馬欣榮的眼睛頓時亮了。「說起來，我有好幾年沒見過京城的春天了。這陽春三月，最適合踏青遊玩，再做幾個紙鳶，買幾桿釣竿，在青山碧水間散散心，可是美事一樁。」

寧震忍不住笑。「不就是看看美景嗎，這有何難？就這麼說定了，咱們明兒出門散散心，到莊子上玩一天。若妳喜歡，便多住幾日，現下天暖和了，我早起一會兒也沒什麼。」

馬欣榮聞言，嘴唇動了動。若考慮到上朝，自然從府裡出發比較近，從莊子去，至少得提早一個時辰，每天這樣來回奔波，太累了些。

可讓相公一個人住府裡，她又不放心。

馬欣榮衡量一下，搖頭道：「還是不要了，春天麼，也就看看花花草草，秋天去住莊子才有意思，還能打獵、摘果子什麼的。等孩子出生，咱們再去莊子上住幾天。」

寧震也不勉強，懷孕的人要時時開心，現在事事都順著馬欣榮的意思來。

兩人說了會兒話，寧震看看時辰，起身道：「我扶妳去花園裡走走？」

馬欣榮點頭，這都第三胎了，她很有經驗，每天上午跟下午，雷打不動地要各走半個時辰，活動活動身子。

這時，寧念之正領著寧安成在花園裡玩投壺，兄妹倆各捏著一把羽毛箭，你扔一次，我扔一次，投中了就歡呼，投不中也不氣餒，周圍一圈丫鬟、小廝幫忙鼓掌叫好。

馬欣榮走了一會兒，有些累，伸手指了指小亭子。「我去坐會兒。」

寧震應了，先送她進亭子，轉身想去跟兒子、閨女玩耍，剛靠近他們，就有個丫鬟，不知道是沒站穩還是怎麼著，忽然身子一歪，便往他身上倒。

寧念之看見，反應快極了，扔了手裡的箭衝過來。她人小，手使不上勁，索性一腦袋撞過去，將那丫鬟撞得朝另一邊倒去。

寧震趕緊摟住閨女揉腦袋。「哎喲喂，疼不疼啊？頭暈不暈？」

寧念之甩甩腦袋，伸手指那丫鬟，怒道：「妳居心不良！站得好好的，怎麼會忽然倒下？不就是看我爹過來了嗎！告訴妳，沒門兒！」

那丫鬟快急哭了。「姑娘，奴婢真的是不小心，站久了腿有些麻，才沒站穩。奴婢不是故意的，姑娘饒命，奴婢沒有那個膽子……」一邊說，一邊偷偷看寧震。

寧念之抬起下巴冷哼。「我管妳有沒有那個膽子，反正，現在大房我說了算，誰也不許靠近我爹，要不然，統統發賣出去！至於妳，拉下去打十大板！」

丫鬟聽了，鬼哭狼嚎地求寧震救命。

寧震揉揉寧念之的頭髮，道：「小孩子家家的，知道什麼叫發賣？再者，打板子也輪不到妳說啊，只管和弟弟玩得開心就行了。」

丫鬟心下一喜，卻聽寧震繼續道：「這丫鬟衝撞了我，又撞傷大姑娘，依我的命令，拉下去打十大板，明白嗎？」

他的目光掃過，周圍一群人趕緊表示明白。國公爺這是護著姑娘呢，不讓姑娘擔了小小年紀就打人的名聲，同時也表明自己的態度。聰明人該看清楚了，國公爺愛妻疼女，衝著大房來，有些不划算。

寧念之撇撇嘴，還是不大高興。

寧震笑道：「妳啊，還小。那丫鬟真摔倒了，和我有什麼關係？總不能我扶一下，她們就要以身相許了。若想以身相許，還要身分、地位差不多的呢。一個簽了死契的丫鬟，衝撞主子，打死都不算什麼。

「不過，妳這脾氣也要改改了。爹是大人，自己會處置這些事情，妳個小孩子家家的，不要隨便插手知道嗎？更不能張口、閉口就是發賣、打板子的話。」

寧念之聽了，對他做個鬼臉，便跑走了。

這陣子，馬欣榮有了身孕，府裡的下人還沒來得及疏理，只收攏一部分，另一部分就有些耐不住了，怕被處置趕緊找路子的，原先風光、現在被壓下去不滿意的，想盡了辦法給她添堵。

寧震見狀，明確地表明態度，下狠手懲治了幾個有歪心思的丫鬟，發賣的發賣、打板子的打板子。

收拾五、六個人之後，鎮國公府上上下下便知道了——國公爺不是個喜歡美色的人，趕著貼過去是找死！慢慢地，那些丫鬟們的眼睛就不盯著寧震了。

但除了寧震，寧家還有一個男主子呢！

和凶神惡煞、長得五大三粗、完全不解風情的寧震比起來，寧霄白白淨淨、溫和有禮，更討人喜歡。

若不是李敏淑手段夠，怕是除了雲墜兒，二房又要多幾個姨娘了。

第三十三章

五月中，該舉辦寧霏的及笄禮了。因馬欣榮懷孕，參加及笄禮的賓客、贊者等人，都由趙氏和寧霏決定。大長公主當然是請不來，最後請的是寧王妃。

不知道趙氏和寧王妃是怎麼商量的，但瞧寧王妃的樣子，對寧霏好像有幾分好印象。若是不出意外，這門親事應該能訂下來。

寧念之沒有太關心這些事，只要寧震活著，鎮國公府在京城的地位就會穩固，無須她操煩。

寧家只有兩個兒子，鎮國公府又是軍功起家，當初為防備趙氏挑唆寧震兄弟倆的感情，寧博早已特意將寧霄往文官的路子培養。

這輩子和上輩子已經不一樣了。上輩子，寧震下落不明時，寧博的身子就不好了，等寧震的死訊傳來，他也跟著倒下，寧家的男人只剩下寧霄。可寧霄是個書呆子，就算能保住鎮國公的爵位，卻文不成、武不就，最後寧家只剩個空頭爵位。

現下，寧震跟寧博好好地活著，寧家的榮光、人脈都在，鎮國公府的地位比以前還要高些呢。地位不同了，寧霏的婚事，自然也會不一樣。

她想起，上輩子寧霏嫁的是威遠侯家的嫡次子，這輩子，說不定要變成寧王世子了。

寧王是皇上的親叔叔，只要寧家不走錯路，榮華富貴是享用不盡的。

寧霏的及笄禮辦得很成功，趙氏高興得不得了，晚上吃飯時，還誇讚了馬欣榮幾句。

「難為妳了，第一次辦宴會就如此成功，我總算能放心了。以後啊，家裡大大小小的事，我不再過問，只等著頤養天年，享福享樂。」

雲墜兒懷孕了，李敏淑心裡憋著火，不想搭理趙氏，遂低著頭，當自己不存在。

馬欣榮捧著肚子笑道：「娘不用太擔心，若我忙不過來，也能找二弟妹幫忙，家裡出不了亂子的。」

趙氏點點頭，轉頭看寧博。

「寧王府那邊，說是要合八字，要能合得上，過兩天便派人上門提親。這兩天，你得空就找寧王說說話，咱們家霏兒生得好，又知書達禮、端莊賢淑，配得上他們家世子。」

寧博瞧寧霏，點點頭。「嗯，回頭我問問。不過，既然寧王妃已經給了信兒，大概不會有變數。寧王世子也算少年才俊，是個不錯的。」

寧霏臉色通紅，捏著帕子不出聲。想起兩人在元宵節花燈會上的初次見面，心裡忍不住湧上一股甜蜜。

都是緣分，她看中的花燈，寧王世子也看中了，見她喜歡，便大方爽快地將花燈送給她。那份體貼溫柔，當真讓人動心。

這些事情，和寧念之沒什麼關係，這會兒她正作著美夢呢。

夢裡，原東良牽著一匹小馬走來，一臉委屈地問：「妹妹，妳不是要我教妳騎馬嗎？怎麼又要跟表哥學呢？等我回來教妳好不好？」

寧念之頗有氣勢地揮手。「等你回來都猴年馬月了，我先跟著表哥學，學會了，就能騎馬去看你呢！」

原東良臉色立即好轉，笑著點頭。「那妳要學快點。」頓了頓，又搖頭。「算了，還是等我回去教妳吧。京城到西疆太遠了，女孩子騎馬不安全，我回去看妳，妳不要過來好不好？」

寧念之無語，小屁孩的事還挺多，不過她知道原東良的性子，最是執拗，只好敷衍點頭。

「好好好，那我等你回來。」

「對了，妹妹，這個送給妳，妳肯定會喜歡。」

「妹妹，我可想妳了，西疆有很多很多好吃的，我回去給妳多帶些好不好？」

「妹妹，我抓了一隻兔子，回頭送給妳好不好？」

「妹妹，我養了隻老鷹，回頭讓妳瞧瞧，可英俊了，妳一定會喜歡……」

這時，一束光照下來，寧念之翻個身，瞇著眼睛拉開簾子往外看，果然天亮了。

有多久沒見了呢？唔，三年了呢，也不知道原東良有沒有長高、有沒有變瘦。她要快點學會畫畫，以後給他寄畫像，省得他把這邊的家人忘了。
正想著，就見映雪拎著裙子，急匆匆地跑過來。
「姑娘，快，大少爺寫信回來了！」
寧念之眼睛一亮，匆忙起身。「真的？我大哥寫信回來了？」
原東良一走就是三年，剛開始，大家都以為，他每年至少會回來一次。可周氏死了唯一的親生子和兒媳，前十來年一直活在悲痛裡，忽然得知孫子沒死，見到孫子像見了親兒子，大悲大喜下，就有些不對勁了。聽到原東良要出城，她便尋死覓活，恨不得時時刻刻盯著人。
雖說原東良這輩子看重的人沒多少，也不是多熱心良善，但絕非冷血冷情、鐵石心腸。無奈下，只能年年送節禮回京，信也沒斷過，就是不曾回來。
這是第四年，寧念之都十歲了，原東良也十五歲，再不回來，寧安成大概要忘記這個大哥了。當然，原東良去西疆後才出生的寧安越，心裡根本沒這個大哥的印象。
寧念之小跑著去了明心堂，馬欣榮果然正拿著一封信看。
旁邊，寧安成氣悶地瞪寧安越，寧安越將小身子躲在馬欣榮身後，伸手做鬼臉。
一看見寧念之，寧安成立刻上前告狀。「大姊，妳看弟弟，他摔壞了我的硯臺！」
寧安越探出頭，奶聲奶氣地辯解。「我不是故意的，它不結實，掉在地上就碎了。」
寧安成瞪他一眼，寧安越又躲到馬欣榮身後去。

寧念之過去把人拽出來。「首先，不管這硯臺結不結實，是不是你碰掉才摔到地上的？」

寧安越剛要開口，寧念之挑眉。「說謊的不是好孩子。你身邊還有丫鬟、嬤嬤看著呢，要是說謊，回頭我不給你講好聽的故事了。」

寧安越只好點頭。「我摸了一下，硯臺就掉在地上了……」

「好，既然是你碰掉的，責任就在你。你先碰它，它才碎的，所以這事是你做錯了，要向二哥道歉，知道嗎？」寧念之捏著寧安越的臉頰說道。

寧安越有些喪氣，自他出生，因寧霏出嫁，馬欣榮收攏府裡管家權，忙得分不出工夫，除了吃奶、睡覺，有一大半時日是被寧念之帶著的。

這個大姊在寧安越眼裡，就是「心狠手辣」的代表，揍他從不猶豫，說打就打，所以他是打心裡怕她的。

寧念之挑眉。「向二哥道歉。」

「二哥，對不起，我不是故意的。」寧安越忙乖乖道歉。

寧安成的性子溫和，見弟弟道歉，臉上露出笑意。「沒關係，不過是一方硯臺，我最喜歡的是弟弟，弟弟沒事就好。」

於是，小哥兒倆和好，又手拉手地站在一起了。

寧念之湊到馬欣榮身邊，問道：「娘，大哥來信了？」

「嗯，特意提到妳了呢。」馬欣榮笑著說道，把信遞給她。「過了年，妳大哥就要回京了。」

寧念之大喜。「真的？大哥能回來了？那邊不攔著了？」

「原老夫人跟著一起來。」馬欣榮嘆口氣。「她離不得妳大哥，一天沒瞧見就心慌，索性跟著上京。正好，求了京裡的太醫給她瞧瞧，調養身體。」

說起來，她也能理解周氏。原丁坤上了年紀，身邊又有人伺候，難不成還能凍著、餓著？且又不是新婚夫妻捨不得分開，怕是早在原康明死時，夫妻倆已經有了嫌隙。與其守著老頭子過，不如跟著心愛的孫子。

「那真是太好了，大哥再不回來，我都快忘記他的模樣了。安成，你還記得大哥長什麼樣子嗎？」寧念之笑咪咪地問。

寧安成猶豫一下，有些不好意思地搖頭。「我不確定……見到了，或許能認出來吧？」

寧安越扒著寧念之的膝蓋，仰起臉問：「大哥為什麼和我們不是同個姓？大哥會不會帶我上街玩？大哥能將我扔高高嗎？大哥能不能揹得動我？」

寧念之抬手將人抱起來，放在自己身邊。「因為大哥是爹娘收養的，他有親生爹娘，所以和咱們不同姓。但是呢，大哥當初救過我和爹娘的命，所以，你要把大哥當親大哥，知道嗎？」

三歲的小孩聽不大明白，只眨眨眼點頭，拍胸脯保證。「我將玩具分一半給大哥！那大哥能帶我出門玩耍嗎？二哥太矮了，都揹不動我。」

寧安成撇嘴。「怎麼不說是你太胖了！」

寧安越嘴巴一癟，有些生氣了。「我才不胖！二叔家的小孩才胖！」

當年趙氏給寧霄的雲姨娘，早產了三個月，生了個比寧安越還要大幾個月的男孩，取名叫寧旭。

孩子平安出生，又是庶子，李敏淑本來是容不下的，但架不住趙氏高興，寧霄也喜歡，硬是把他抱到趙氏身邊養著，吃得太好，現下胖得跟顆球一樣。

有時寧念之都覺得趙氏不是真心喜歡親兒子，哪怕是抱養嫡親孫女都行啊，哪有將庶孫子養在身邊的？看吧，原本還挺孝順的兒媳，立刻跟她離心了。

雖說養兒防老，但歸根結柢，老了之後過得好不好，還是要看兒媳孝不孝順。若兒媳不孝順，以後有的是法子背著相公整治她。

但趙氏自己犯蠢，寧念之也不會好心提醒，說她養著庶孫子寒了兒媳的心，老了以後，兒媳絕對會整治她。

因為，只要寧博還在，奉養趙氏其實是馬欣榮的事，和李敏淑沒多大關係。趙氏大概明白這一點，才不把親兒媳放在心上。

「胡說什麼，什麼二叔家的小孩，讓你爹聽見，肯定揍人。」馬欣榮揉揉寧安越的腦袋。

寧安越撇嘴，嘟囔一句：「就是個庶子，我才不願意和他玩呢。」

「誰教你這些的？」馬欣榮皺眉，她看不慣庶子是一回事，但這庶子是小叔的親兒子，寧安越這話要是被外人聽見，還以為是她挑唆的。她一個內宅婦人傳這些閒言碎語，也太難看了點。

「和哥哥說的。」寧安越眨眨眼，馬上出賣寧安和。

馬欣榮愣了愣，嘆口氣，趙氏實在糊塗，連親孫子都跟她離心了。

「不許瞎說知道嗎？這種話不能讓人聽見。」馬欣榮耐心地向寧安越解釋：「不然，你二叔和你爺爺都會不高興，祖母也不高興。他們不高興了，你爹就不高興，那你以後就沒有零食吃了，也不會帶你上街去玩，知道嗎？」

寧安越立刻被嚇住。「我再也不說了，爹可千萬不能不高興。」

正說著，寧震掀了門簾進來。「在說什麼呢？我怎麼不能不高興？」

寧念之搶著開口。「大哥寫信回來，說是過了年就能回京。原家在京城應該沒有宅子吧？我想著，是不是在咱們家收拾個院子呢？可原家老夫人也要來，到時候她住咱們家，會不會覺得不方便？」

寧震一挑眉。「這臭小子終於知道回來了？」

他瞧見桌上的信，抬手拿過來，掃了一眼，便笑道：「出門幾年，倒是沒有耽誤功課，字寫得比以前好看多了。以前的字跟狗爪子刨出來的一樣，現在總算有個樣子。」

說完，他低頭認真看信，看完了道：「年後才回來，估計到京城也要三月，到時候春暖花開，正好趕上太學收學生。」卻又搖頭。「不對，他連秀才都沒去考呢，太學收學生和他沒關係。」

馬欣榮瞧著相公藏都藏不住的笑容，忍不住噗哧一聲笑出來。

「行了吧，兒子回來，你高興就高興，還憋著做什麼？不過，念之說得有道理，東良住咱們家沒問題，就怕原老夫人不願意。不然，咱們買間宅子？」

說完，她又搖搖頭。「可就怕東良這小子瞎想，會以為咱們不歡迎他了。要不，在咱們府裡收拾兩個院子？」

最後，他們做了兩手準備，一邊買宅子，一邊收拾自家院子。即便原東良要帶著周氏住新宅子，也能隔三差五地回來住兩天。

接著，寧念之又跟馬欣榮商議螃蟹宴的事。

小姑娘們大了，也該設宴交交朋友。這個季節，大家吃螃蟹、賞菊花，再好不過。

馬欣榮欣然同意，便吩咐人開始準備了。

第三十四章

寧念之得到原東良要回來的消息，心情好得不得了，走路都快飛起來了。

唐嬤嬤見狀，不得不在一邊提醒。「腰板挺直，腳後跟先落地，一步的距離不能太大，裙角的鈴鐺不能響……」嘮叨得寧念之頭疼，趕緊跟著收斂，保持儀態。

唐嬤嬤的教導是全面的，不光平時見什麼人行什麼禮，還有平日起居的規矩，虧得寧念之是活了兩輩子的人，雖然覺得辛苦，卻不會發脾氣。

可寧寶珠跟著學了幾天，就受不住這苦，哭到李敏淑心疼得不行，趕忙請了別的嬤嬤來教她。

寧寶珠進書房，見寧念之已經來了，便跳過去。「大姊，螃蟹宴的事情怎麼樣了？」

「唔，和我娘說過了，我娘答應，咱們訂個日子，然後寫帖子請人吧。妳打算請誰來？」寧念之笑咪咪地問道。

寧寶珠扳著手指，開始數人，又道：「唔，大姊有要補充的嗎？」

「有啊。」寧念之點點頭，忽然伸手拍額。「壞了，我忘了寫先生昨天布置的功課！妳寫完了嗎？」

寧寶珠忙點頭。「寫完了。那大姊趕緊寫啊，一會兒先生過來，要是看見一個字都沒寫，肯定生氣，寫一半也比沒寫強。」說完不敢再耽誤寧念之，回到座位上，拿出課本來看。

寧念之有些懊惱，昨天太興奮了，竟把功課忘得一乾二淨，這下好了，希望先生來得晚一點。

正想著，就見門口飄進一名穿著秋香色衣服的女子，雖然長相不算上等，但通身氣質恍如仙子，神色帶著幾分淡然。

她往書案前一站，掃了坐下面的姊妹倆一眼，開口道：「功課可都做了？拿過來讓我瞧瞧。」

寧寶珠沒動，偷偷看寧念之。

寧念之臉色微紅地起身。「先生，我忘記做功課了，請先生責罰。」

吳先生點點頭，看寧寶珠，寧寶珠趕緊將自己的功課遞上去。

吳先生翻看一下，放在旁邊，道：「念之沒做功課，接下來三天，功課翻倍；寶珠的功課完成了，但有些差池，等會兒我再詳細解釋。現在翻開課本，昨兒咱們講的是《女誡》第四篇，今兒接續昨天的，妳們先把昨兒講的背誦一遍。」

姊妹倆站著，等吳先生起頭，兩個人一起往下接。

吳先生坐姿端正，眼簾下垂，看著面前的課本，卻沒疏忽下面，聽出誰的聲音磕磕絆絆，便暗暗記下，等著課後再說。

背完一篇課文，接著講新的文章。學生只有兩個，誰要搗亂，一眼就能看見，所以姊妹倆誰也不敢偷懶，認認真真上完一堂課。

隨後，寧念之辛辛苦苦地補寫功課，寧寶珠則被吳先生叫到前面，再親自指點一番。

小孩子坐不住，所以每隔半個時辰就會休息一炷香工夫。今兒另一位先生沒來，便全是吳先生上課。

上完課，寧念之正收拾東西，打算回明心堂，就見趙氏身邊的丫鬟過來，笑嘻嘻地給她們兩個行禮。

「昨兒姑太太讓人送了螃蟹來，今兒老太太特意蒸了幾隻，讓奴婢請姑娘們過去嚐嚐鮮。」

今年寧霏嫁給了寧王世子，雖然同在京城，但因寧霏是新婦，沒事不好回娘家，這還是頭一次讓人送東西來呢。

寧寶珠是個小吃貨，早已心心念念地想吃螃蟹了，聽見這話，眼睛立刻發亮，便拽著寧念之去了榮華堂。

姊妹倆一進去，見趙氏正摟著身邊的小孩說話，寧寶珠的臉色就不大好看了。

寧念之捏捏她手心，拉著她上前行禮。

趙氏笑咪咪地對她們招手。「來來來，上了一上午的課，累不累啊？等會兒廚房就送飯菜來。祖母特意吩咐人準備了妳們最喜歡吃的，有念之喜歡的八寶鴨、寶珠喜歡的水晶蹄膀香肴肉，妳們多吃點。唸書太累了，要是吃不好，肯定會瘦很多，妳們得多補補身子。」

「多謝祖母，祖母對我們真好。」寧念之笑嘻嘻地說，看寧旭還捏著點心吃，便忍不住笑道：「旭弟弟又胖了些，祖母真會養孩子。」

趙氏哈哈笑。「妳別羨慕。當年妳剛出生時，祖母也想抱來身邊養著，但妳娘捨不得，帶妳去了白水城，結果白白在那邊受了幾年罪，身子底子不大好，現在怎麼都長不胖了。」

「祖母說錯了，我在白水城可沒受罪，有什麼好吃的、好玩的，爹跟娘都想盡辦法給我找來呢。」寧念之笑著說道。

她才不要變成胖子，娘親說得好，女人啊，就是要身子健康，以後才能長長久久地享福。太胖了容易虛，太瘦了容易乏，她這樣不胖不瘦，才是最好的。

趙氏見她不識好歹，撇撇嘴不說了，轉頭跟寧寶珠說話。「前些天，妳娘說妳有些著涼，天氣一天比一天冷了，得多注意點，該穿衣服就穿衣服，別光顧著愛美，大秋天的只穿一件衣裳，凍壞了可不划算。」

寧寶珠看看裹成一顆球的寧旭，忍著笑點頭，寧旭吃得太胖，又不愛動彈，自然是怕冷的。她和大姊上課之餘，還時常在園子裡玩耍蹦跳，一點都不覺得冷。

「妳們姑姑孝順，有點好東西都想著我，這不，今年剛出來的螃蟹，大的跟這盤子一樣大，小的也有碗口大，我特意叫妳們兩個來吃，可要記得妳們姑姑的好。」

趙氏絮絮叨叨地說，寧念之和寧寶珠聽了喜歡就應兩聲，不喜歡就當沒聽見。

沒一會兒，丫鬟來擺膳，果然上了四隻大螃蟹，剛好一人一隻。

趙氏還在說：「妳們年紀小，螃蟹寒涼，不能吃太多，吃完了要喝些薑湯知道嗎？按說，黃酒最好，不過小丫頭喝不得，剩下的螃蟹改天再吃。來來，寶貝兒，只能再吃這口了。」最後兩句是對寧旭說的。

寧念之興匆匆地挖了一勺蟹肉塞進嘴裡，鮮得眼睛都瞇起來了。寧寶珠更是眼睛發亮，吃完自己那隻，還戀戀不捨地看看寧念之的。

不過，她雖然貪吃，卻不貪心，看一眼便當解饞了，扒兩口飯，笑得沒心沒肺地說：「祖母，過兩天我和姊姊要辦個螃蟹宴，咱們家莊子送來很多很多螃蟹呢。」

趙氏微微皺眉。「莊子送來的？什麼時候？我怎麼不知道？」

「昨兒送的，我的丫鬟去廚房拿點心時看見的。」寧寶珠眨眨眼。

趙氏抿抿唇，不大高興。她還以為閨女送的螃蟹是稀罕物，當寶貝一樣，只叫兩個孫女過來嚐鮮。卻不知道，莊子也送來很多，兩個兒媳怕是要笑話死她，拿著草根當珍寶！

不過這絕對不是閨女的錯，閨女又不知道莊子上送了螃蟹，肯定是老大家的，早不要、晚不要，非得這兩天要！

寧念之不知道趙氏又遷怒到自家娘親身上，吃飽喝足，又有暖融融的陽光照著，便有些犯睏了。

眼皮子重，她忍不住打起瞌睡，就聽趙氏斥道：「女孩子家家的，打瞌睡像什麼樣子！難不成唐嬤嬤沒教過妳，女孩子要注意自己的儀態嗎？」

寧念之眨眨眼，看看桌上的螃蟹殼，再看看趙氏，無語了，簡直莫名其妙啊，前一刻還暖如春風，後一刻便翻臉不認人？不就是吃個螃蟹，用得著發火嗎？

不過，忍了，誰讓她是長輩呢？被長輩說兩句，又不會掉塊肉。誰家上了年紀的老太太不嘮叨？就是外祖母，每回她過去，都要念叨幾句呢。大不了當反話聽，當是趙氏關心她好了。

趙氏自顧自地念叨幾句，見寧念之不反駁，心情總算好了些，擺擺手。

「算了算了，妳們兩個越大越不聽話。都回去吧，該幹麼就幹麼，別在這兒杵著了。」

寧念之和寧寶珠聞言，如蒙大赦，趕緊溜出去了。

寧寶珠佯裝擦了把汗。「祖母越來越不講理了，都不知道怎麼回事呢，便忽然生氣。唉，要是小姑姑還在家就好了，至少祖母的脾氣沒那麼壞。」

「小姑姑在家，祖母雖然不生氣了，但小姑姑的脾氣可不算好。」寧念之撇嘴，忽然想起，趙氏抱養寧旭，好像是寧霏出嫁後的事。難不成因為女兒嫁人了，覺得寂寞，才抱養孫子？

她摸摸下巴，不是沒這可能啊，畢竟寧震和趙氏不親，除非趙氏叫，長房三個孫子不太去榮華堂。二房呢，寧寶珠自然是跟著寧念之一塊兒的，寧安和要唸書，不能時時刻刻泡在後院。數來數去，其實適合的對象，只有寧旭一個了。

哎，老人家的寂寞。

不過，即便猜出趙氏為什麼鬧脾氣，寧念之也沒辦法，總不能為了讓她開心，就把自己送過去吧？

螃蟹宴主要還是馬欣榮準備的，筵席上的菜色啊、筵席前的點心啊、筵席後的茶水啊，事情挺多。

幸好來的都是十來歲的小姑娘，再叫上個女先兒（注）講幾個故事，剩下的娛樂，她們自己就能找了。

王家小姑娘喜歡作詩，李家小姑娘喜歡畫畫，張家小姑娘喜歡彈琴，寧念之索性將各色東西搬出來，誰喜歡作詩，就到亭子裡找張桌子寫；誰喜歡彈琴，就坐在後面彈給大家聽。

至於排名什麼的，最容易招惹是非，所以她從不這樣，不管誰的作品，一味誇好就行。雖說有些不誠實，但大家都讀過書，作品不可能沒有好的地方。

寧寶珠最喜歡吃，螃蟹一上來，眼珠子便死死地盯著。寧念之忍不住好笑，這樣子，倒是和趙侯爺家的小胖子有得拚，兩個人都把吃當成了生命中最重要的事情。

「這菊花酒的味道挺特別的，是你們家自己釀的嗎？」王家小姑娘捏著酒杯，滿臉驚

注：女先兒，以占卜、唱曲、說書等為業的女子。

奇。「居然是甜的，放了蜂蜜嗎？或者放了冰糖？」

寧寶珠很得意。「好喝吧？這是我們家自己做的，方子是我大姊特意翻書找的古方，裡面沒放蜂蜜那些，放的是菊花花蕊，本身就帶著甜味。若妳喜歡，回頭我送妳一壺。」

小姑娘的眼睛立刻亮了。「真的？那太好了，我就喜歡這種味道。這樣吧，上次妳去我家，我請妳吃荷花糕，妳不是說挺好吃嗎？我拿荷花糕的方子換菊花酒的方子好不好？」

寧寶珠有些為難，轉頭看寧念之，寧念之倒是挺大方。「可以啊，回頭我就寫方子給妳，不過……」

不等寧念之說完，王家小姑娘趕緊點頭。「放心放心，我們家自己喝的，絕對不會拿出來送人或賣人。」

像他們這樣的大戶人家，誰家沒幾個特別的方子？想有自己的特色，不肯外傳，還是可以理解的。

見寧念之答應了，寧寶珠端起自己的酒杯，朝眾人一舉。「來，光這樣喝酒挺沒意思，不如咱們來行酒令？」

「好啊，咱們背詩接著玩吧？」王家小姑娘忙道，眾人轟然應好。

寧念之先開始。「已經是秋天了，咱們以秋為題。我先說，銀燭秋光冷畫屏。」

挨著寧念之的李家姑娘忙接道：「迢迢新秋夕，亭亭月將圓。」

行這個令，接不上來的人得喝酒，張家小姑娘不擅長這個，兩圈下來喝了兩杯，小臉微紅，有些氣憤。

「妳們都欺負我不會背詩，太壞了！等著，我讓哥哥給我寫兩首詩，回頭砸妳們一臉！」

這話逗得眾人忍不住哈哈大笑，她抱著酒瓶子，挺委屈地說：「笑什麼啊？我哥可是大才子，會作很多很多的詩，當了好幾次他們書院詩會的魁首呢！」

「好好好，妳哥哥能幹，只是咱們女孩子玩耍，讓哥哥來幫妳，豈不是太欺負人了？」王家小姑娘笑嘻嘻地說。

張家小姑娘瞪眼。「妳們不會也叫自己的兄弟嗎？啊，我想起來了，念之的弟弟才六歲，不對，七歲，還不會作詩呢，堂哥又沒空跟妹妹玩，哈哈哈，妳們姊妹倆沒人幫忙！」

「誰說我們沒人幫忙，我們大哥馬上就要回來了。」寧寶珠嘀咕道。她常常和寧念之湊在一起玩耍，寧念之也沒瞞著她，原東良走時，她已經記事了，這會兒便拿出來說。

「我們大哥很英武，到時候，一個人揍趴妳們的哥哥。」

王家小姑娘挺好奇。「妳們還有個哥哥？怎麼從沒聽說過，也沒見過？是親哥哥嗎？」

說著，她恍然大悟。「我知道了，說的是念之的表哥對嗎？念之的表哥也好有本事，今年是不是考上太學了？去太學唸書啊，要是不出意外，三年後的春闈肯定能中的。」

「不是我表哥，是我義兄。」寧念之笑咪咪地說，然後扯開話題。「好了好了，喝得差不多，咱們去園子裡走走吧？我特意讓人做了好幾座鞦韆，咱們盪鞦韆去？」

「好。」小姑娘們笑著點頭，跟著去花園，玩到下午，才依依不捨地告辭。

寧寶珠喝多了菊花酒，等客人們一走，便嚷嚷著睏，讓婆子揹回房睡了。

宴會結束了，寧念之回到房裡，仍是有些興奮。

唔，哥哥要回來了，是不是得準備禮物什麼的？

四年過去了，不知道他是不是還和以前一樣，喜歡各種機關玩具，喜歡看兵書？衣服鞋襪也要準備，從西疆過來，肯定不會帶太多行李。還有院子裡的各種擺設，是不是要換一換？

現在，他會喜歡什麼樣的擺設，簡單的還是華麗的，珍品還是古董？還有書房，也要收拾一番。就算到時候不住自家，也定會先來待兩天的。

不知道原家的老夫人好不好相處？好歹是哥哥的親祖母，若是不好相處，到時候哥哥就為難了。

她想來想去，索性找紙筆來，把暫時想到的、需要添置的東西記下來，等得了空，就開始布置院子，還有娘親新買的宅子。

相對於寧念之的歡喜，雖說寧寶珠對這個大哥也有印象，但畢竟沒相處多久，準備好見面禮，便將這事放下了。

第三十五章

臨近年關，街上的鋪子外面掛著大紅燈籠，裡頭的裝飾也多換成紅色，看起來很是喜慶。

這日，寧念之跟寧寶珠上街逛逛，寧寶珠興匆匆地趴在珠寶鋪子的櫃檯上，拿著簪子對自己比劃。

「大姊，妳說這個好不好看？」

「好看，不過妳戴著有點老氣了。」寧念之認真地說道。

寧寶珠嘟嘟嘴，卻捨不得放下。「那我先買下來，過兩年梳了頭髮再戴。」

雖然姊妹倆都十歲了，但還梳著丫髻呢，兩個丫髻能戴什麼簪子啊？拿彩帶纏一下，紮個蝴蝶之類的花結就行了。

寧念之正打算開口，便聽門口傳來噗哧一聲笑，一抬頭，看見兩個不認識的小孩站在那裡。

其中的小姑娘打扮得挺富貴，笑嘻嘻地說道：「這位大姊姊，妳現在買了，萬一過兩年不流行這個款式了，妳還戴不戴啊？」

她旁邊的小男孩聽了，對姊妹倆抱拳，神色淡淡地賠禮。「舍妹魯莽，請見諒。」

寧寶珠好脾氣，性子大大咧咧，當即擺手笑道：「沒關係，她說得挺有道理，兩年後，誰知道這個款式會不會有人戴呢？再者，放久了，再炸一炸也不好看，還不如到時買新的。小妹妹，謝謝妳啊。」

小姑娘擺擺手，拽著自家哥哥進來，扒在寧寶珠身邊一塊兒看。「這個看著不錯，妳為什麼不喜歡？」

寧念之看著七、八歲的小孩認真地跟寧寶珠討論哪樣首飾好看，覺得有些無語了。小毛孩子戴什麼首飾啊，這個年紀，天真可愛最美，好嗎？

「妳是寧家的大姑娘？」小男孩盯著寧念之看了一會兒，忽然問道。

寧念之驚了下。「你是……」

「唔，在……我見過妳兩次。」小男孩支吾道。

寧念之眨眨眼，沒說出來到底是在哪裡？這兩年，她去過的地方可多，京裡的寺院、京外的莊子，還有親朋好友家，連皇宮也去了好幾次呢，不說地點，她怎麼猜得出他是誰？

「這是妳妹妹吧？」小男孩完全沒有解釋的意思，看向寧寶珠。「和妳長得不大一樣，妳更好看些。」

寧念之的嘴角抽了抽，小小年紀，知道什麼叫好看啊？

「妳祖父跟爹爹身子可好？我記得老國公年輕時傷了腿腳，一到天冷，關節容易痛，這冬天還好嗎？」

寧念之心裡嘀咕不停，但面上卻越發不敢放肆了，能用這樣語氣問自家祖父和爹爹，要麼是常見自家長輩，要麼是自家長輩見他時得放低姿態。不管是哪個，都只能說，這小孩的身分不大一般。

「多勞惦記，祖父身子還好，前段時日皇上賞了藥膏，十分管用。」寧念之笑著說道。

小男孩點點頭。「那就好。老國公為國盡忠，立下汗馬功勞，乃大元功臣。他身子康健，才是國之大幸。」

寧念之訕訕笑了兩聲，實在不想往下接，但又不能不說。「保駕護國，是將士職責所在，當不得誇獎。」說著，趕緊扯開話題。「這位公子，時候不早了，你看……」

雖然寧寶珠貪玩，卻是懂事的，聽寧念之這麼說，趕緊轉身站到她身邊，又好奇地打量小男孩。

小姑娘嘆口氣。「哎，妳們要回家了嗎？好不容易遇見個能說得上話的，卻要走了。妳們是寧家的人對吧？以後我能去找妳們玩嗎？」

寧寶珠沒心眼，但她不傻，轉頭看寧念之。

寧念之笑咪咪地點頭。「當然可以，我們住朱雀街那邊，你們走進平安巷，說是找我們，自有人會帶你們進去。」

寧寶珠這才笑嘻嘻地開口。「是啊是啊，我們家有好多好玩的，我大姊也會好多遊戲，到時候咱們可以一起玩。」

小姑娘高興起來，拉了小男孩的手晃了晃。

小男孩點頭。「以後得空送妳過去。不過，這會兒不早了，人家要回家，咱們是不是也該回去了？」

「好吧。」小女孩不太高興，但還是應了下來，跟著自家哥哥一步三回頭地走了。

上了馬車，寧寶珠壓低聲音，小心翼翼地問寧念之：「大姊，那兄妹倆是誰啊？看那通身的氣派，不像普通人家的孩子。而且，他們怎麼知道我們是寧家的人？」

寧念之忍不住笑。「在京城裡，只要留意一些，是誰家的孩子，多數都能記得的。」

京城說大也大，從東邊到西邊，坐馬車一天走不到頭；但說小也確實小，十戶人家有一半能扯上關係。

那兩個小孩穿著不俗、言談不俗，肯定不是普通人家的孩子，她們姊妹倆不認識，可不代表人家不認識她們。

不過，能用那種語氣問自家祖父和爹爹的，不是皇親，就是國戚。當然，最大的可能，就是住在那裡的人。年紀對得上，還有個妹妹的，幾乎不用猜了。

寧念之摸摸下巴，原來太子長這個樣子？

前兩年，皇上才剛冊封皇后所出嫡子為太子，雖然他年紀小，但中宮嫡子，名正言順。

上輩子，寧家連站隊的機會都沒有，這輩子卻早早被皇帝綁在太子這艘船上。她第一次進宮，就得了皇后娘娘賞賜的教養嬤嬤，現在唐嬤嬤還在自家待著呢。

寧念之想著，忽然打了個冷戰。

「大姊，妳冷啊？」寧寶珠擔憂地看她。「喏，拿著手爐，等會兒到家就不冷了。來，蓋著毯子，可不能凍著，馬上要過年，凍著就壞了。」

寧念之無語地看看手爐，又塞回給寧寶珠。「我不冷，妳自己拿著吧。我想著，西疆那邊是不是比京城冷，以後大哥不習慣京城的天氣，可怎麼辦？」

寧寶珠哈哈笑。「大姊，妳是不是傻了？我只聽說到更冷的地方會不習慣，還沒聽說到暖和的地方會不適應的。不習慣就少穿幾件衣服，還能讓自己熱著不成？」

寧念之抽了抽嘴角，使勁捏了寧寶珠的臉頰一把。

寧寶珠樂不可支。「一說到大哥的事情，大姊就變笨了。說起來，有好幾年沒見了，不知道大哥變成什麼樣子，會不會長得更高些？對了，小時候，大哥還說要娶妳呢，哈哈哈。這會兒長大了，大哥的年紀，也該說親了吧？」

寧念之搖頭。「不知道，不過，原家老夫人肯定會安排的，妳少說兩句吧。小時候，也不知道是誰，一看見大哥就害怕，非得往別人身後躲。」

寧寶珠對她做個鬼臉，姊妹倆說著話，也不覺得走得慢。到家時還早，李敏淑便派人來接寧寶珠回去了。

寧念之閒著沒事，索性去找馬欣榮。

明心堂裡，寧安越正在使小性子，看見寧念之進來，氣哼哼地轉身。

「大姊壞，不帶我出門！大姊太壞了！」

寧安成忍不住笑。「這話你已經嘟囔了一下午，能不能換一句來聽聽？」

「二哥也壞！大壞蛋！」寧安越喊道。

馬欣榮正在一邊做針線，見狀便伸手戳戳他臉頰。「就你不壞。再說哥哥姊姊壞，下次他們可不給你帶好吃、好玩的了。」

寧安越聽了，立刻小心地看向寧念之。

寧念之繃著臉。「我聽見你說我壞話了，所以……」

寧安越連忙撲過來。「啊，大姊最好了，大姊是最漂亮的人，我最喜歡大姊了！」

寧安成在一邊哈哈笑，寧念之也繃不住了，捏他臉頰，把在外面買的小玩意兒全塞給他。

寧安越樂得不行，就不再使小性子，和哥哥姊姊玩了起來。

晚上吃過飯，姊妹倆到緣惜院做功課，寧寶珠湊到寧念之身邊說悄悄話。

「昨兒我見到小姑姑那邊派人過來和祖母說話，祖母挺高興的，不知道是什麼喜事。妳說，會不會是小姑姑懷孕了？」

「我怎麼知道，小姑姑又沒派人和我說。」寧念之沒好氣，頓了頓，又道：「可能是吧，小姑姑都嫁過去三、四個月，要是沒意外，肯定會有的，但也不一定。不是說三個月之前不能聲張嗎？反正妳別打聽，要是能說，不等妳問，祖母馬上就會說了。」

寧寶珠點頭，托著腮幫子，發起呆來。

寧念之看了一會兒書，沒聽見她說話，覺得有些奇怪，一轉頭，看見寧寶珠皺眉，便忍不住戳她兩下。

「想什麼呢？有什麼不開心的事情？」

「還不是雲姨娘的事。」寧寶珠不高興。「她又有了身子，昨兒我娘哭了大半天呢。」

寧霄是書呆子，但也挺風流，講究紅袖添香。雲姨娘長得不錯，又會讀書寫字，寧霄很喜歡她，再加上她的孩子養在趙氏身邊，於是就抖起來了。

寧念之猶豫一下，開口問道：「妳也不小了，二嬸怎麼沒再有身孕呢？」馬欣榮都接連生了他們兄妹三個，李敏淑年紀不大，身子尚好，為什麼沒懷上呢？

這麼一說，寧寶珠也有些愣了。「是啊，我娘怎麼就沒再懷孕呢？」

然後，不等寧念之反應，她忽地起身衝出門。

寧念之趕緊追出去。「哎，妳別著急啊，先不能……」頓了頓，又站住了。

若是二嬸請個大夫來看看，應該是好事吧？

要是她多想了，不過是請個大夫的事；要是她沒多想……

寧念之想了想，不敢隱瞞，趕緊去找了馬欣榮。

馬欣榮聽閨女說了事情的來龍去脈，忍不住戳她額頭。

「就會找事。這輪不到妳多嘴，妳二嬸又不傻，自己身子如何，難道會不知道嗎？說不定早開始琢磨這事了。妳別多管，有空了趕緊畫幾幅畫，妳大哥寫信來，說想看看你們姊弟這幾年的樣子，妳畫了寄過去吧。」

「大哥什麼時候能到？」寧念之瞬間就把二房的事扔一邊去了。

馬欣榮笑咪咪地道：「之前的信不是寫了嗎？過了元宵節才出發。若只有他自己，二月底就能到京城，可帶著老夫人，大概要三月了。到時候正值春暖花開，讓妳表哥帶著他出去踏青，好多結識幾個朋友。」

「娘，明年我想去太學唸書，現在還要考試嗎？」寧念之忽然想起這個重要問題。

馬欣榮點頭。「還是要的。不過，女孩子的考試比較鬆，妳應該能考上。」

她頓了頓，又道：「我呢，不求妳在太學跟貴人交好，過得開心就行，要是學院裡有人欺負妳，不去也成。反正妳身邊有唐嬤嬤教著，京城裡，誰也不敢小看妳的規矩禮儀。」

寧念之笑咪咪地點頭，馬欣榮又道：「太學裡有公主、郡主，聽說有幾個脾氣比較大。妳不必怕她們，如果有人欺負妳，別傻站著挨打，該還手就還手，知道嗎？」

「娘，聽您說的，大家都是讀書人，哪會動不動就打架呢？」

當然，真要打她也不怕，以為她從小白跟著原東良練武了？為了身體健康，回京後，她還時不時去跑跑馬、射箭什麼的，身子比一般閨秀好多了。

再說，還有老天爺給的大禮物，她有什麼好怕的？

娘兒倆又說幾句，寧安越就找過來了。

現在寧安成啟蒙讀書了，沒人帶寧安越，馬欣榮忙著準備年禮，索性把小兒子塞給寧念之。

寧念之和寧安越大眼瞪小眼一會兒，提議道：「我教你唸書？」

「又是唸書，剛才已經唸過了。」寧安越不大樂意，扒著寧念之的腿往軟榻上爬。「大姊，咱們玩遊戲吧？」

「玩什麼？」寧念之伸手拽著他胳膊，免得人滑落下來。

寧安越挺興奮，趴在寧念之腿上，仰著小臉道：「玩山匪搶壓寨夫人的遊戲！我當土匪頭兒，妳當新娘子好不好？」

寧念之抽了抽嘴角，不用問了，這肯定是自家那不著調的老爹講給小弟聽的！但，這故事有官兵英勇剷除土匪的部分啊，傻弟弟為什麼不當官兵？

「那誰當官兵？」她問道。

寧安越瞪大眼睛。「沒有官兵。官兵太厲害了，等我長大才能當官兵，到時候大姊當新娘子，我去營救大姊！」

「不如這樣，咱們玩官兵抓土匪的遊戲，你當土匪，我當官兵？」寧念之提議。

寧安越立刻搖頭。「官兵才沒有女的呢，不行不行。」
「那玩捉迷藏吧，我當土匪，你當官兵，我藏起來，你負責抓我好不好？」寧念之說道。小孩子麼，要多跑跑身體才會好。
寧安越點頭同意，於是姊弟倆去了花園。
按照捉迷藏的玩法，寧念之不能藏在屋子裡，只好找座假山，躲在縫隙裡，一刻鐘後，讓寧安越帶著小丫鬟們四處找。
寧念之凝神聽著寧安越的動靜，不想耳邊忽然多了兩個人的說話聲。
「妳說的是真的？」
「自然是真的，這種事能說假話嗎？妳不信就等著看吧，雲姨娘這胎，肯定保不住。」
「嘖嘖，二夫人真夠狠心的。」
「那也沒辦法，誰讓雲姨娘現在抖起來了呢，還把孩子養在老太太身邊。我要是二夫人，早就忍不下去了。」
「妳說，咱們能不能立個功什麼的？」
「妳傻啊，雲姨娘再得寵也只是個姨娘，二夫人可是嫡妻，哪怕打殺了雲姨娘，誰也不能說她錯。再說了，還有少爺和姑娘呢，若投奔雲姨娘，就等死吧。」
寧念之眨眨眼，所以，二嬸忍不下去了？不對啊，以前能忍，不可能現在忽然忍不了。

首先，雲姨娘已經有個兒子，還養在祖母身邊，二嬸已經被壓了一頭。其次，這回雲姨娘肚子裡的，誰知道是男孩還是女孩？要是男孩子，二嬸出手還說得過去；要是女孩子，完全沒必要髒了自己的手。

想起之前寧寶珠跑出去的事，寧念之忽然有了不好的聯想，難道，真是二嬸的身子出了什麼問題？受到刺激，所以爆發了？

那兩人說著話便走遠了，寧念之想得出神，衣服突然被人拽住——

「哈哈，找到了！大姊，妳被我抓到了！」

寧念之回神，趕緊揉揉寧安越的腦袋。

「好好好，小弟真厲害，比大姊還要聰明。抓到了有獎勵，現在呢，官府獎勵你一兩銀子。」手一翻，拿出一枚銀瓜子遞給他。「寧安越官兵，以後要繼續努力，抓捕土匪，剷除強盜，保護百姓，官府會有更多的獎勵，知道嗎？」

寧安越興奮地點頭。「好！我一定會抓很多犯人的！」頓了一會兒，揉揉肚子，有些可憐兮兮地說：「大姊，我肚子餓，吃些點心再玩吧？」

寧念之忍不住笑，招呼丫鬟拿點心來，找亭子進去坐，暖和一會兒。大冬天的，藏在假山縫裡半天，虧她身體好受得住。

二房的事情，她不打算插手，聽過也就算了。

第三十六章

轉眼間到了臘月二十三，俗稱小年。

這日，雲姨娘吃壞肚子，小產了。

雲姨娘原想鬧騰一番，但趙氏裝聾作啞，寧霄不管內宅，馬欣榮當然也不會多管閒事。再加上寧博覺得小年當天小產，實在晦氣，所以這事便沒人過問了，只有李敏淑給她一些養身子的藥材。

小年過後，日子飛快流逝，又是除夕了。

大年三十，一家子守夜，大年初一跟著馬欣榮進宮磕頭，大年初二去馬家玩耍，大年初三拜訪親友，大年初六接待客人。

雖然寧家人口不多，但架不住如今的地位及實權，上門的人真不少，一直忙到大年初十才算完，休息幾天，就是元宵節了。

現下寧念之對元宵節已經沒有太大的期盼，和往日比起來，也就是人多了點、燈多了點、吃食多了點而已。

一過十五，她就開始扳著手指數，今兒嘀咕兩句，大哥應該出發了，不知道出城沒有？明兒嘀咕兩句，西邊應該沒那麼冷吧，肯定沒有白水城冷，說不定這會兒已經開始穿單衣了？

馬欣榮被她嘀咕得心煩，索性派工作給她。春天快到了，家裡該準備春衫，布莊送來布疋，金樓也送了首飾樣子，寧念之負責挑選分配，各處都要照顧到。

這工作不算小，從趙氏到寧寶珠，大家喜歡的花色、樣式都不同，總不能做新衣服還讓人不喜歡，所以，倒真讓寧念之安生了幾天。

可正月沒過完，寧家就發生了一件說大不大、說小也不小的事。

趙氏給寧霄的第一個人、生了寧家第一個庶子的姨娘——年前小產的雲墜兒，月底時忽然過世了。

馬欣榮得到消息，帶著幾分疑惑，和陳嬤嬤討論了大半天。

大房唯一清楚這件事情前因後果的，只有一個人。

但寧念之不過是猜出雲姨娘曾經對二嬸下過手，然後被二嬸發現了。至於雲姨娘到底是怎麼死的，二叔和老太太知不知道裡面的內情，就不屬於她關心的範疇了。

在她看來，雲墜兒之所以會死，大部分的原因還是出在趙氏和寧霄身上。

若趙氏不是想著用姨娘來壓制兒媳，若寧霄沒有想著紅袖添香、齊人之福，這事就不會發生了。

當然，雲墜兒不是沒有錯的。二嬸已經是嫡妻，還生下嫡長子，地位穩穩當當，她何必下手呢？就算二嬸以後不能生育，對一個姨娘來說有什麼好處？除非，她的下一步就是除掉嫡子。

二嬸大概也想到了這一點，今天姨娘對嫡妻下手，明天定然會對嫡子下手。這也不算先下手為強，因為她已經遭殃了，雲姨娘算是自己嚐了自己種下的惡果。

至於沒了親娘的寧旭，正經算起來，二夫人才是他的母親，他現在不過三歲，如果李敏淑大肚能容，自然會留他一條命；如果李敏淑斤斤計較，趙氏應該也不會撒手不管。

果然，雲姨娘死了沒半個月，寧旭就被抱到另一個姨娘身邊去了。和雲姨娘比起來，這個姨娘還算聰明，自寧旭到她院子裡後，除了給二夫人請安，平日不出院子一步，更是拘著寧旭，不讓他去趙氏那邊了。

只要二夫人滿意，他們娘兒倆的日子才會好過。

雖然稚子無辜，可他出身如此，要怨只能怨他死去的娘非得上趕著給人當姨娘，還傻得對嫡妻下手。

到了二月底，馬欣榮開始派人從早到晚在城門口守著。寧念之也掛念得很，每天晚上都要問問，看原東良到京城沒有。

不過，原東良還沒到，太學的開學考試先開始了。

原本李敏淑不願讓寧寶珠去太學讀書，雖說太學在京城很有名，但女學開設不過數年，真數起來，教出來的學生只有四屆而已。

她覺得，女孩子麼，還是在家老老實實待著，學學規矩、學學管家，將來嫁個好人家就行了。

但得知有幾個小公主、小郡主也在太學唸書後，加上寧寶珠撒嬌，李敏淑被纏得沒辦法，只好答應。不過，兩人說好了，若寧寶珠在學院不老實，被人告狀，就得回家安安分分地待著。

寧寶珠私底下向寧念之念叨。「我又不是小孩子，還能被人找上門告狀？我娘實在是太操心了，也不想想，太學要是不好，每天有人吵嘴，誰家願意把孩子送去唸書。大姊妳說對不對？」

寧念之伸手替她整理一下衣領。「二嬸也是為妳好，她只有妳這麼個閨女，肯定會擔心啊。一會兒就到太學，妳可準備好了？考試時別緊張。」

寧寶珠捏捏手指，神色帶上了幾分嚴肅。「哎呀，怎麼辦，妳不說還好，一說，我忽然緊張起來了。我不會考壞吧？」

「考壞也沒關係，大不了明年再考一次嘛。」寧念之笑咪咪地說。

寧寶珠把腦袋埋進毯子裡，使勁搖晃。「不行不行，我不要等明年。咱們兩個的年紀沒差多少，今年我要是考不上，肯定丟人。」

說著話，馬車便到了太學門口。

馬嬤嬤掀起車簾，笑呵呵地道：「姑娘，今兒來的人不少，快下車吧。奴婢們不能進去，只能在這裡等著，願大姑娘跟二姑娘順利考中。」

姊妹倆下了車，見三三兩兩的小姑娘往裡面走。每年想考太學的人很多很多，女學這邊也不少，除了京城，還有外地的人，但名額只有兩百多個，競爭算是激烈。

寧念之和寧寶珠並肩進門，在門口領了牌子。一群小姑娘分成十組，每組考核的順序不一樣，這邊先考書，那邊就先考畫。

琴棋書畫，再加上女紅、騎射、禮儀，總共七項，能拿到兩個上等、兩個中等，就算考中了。

寧念之和寧寶珠剛好分在同一組，先考書。寧念之活了兩輩子，上輩子也苦練過字，毫無疑問地拿了上等。

寧寶珠寫的字有些差，但學識不差，考題是寫詩，遂勉勉強強拿了個中上。

「大姊，怎麼辦？我好緊張，我琴藝不好，萬一考差，先生會不會有壞印象？要是這樣，是不是會給個下等啊？」寧寶珠扒著寧念之的胳膊念叨。

還沒等寧念之開口，就聽旁邊有個小姑娘不屑地說：「緊張什麼？看妳就知道沒見識。琴彈得不好，又不代表所有表現都不好，妳總有一、兩樣能拿得出手吧？」

說著，她上下打量寧寶珠一番，又撇撇嘴。「不過，我瞧著，妳倒像什麼都沒學好呢。」

寧寶珠面對家人慣會撒嬌耍賴，但對著外人也是有小脾氣的，當即反擊回去。

「妳才見識少呢。我想讓先生對我有個好印象不行嗎？我琴藝不好，但我打算好好學。」

寧念之拍拍寧寶珠，笑著對小姑娘點點頭。「別吵架，禮儀也是考試的項目，如果妳們吵起來，說不定這項就要拿下下等了。」

兩個人當即閉口不言了，不過，還是不大高興，一個翻白眼，一個撇嘴，互不搭理。

寧念之伸手揉揉寧寶珠的頭髮，對小姑娘說：「我妹妹太緊張了，想考個好成績，請別見怪，若大家都考中，以後說不定是同窗呢。我叫寧念之，我妹妹叫寧寶珠，交個朋友？」

小姑娘也不是壞心眼的人，見寧念之滿臉笑容，就繃不住臉了，訕訕回道：「我姓柳。妳們是親生姊妹嗎？」

「不是，是堂姊妹。」寧念之笑著道。「不過，從小一起長大，和親生的一樣。妳是一個人來考試嗎？」

「嗯，我沒有同齡姊妹作陪，妳們一起倒是挺好的。」

過了初時的不自在，小姑娘大大方方和寧念之聊起天來。「琴藝考完之後是棋藝，我彈琴還行，但棋藝就不拿手了。妳們兩個如何？」

「我還是緊張。」寧寶珠皺皺鼻子，看著前面的人上去彈琴，捏了捏自己的手指。她性子活潑，坐不住，於琴藝沒多少天分。可上一場只得個中上，若是沒拿到兩個上等，還是不成啊。

寧念之摸摸她的頭。「還有其他項目呢，別緊張。」

說著話，輪到小姑娘了。她的琴藝確實好，拿了上等，笑得合不攏嘴。

寧寶珠不高興，嘟起嘴。「不就是拿了個上等嗎，得意什麼？等會兒我多拿幾個，看誰比得過誰。」

寧念之沒說話，瞧著前面的人一個個上去，然後自己做準備。

女紅不必說，上輩子她也學過，這輩子更是勤練騎射。至於畫畫，她素具天分；禮儀方面，有唐嬤嬤從小教導。

毫無意外，這四項，寧念之全拿了上等，騎射還是上上等。所有女孩子中，在騎射項目拿上等的，也就二十來個；拿上上等的，只有寧念之一個。

寧寶珠也挺爭氣，拿了三個上等、三個中上、一個中下。

姊妹倆都算通過了，但還是要回去等太學正式通知。

兩人手拉手地出了太學，馬嬤嬤連忙衝過來。「怎麼樣？累不累？渴不渴？餓不餓？」

寧念之噗哧一聲笑出來，寧寶珠也笑道：「馬嬤嬤，妳的反應怎麼好像我們去做苦工了一樣？學院裡有點心和茶水，不會餓著我們的。」

馬嬤嬤連連點頭。「那就好。那姑娘們考得如何？」

「自然很好，我和姊姊的本事，馬嬤嬤還不知道嗎？」寧寶珠挺得意。

寧念之聽了，伸手揉她腦袋。「太學沒來人通知之前，話不要說得這麼滿。好了，時候不早，咱們先回家再說。」

「對對對，先回家。」馬嬤嬤點頭，正要轉身，卻聽見身後傳來說話聲——

「妹妹？」

聲音太近了，馬嬤嬤有些愣住，但她身前的寧念之反應過來了，不敢相信地看著馬嬤嬤身後的人，好半天才開口。「大哥，你回來了？」

過了年，已經十六歲的少年，身穿青衣，臉上帶著笑意，站在原地點頭。

「是，我回來了。」原東良說著，上前一步，抬起手。

寧念之正打算像以前一樣撲過去，卻被馬嬤嬤攔住了。

「哎呀，姑娘，這是在外面呢。」

說著，她壓低了聲音，轉頭看原東良。「大少爺，姑娘長大了，可不能和以前一樣。咱們先回府，有話等回去再說？」

原東良愣了下，隨即微微點頭，是他疏忽，妹妹確實不是幾年前的小丫頭了。七歲之前，想抱就抱；七歲之後，就是親兄妹，也要顧忌一些。更何況，他可不打算跟她當親兄妹。

「是我莽撞了，咱們先回家。」說著，目光轉到寧寶珠身上，猶豫一下，才道：「這是寶珠妹妹？」

寧寶珠嘟嘴。「我就知道，大哥肯定沒認出我。」

原東良笑著搖頭。「倒不是沒認出寶珠妹妹，而是寶珠妹妹變化太大，比五年前漂亮許多，我不敢認了。」

寧寶珠聽了，立刻露出笑臉，挺得意地抬著下巴。「算你有眼光。這次大哥回來，可給我們帶了禮物？」

原東良笑著點頭。「那是自然，回去瞧瞧，看妳們喜不喜歡。若是不喜歡，下次我讓人送別的；若是喜歡，我讓人再多送些。」

坐上了馬車，寧寶珠才嘀嘀咕咕和寧念之說悄悄話。

「其實剛才我也沒認出大哥，而且還有點害怕呢，大哥長得太……」頓了頓，想不出合適的詞形容。

寧念之笑著幫她補充。「太嚴厲了些？」

寧念之忙點頭。「是啊是啊，就跟我爹一樣，不對，是和祖父一樣。我一看見祖父便害怕，也不知道妳哪來那麼大膽子，從小就敢和祖父撒嬌。好了好了，我知道妳要說什麼，我和妳不一樣，就是害怕行嗎？」

寧念之一邊聽著寧寶珠念叨，一邊忍不住將車簾掀開一點往外看。

原東良騎馬走在旁邊。四年未見，不，五年未見，小孩兒長大了。

他的變化不少，首先是個子，走之前只到寧震腰腹處，現在大概已經到寧震的肩膀。

十六歲的少年郎還能再長，說不定以後要比寧震高呢。

五年前的原東良，還只是個小孩，不光個子矮，神情也稚嫩。現在的他，神情雖沒成熟多少，但孩子般的天真已經變成堅毅，帶著少年人的朝氣跟韌勁。丫髻換了髮髻，上面纏著青色緞帶，整個人看著像一株青松，或者，一竿勁竹。

察覺到寧念之的目光，原東良轉頭笑了下，眼神溫溫和和，孩童時的固執居然變成了現在的溫潤。

寧念之很驚訝，原以為這輩子原東良都會像狼一樣了，卻沒想到，竟是被磨成了一塊玉。

隨即，寧念之心裡有些疼，只花五年工夫，就把石頭打磨成玉，這塊石頭該是受了怎樣的折磨？原家不是說了會好好待他嗎？難道寧家派去的人沒有如實回報？

若說這世上最了解寧念之的人，絕對不是她的父母，而是原東良。

寧念之眼神一變，他就感覺到了，遂微微垂下眼簾，遮掩其中的神色。

分別五年，他最怕的，就是寧念之忘了他。小孩子的記憶能維持多久？小孩子珍惜的事情，又能記得多少？天天吃吃喝喝、玩玩樂樂，說不定他這個哥哥就要被扔到犄角旮旯去了。即便時時寫信，但守在身邊，感情才能深厚。

他遠離五年，剛剛回來，不能立刻撲過去抱她，不能強求妹妹把他放在心裡最重要的位置，只能慢慢籌劃。

有什麼方法比憐惜來得更容易？有了心疼、有了同情，還怕妹妹和他生疏嗎？他們之間早晚會恢復成他離開前那樣的親密。以後，再慢慢地把妹妹圈養在他身邊，讓她成為他的。

沒人比他更了解自己的妹妹，寧念之從小就聰明，有時候說再多，都比不過沈默不語。

第三十七章

馬車走得不慢，只是一天考試下來，已經臨近晚上，天色都有些暗了。

馬欣榮見姊妹倆進來，忙招手道：「快來見過原老夫人。」

周氏的眼睛不太好，等兩個女孩子行完禮，將人拉到身邊，差點要湊到臉上了，才能看清長相。

她拍著寧念之的手，笑道：「這就是念之吧？長得真漂亮。這些年我們東良心心念念惦記著妹妹，有什麼好吃的、好玩的，都要藏起來，說是要給妹妹帶回來，他們兄妹的感情可真是深厚。」

「那是自然，兩個孩子從小一起長大，感情是要好些。」馬欣榮笑著說道。

周氏掏出兩只一模一樣的鐲子，明面上不偏不倚，分別給了寧念之和寧寶珠。

姊妹倆謝過，馬欣榮道：「時候不早，老夫人趕路趕了這麼些天，想來也累了，不如咱們早早擺膳，用完後好休息？」

趙氏聞言，這才掀起眼皮子搭話。「也好。給原老姊姊的院子，可收拾妥當了？」

馬欣榮笑著答道：「早已經收拾妥當了。東良一寫信回來，我就馬上讓人收拾，有東良的提點，包准原老夫人喜歡。」

周氏側頭，對趙氏說：「妹子有福氣，妳這兒媳，一看就知道是個能幹的，又會說話、又會做事，我都恨不得搶過來當女兒了。」

說著，她便有些消沈，若自家兒媳能懂事些……但隨即想到當初馬欣榮追相公追到白水城，連初生閨女都帶了去，可見也是不懂事的，心裡那點喜愛馬上就沒了。

將來給孫子找媳婦兒，定要找堅強懂事的，不會攛掇著丈夫出遠門，不會在相公出事後，便跟塌了天一樣。

晚飯準備得很豐盛，但架不住周氏身子不好，吃了一半，就有些撐不住，便被原東良送回房休息了。

等原東良回來，該散的人已經散了，寧震一家子正在明心堂裡等著。

一進門，原東良就行了大禮。

「不孝兒一去五年，未曾回來見爹娘，讓爹娘為我擔憂，實在不該，還請爹娘責罰。」

馬欣榮的眼圈立刻紅了，伸手拉原東良起來。「好孩子，娘親知道，你在那邊過得定不如在家裡如意，瘦了這麼多，該吃了多少苦啊。」

原東良微微笑了下，搖頭道：「並未吃苦。祖母很疼惜我，一過去，便將她和我娘的嫁妝交給我，讓我自己打理。」

這話說著輕巧，十多歲的小孩子，猛然接手那麼多產業，不說原家早盯著這些東西的人怎麼想，就是鋪子裡的掌櫃、莊子上的莊頭，能信服他嗎？
用五年工夫來收攏這些人，那日子能過得舒心如意？
馬欣榮更是心疼，坐在一邊的寧念之也忍不住嘆氣，早知道原東良此去是和別人搶奪地盤跟食物，日子定不會好過，卻不曾預料到，竟是如此辛苦。
再者，一個男人家打理兩份嫁妝，也著實為難了。
馬欣榮還沒摟著原東良哭呢，寧震就開始問了。「原家那邊是什麼情況？原老將軍沒有照看你嗎？」
「祖父自是向著我的，只是，幾位叔叔都已成年，膝下孩子不少，若我不回去，哪怕他們拿不到家主之位，也能分一杯羹。但我回去了……」
原東良抿抿唇，微微低頭。「那些叔叔幫著祖父打理軍中事務多年，自然不會服我這個毛頭小子。」
他頓了頓，又道：「原家的情況，說起來也不算複雜。我爹是嫡長子，但祖母生我爹時，遭人算計，傷了身子才生下他，因此我爹自幼體弱，不能習武。
「可是，祖父的庶長子卻身體康健，當年攛掇我爹離家的人，就是他的親娘。」
寧震皺眉。「這事不是已經解決了嗎？」
「是，一命換一命。不過，那姨娘雖然被處置了，但這位叔叔還活著。」
有幾位叔叔虎視眈眈，原東良的日子的確不怎麼好過，但原丁坤對他的愛護不是假的，吃穿用度，直接從他這邊出。那些人氣得牙癢癢，卻不敢在這些地方動手腳。而出門在外，有寧家給的人手，又有原丁坤的心腹，其實過得不算太艱難。

但原東良偷偷瞧了滿臉心疼的寧念之一眼，便恨不得把情況講得再嚴重些。當然，提到他時，定是要說沒吃苦的。

他笑咪咪地繼續道：「不過，有祖父壓著，那幾位叔叔不成氣候。我又跟著祖父去軍營，如今已收攏大半人馬，日後，原家只能是我的。」

寧震是男人，雖然心疼兒子，卻還是認真點頭。

「你心裡有數就行。切記初衷，想想當初是為什麼回原家的，現在也不能忘了。若能拿到原家的兵權，那也不虧你少幼離家；若拿不到，也絕不可以身涉險，萬萬保重自己，不要讓我和你娘擔憂。」

「是，爹的話，我都記得。」原東良笑著點頭。

稟報完這些，就該說說寧家的事情了。

原東良轉頭，瞧著眼巴巴看他的寧安越，忍不住挑挑眉。「這是小弟？」

寧安越往寧安成身後躲了躲，露出眼睛。「你就是爹娘一直念叨的大哥？」

寧安成還記得原東良，笑咪咪地上前行禮。

原東良抬手把他抱起來掂了掂。「吃胖了啊，不過，也長高不少。現下開始讀書了？」

寧安成有些害羞，不過有印象在，又看爹娘對這個大哥十分親善，彆扭一下，還是將小手搭在原東良的肩膀上，略羞澀地露出笑容。

「前年開始唸書的，不過沒有去書院。爹娘說我年紀太小了，等十歲再去。」

現下寧安成雙日跟著先生學文，單日同祖父習武。不過，寧安成這性子不知道像了誰，於練武著實沒太大天賦，學文倒是挺有天分的。

之前寧震也有些發愁，寧家是軍功起家，他祖父就是從火頭兵幹起來的，十來歲便跟著太祖皇帝打天下。直到現在，寧家唯一學文的人，就是寧霄。

不是寧震看不起親兄弟，而是寧霄真是個書呆子，要不然，以寧家的地位，不說早早升到二品吧，居然連四品都混不上！放在外面，四品就是一州知府，可京城裡，四品官是一抓一大把的。

從寧霄考中進士到現在，快二十年了，也只從從六品升到正五品，這種升法，寧震往自家兒子身上一套，便有些頭疼。沒點兒本事，怎麼守得住家業呢？

可孩子還小，也不一定真像了寧霄，讀書讀得腦袋生鏽，萬一將來能改換門庭呢？

倒不是他們避諱君王猜忌，寧家雖然世代習武，但從來只忠於皇帝，只做皇帝手裡的刀，只要是明君，寧家就不用擔心功高震主。若不是明君，這天下從來是能者居之，真逼到頭上了，寧家也不會甘心等死。

只是，從先皇到聖上都是明君，有一個明君，就能保二十年太平，兩個明君加起來是五十年。下個繼位的皇帝，只要不是特別蠢，或者窮兵黷武，大概還能再有五十年太平日子，加起來便是一百年了。

這會兒寧震還有仗打，收拾了騰特部落，北疆至少能平定十年。而西疆那邊有原家世代鎮守，不會出大的戰事，東海倭寇則是水軍負責。

往後，說不定沒仗打了，那自家孩子練武，何時才是出頭之日？

就這個問題，寧震和寧博商量小半年了，可到現在還沒商量出結果。

為人父母，自然是盼著兒孫平安，若寧安成在學文上確實突出，他們還是比較偏向轉換門庭的。但寧家多年積累的人脈、收集的兵書、攢下來的經驗，若是不傳下去，也著實可惜。

「嗯，十歲再去也行。現在你年紀還小，分不清人心好壞，去了書院，說不定會被人欺騙。等十歲了，能分得清好壞，爹娘就不用太擔心你了。」原東良笑著說道。

寧安成使勁點頭。「我知道，我一定會好好唸書的。大哥，你這次回來就不走了吧？」

馬欣榮也關心這個，一家子全盯著原東良。

寧震暫且放下心裡的各種思緒，摸著下巴上的鬍子道：「若我沒記錯，你還沒考科舉？」

「我是打算考的。只是爹也知道，我一看見書本就頭疼，那邊的書院又比不上京城的，再加上祖父想讓我接管原家，所以，我實在沒工夫去看四書五經之類的……」

原東良攤攤手，他根本沒空看書。

科舉不是想通過就能通過的，如果原東良這種不讀書的人都能考上，那十年寒窗的學子們可要悲憤死了。

「以前你還說要去太學唸書呢。」馬欣榮笑著說道。「現在好了，你大表哥他們已經去了太學，你妹妹也要去，大概唯獨你去不成了。」

原東良摸摸下巴。「太學可有武學院？」

「自然有。」寧震道。「說起來，如果參加武舉，倒是不用急著回西疆。朝廷每五年辦一次武舉，算算日子，還有兩年，回頭我考考你的功夫，若是能行，我幫你到太學問問；若是不行……」

原東良忙笑道：「爹不用擔心，我肯定不會讓您丟人的。」

說了半天話，寧震擺擺手。「行了，時候不早，你早些回去休息，明兒等我下朝回來，你去找我，我問問你功課。對了，若你住在咱們家，你祖母可願意？」

原東良苦笑著搖搖頭。「怕是不願意。」嘆口氣，接著說道：「祖母中年喪子，而現在原家還有好幾個庶子，便知道祖母當年在原家的處境了。雖說這些年祖父有懊悔之心，只是，我爹是祖母唯一的兒子，而祖父並非只有我爹一個兒子。」

對周氏而言，兒子死了，她等於也跟著死了，絕望之中，忽然回來的原東良，就是救她的良藥。

可對於原丁坤來說，就算原東良沒被找回來，原家也不會傳到外人手裡。

當年，原丁坤見到原東良時，若不符合他的要求，他也會把原東良接回去，卻不會把原家交給原東良。在原丁坤心裡，最重要的是原家。

「祖母若是太久沒看到我，就會犯病。」對著寧震，原東良倒也不隱瞞。「她有些癔症，我也怕她嚇到別人。所以，過段日子，我和祖母就搬出去。」

馬欣榮跟著嘆氣。「我還想著，如果你住下來，能幫我管管你小弟呢。你不知道，現在他調皮得要命，錯眼不見，就不知道跑哪兒去了。」

寧安越聽了，扒在馬欣榮身上扭來扭去。「娘，我才沒有！我很聽話的。」

「好好好，你聽話。」馬欣榮敷衍地拍拍他，招手示意原東良坐到她身邊。

「既然你想搬出去，正好，前段日子我買了個院子，這是地契，你收著。至於丫鬟、婆子，我安排了一部分，剩下的，你祖母若能打理，我就不插手了；若她精力不濟，我讓念之去幫你收拾收拾，你看怎麼樣？」

原東良也不推辭，笑嘻嘻地把地契收起來。「我就知道娘對我最好了。回頭我問問祖母，看她覺得怎麼樣，過段日子，我們再搬出去。好不容易回來，只要爹娘不覺得煩，我還想在爹娘跟前多盡孝幾天呢。」

寧震點頭。「嗯，有話明兒再說吧。東良早些回去休息。」

原東良起身，向寧震和馬欣榮行禮告退，又抬手揉揉寧念之的頭髮，這才出了明心堂。

寧念之也彎腰牽著寧安越。「娘，那我也回去了，你們早些睡。對了，明兒早上我想吃紅豆糕，娘讓廚房多準備一些唄。」

「知道了，趕緊去休息吧。」馬欣榮笑著說道。

看姊弟三個出了門，她才起身，走到寧震身邊幫他寬衣。

「這天氣越發暖和起來了，你什麼時候休沐，咱們一家子出門玩一天？」

寧震仰著脖子道：「好，再過四天便休沐了。妳先準備東西，咱們去大覺寺轉轉。」

另一邊，出了院門，寧念之把寧安越交給寧安成。

「你牽弟弟回去休息吧，明兒帶你們去逛逛。」

寧安越大喜，不過，被寧安成拽著，沒能成功撲到寧念之身上，只能委委屈屈地跟哥哥走了。

第三十八章

第二天一大早，寧念之剛起床，聽雪便笑咪咪地進來稟報。

「姑娘，大少爺讓人送了箱子來，說是給您帶的禮物，要不要先看看？」

寧念之這才想起，昨兒原東良說帶了禮物呢，忙起身隨意洗漱一下，就去開箱。

半人高的大箱子，裡面層層疊疊堆放著各種東西。

西疆崇信佛道，箱子最上面擺了一層木雕小佛像，全是拳頭大小，刻得栩栩如生，十分傳神。

聽雪在一邊看著，忍不住抽了抽嘴角，這麼隨意地將佛像放在箱子頂端，可以嗎？

寧念之倒是不意外，原東良不信鬼神，做出這樣的事情很正常。

拿開佛像，下面一層是各種首飾，比較貴重，有一半是象牙雕刻的，還有一些是金銀的，很有西疆的特色，和京城的完全不一樣。

聽雪恍然大悟道：「怪不得，剛才大少爺讓人送來時說，先看這個箱子裡的東西，再看另一箱衣服，這首飾是不是和衣服配套的？」

寧念之點點頭。「大概是，妳開箱子讓我瞧瞧。今兒要帶安越他們出去，好看的話就穿這個。」

聽雪有些猶豫。「可大家都沒見過這種衣服，不會覺得很怪異嗎？」

「沒見過是他們見識少。」寧念之渾不在意，拿著象牙簪子往頭上比劃。「我覺得好看就行。咱們又不是不穿衣服出門，管別人說什麼呢。快去快去，我看這套首飾就不錯，拿衣服過來配吧。」

聽雪無奈，只好叫了映雪，一起把裝著衣服的大箱子拉過來，將裡面的衣服全取出，鋪在軟榻上，讓寧念之挑選。

寧念之沒有特別喜歡的顏色，只要好看，統統可以穿。

原東良了解她，準備了各種顏色的衣服，大約也想到她會穿出門，所以樣式有些改良，並非完全屬於西疆款式，而是帶了些京城流行的剪裁。

最後，寧念之選了一套桃紅色的衣服，配上乳白色象牙首飾，襯得面如桃花，嬌嫩可人，便穿著新衣去給馬欣榮請安了。

馬欣榮見了寧念之的新衣裳，連聲誇讚：「真不愧是我閨女，長得就是好看。」

隨後，寧念之去榮華堂請安，寧寶珠看著也眼紅了。

「大哥就是偏心，這樣好看的衣服，光妳一個人有。我的大約是讓別人去買的，華貴是有，就是不大合身。」要麼大了，要麼小了，要麼太誇張，穿不出門，得改一改才行。

「咱們倆本來就不一樣高啊。」雖然只差半歲，但寧念之硬是比寧寶珠高了大半個頭。

寧寶珠沒話說了，她也不是小心眼的，原東良和寧念之一起長大，感情深厚是應當的，吃這種乾醋簡直無理取鬧。真說起來，自家親大哥寧安和對她也比對寧念之好啊。人都有親疏遠近，原東良本來就是長房的人。

於是，小姑娘又開心了。「這衣服挺特別的，和咱們往常穿的不一樣，咱們去太學時也穿好不好？」

「太學有發衣服，得穿一樣的。」寧念之毫不留情地打斷她的美夢。「穿這樣的衣服，先生會讓妳罰站，若妳想去曬太陽，我倒是不介意和妳站一會兒。」

寧寶珠嘟嘟嘴。「太學就是這點不好，穿戴都得用學裡發的東西，不能用自己的。」

「首飾不是能戴自己的嗎？穿一樣的，也省了攀比的心思。」

寧念之不怎麼在意，看馬欣榮已經和趙氏說完話，便過去打個招呼。

「祖母，好不容易考完試，前幾天我答應弟弟，要帶他出門玩，今兒正好有空，我們去給祖母買好吃的好不好？」

趙氏佯裝不高興。「你們想出去玩就直接說，還打著給我買東西的名義，我缺那口吃的嗎？」

「祖母疼愛我們，我們自然也要孝敬祖母，出去玩該給您帶禮物才是。」寧念之笑著說道。

寧寶珠也有些意動，撲過去抱著趙氏的胳膊撒嬌。

趙氏這才笑咪咪地點頭。「出門轉轉也行，辛辛苦苦考完試，輕鬆輕鬆。這樣，我給你們錢，看中什麼隨意買。」

說著，她讓丫鬟拿錢匣子過來，一人塞了張銀票，錢不多，卻是老人家的一番心意，寧念之和寧寶珠趕緊道謝。

趙氏又道：「正好呢，莊子上送了梅子來，妳們順便繞個路，給妳們小姑姑送兩筐去，看看她身子怎麼樣了。若是還好，回頭我瞧瞧她去，年前寧霏懷孕，現在有五個月了，很喜歡吃酸的，趙氏才特意要他們送梅子。前天早上，寧念之嚐過一顆梅子，酸得簡直吃不下去。

「好，我們也有一段日子沒見著小姑姑了。」寧念之笑咪咪地答應下來。

她陪著趙氏吃完早膳，正打算出門，恰巧遇見原東良來請安，聽說她們要上街逛逛，忙道：「我們一起去好嗎？我很久沒來京城了，一來能照看你們，畢竟，兩個小姑娘帶著兩個小孩，實在讓人不放心；二來，我也想買些東西，」

趙氏不管這些閒事，擺手道：「你們看著商量，就怕她們小姑娘去的地方，你不感興趣。她們喜歡胭脂水粉，男孩子不就愛買些古董、玩具什麼的？要是你覺得無聊，可以帶著安成他們上西市逛逛。」

原東良笑著點頭。「我倒不太喜歡古董那些，就隨便轉轉，看看這些年京城有沒有什麼大變化。」說著，轉頭看寧念之。

寧念之自然不會拒絕，只笑著道：「去也可以，不過，你是當大哥的，等會兒呢，我們要看中了什麼……」

原東良很識趣，爽快點頭。「那是自然，能為妹妹出力，我很榮幸。那咱們出發？」

於是，幾個人準備好，便要出門。

原東良翻身上馬，瞧見寧安成滿臉羨慕地盯著他，一彎腰，把他撈起來放在自己身前。

寧安越頓時不樂意了。「大哥不能偏心！我也要騎馬！」

「不是大哥偏心，是你太小了，抓不到韁繩。你看，你二哥就能抓到。」原東良笑著說。「抓不到韁繩，一會兒馬跑起來，你可就會滑下去了，摔一下很疼的。如果坐馬車，還可以吃點心。」

寧念之見狀，指揮丫鬟把寧安越抱上馬車，摸摸他的頭。「難道安越不喜歡大姊了嗎？不願意跟大姊作伴了？」

小胖子還是很心軟的，見寧念之一臉傷心，忙安慰道：「大姊別傷心，我陪妳，但等會兒大姊要給我買好吃的才行，我喜歡吃肉！肉肉肉！」

寧寶珠忍不住哈哈笑出聲。「小胖子，還吃肉呢，再吃你就走不動了。」

「才不會！」寧安越反駁，和寧寶珠嘰嘰喳喳地吵嘴。

說著，馬車便直奔寧王府去了。

霏。

到了寧王府，讓人將梅子抬進去，男孩子在外面等著，寧念之和寧寶珠則到院子裡看寧霏。

寧霏正懶洋洋地捧著肚子曬太陽，見姊妹倆進來，招招手，示意她們到身邊。

待兩人走近，她就忍不住皺眉了。「念之，妳穿的是什麼啊？這麼難看！出門之前，沒讓丫鬟幫妳看看嗎？」

寧念之不高興，索性不搭理她。

寧霏說了幾句，不見寧念之答話，更不高興。

寧寶珠見了，趕緊打圓場。「大哥回來了，這衣裳是給我們帶的禮物，我也有，不過稍微大些。大哥還帶了很多別的禮物，也有小姑姑的，跟梅子一起送過來，等會兒小姑姑看看喜不喜歡。」

寧霏不屑。「野蠻之地的東西，不登大雅之堂，給我送來還占地方呢。」頓了頓，又道：「什麼大哥，你們兩房可是分開序齒的，妳只有一個大哥。」

說著，她斜睨寧念之。「念之願意喊個野種叫大哥，是她自己的事……」

沒等寧霏說完，寧念之便起身，打算走人了。她不好和個孕婦計較，若反駁回去，寧霏定要說自己肚子疼、心口疼的。

可又不能白白受氣，走了兩步後，她轉頭看寧霏。

「小姑姑懷孕了，寧王妃沒說讓誰來伺候世子？」

寧霏的臉色瞬間落下來，寧念之哼哼兩聲，轉身出門了。

寧寶珠起身要去追，卻被寧霏拽住。

「讓她走！整日裡恨不得用下巴看人，小小年紀，竟敢說出那樣的話……下次見了大嫂，我定要好好問問，好歹是鎮國公府的嫡女，如此教養，規矩都學到狗肚子裡了！」

寧寶珠是很有良心的，當即皺眉。「小姑姑，是您先說錯話，大姊氣不過才問了一句。若大姊的教養不好，您的教養就很好了？」

寧霏氣得臉色通紅。「好啊，一個個都翻了天了，這麼和長輩說話！誰教的?!」

「皇后娘娘給的唐嬤嬤教的。」寧寶珠老實說道，拎著裙子轉身。「小姑姑，既然您身子好得很，我回去有話和祖母交代，就不耽擱了。您好好歇著吧，我先走了。」不等寧霏反應，便出門去追寧念之。

寧霏氣得坐不住，身邊的嬤嬤忙安撫她。「夫人別生氣，不過是兩個小孩子。奴婢瞧著，二姑娘和夫人也不怎麼親近，之前夫人說的事情，是不是再想想？」

寧霏冷哼一聲。「不識好人心的死丫頭！既然不願意親近我，那我也不用好心了，這事暫且放著吧。可惜了，如果能成，絕對是一門好親事。」

嬤嬤忙笑道：「如果二姑娘不領情，就是成了，對夫人也沒什麼好處呀。」

寧霏沒說話，靠在椅子上盯著門口，好半天才問：「昨兒晚上，世子爺是在哪兒歇的？」

「書房。」嬤嬤忙回道。

寧霏的神色這才舒緩了些，伸手摸摸肚子。「算他有良心。妳讓人好好盯著，若有人敢接近世子爺，務必來回我。」

另一邊，寧念之與寧寶珠離開寧王府時，遇見了出來遛達的太子與小公主，大家互相介紹、寒暄後，寧家的孩子便先告辭了。

寧念之默默上車，還是不大高興，寧寶珠便捏著她的手安慰。

「下次小姑姑說話，妳就當沒聽見，妳又不是不知道她那脾氣，被祖母寵壞了，什麼事情都得順自己的意思才行，才不會管別人的心情呢。或者，下次咱們不來看她了，反正她現在是寧王府的人，和咱們沒什麼關係了。」

寧念之看她一眼。「讓妳為難了。今兒妳跟著我走，明兒她說不定就要在祖母跟前告狀，到時候怕二嬸也為難，祖母脾氣不怎麼好的。」

要不然怎麼說是親母女呢，不講道理這一點，如出一轍。

寧寶珠撇撇嘴。「祖母也就是嘴上說兩句，現下她……」頓了頓，到底沒說出更難聽的話來。原本他們二房的日子和和順順，但被祖母插了一手後，現在連庶子庶女都有了！

其實呢，要是沒個比較，寧寶珠也不會覺得這種事情有什麼不對勁，因為來往的人家，十家裡就有九家有庶子庶女。

偏偏大房的大伯、大伯母都一把年紀了，還恩愛得不行，幾個孩子都是一母同胞，友愛得很。兩房放在一起，寧寶珠就覺得，自家情況實在太煩人了。

但到底是長輩，寧念之不好直白地說都是趙氏的錯，姊妹倆沈默一會兒，有默契地換了話題。

幾個孩子在街上逛了逛，便去茶樓坐坐。寧寶珠不想喝茶，就上對面鋪子瞧瞧；寧安成和寧安越只顧著自己手裡的玩具，進了茶樓，就到一邊玩了。

原東良和寧念之在桌子旁邊面對面地坐下。

「先吃點點心墊墊肚子？我記得，妳最喜歡吃鹹香的點心，現下口味變了沒有？」原東良笑著問道。

寧念之搖搖頭，抬手給原東良倒了杯茶。「還和以前一樣。你喜歡什麼樣的？」

「和妳一樣的。」原東良微笑回答，叫店小二過來，點了幾樣瓜果點心。

寧念之不怎麼餓，但還是捏了一塊點心吃。

原東良一直盯著她瞧，看得她無奈道：「我臉上有東西？」

「沒有，妹妹越來越漂亮了，我想多看看。」原東良笑著道，抬手摸摸寧念之的丫髻。

「這頭髮夠長了，以後是不是要散下來？」

寧念之抽了抽嘴角。「你連女孩子梳頭的事情都要問？」

「只問妳。」原東良很認真地辯解。「我才不關心別人有沒有梳頭髮呢，哪怕光頭，也和我沒關係。

「如果妹妹把頭髮散下來了，以後我多給妹妹買些首飾。妳喜歡哪種樣子的？金的還是玉的？或者珍珠的、玳瑁的、琉璃的、點翠的？以後，妳想要什麼首飾，只管和我說，我全包了。」

豪氣衝天啊……寧念之簡直無語。「你發財了？」

「雖然不是發財，但給妹妹買首飾的錢肯定不會少的。」原東良忍不住笑，本想問問寧念之還記不記得以前他說要娶她的事，又怕嚇著她。再者，他還沒達到目的，萬一把人嚇跑，就得不償失了。

所以，先按照原先的計劃，慢慢來，不著急。反正，妹妹才十一歲，還小。

唔，第一步走出來了，第二步，就是要寵她寵她寵她，比任何人對她都好，讓她捨不得離開。

至於第三步，以後再說。

「西疆那邊，吃的穿的，還有風俗，是不是跟京城很不一樣？」寧念之岔開話題，好奇地問道。

原東良頓了頓，按照寧念之的意思說下來。「是啊，我剛到的時候，很不習慣呢。說個簡單的，吃食上，白水城那邊以肉類居多，到了京城，飯菜精緻不少；西疆那邊，比較喜歡吃蟲子。」

寧念之張張嘴，有些不可思議。「吃蟲子？」

「是啊，起初我都不敢吃呢，但是，吃過一次，就會喜歡上那種滋味了。當然，除了蟲子，還有很多很多好吃的東西，比如砂鍋魚、乳扇什麼的，若有機會，我帶妳去嚐嚐？」說著又抬手揉揉寧念之的頭髮。

寧念之把他的爪子拍下來。「都弄散了，我頭髮剛梳好，你別亂動。以後你還打算回西疆嗎？」

「自然要回去的。」原東良說道，沈默一下，看寧念之。「妳想不想跟我去西疆看看？總待在京城，一輩子生活的地方就這麼一點大。到了西疆，妳想做什麼就做什麼，賽馬、練武，沒人會反對。妳願意去嗎？」

寧念之眨眨眼，雖然不大明白原東良語氣中的鄭重，但還是認真地回答：「若有機會，我自然想去看看，但不想定居。並非是習不習慣的問題，而是家在京城，距離太遠，我會想念。」

原東良沒說話，抬手給寧念之塞了塊點心。

寧念之皺眉。「大哥，以後你要住在西疆，不回來了嗎？」

「當然不是，有機會還是要回來的。」原東良含糊地說。

原家的根基在西疆，若是回京，等於要拋棄原家所有的一切，重新開始。京城貴人多，在西疆當個土皇帝，和在京城當個中等人，完全不用比較，原東良本能地就會做出選擇。

可妹妹說，她捨不得離開家，她會想念。

原東良有些為難，西疆和京城確實相距太遠，不過，這些都不是問題，反正這輩子除了妹妹，他是不會要別人的，不管什麼問題，總會有解決的一天。現在還早，想這些也太早。

這時，寧寶珠興匆匆地跑上來，興高采烈地向寧念之展示自己的戰利品。

「這胭脂可是我好不容易買到的，那鋪子每個月只賣十盒，都在店裡賣，先到先得。上個月我的人來晚了，沒買到呢，這次我特意買了兩盒，送妳一盒。還有這水粉，他們家剛出的，好不好看？」

寧念之點頭，原東良轉頭看一眼，起身湊到兩個弟弟身邊幫他們裝魯班鎖了。胭脂水粉什麼的，就算自家妹妹不用，也是美如天仙的。

不過，小女孩好像都挺喜歡這些，要不然，下次他派人多買點？得先讓人打聽打聽京城哪家胭脂最好，普通的胭脂水粉，可配不上妹妹呢。

眾人剛回家，就見馬嬤嬤喜氣盈盈地迎上來。

「太學來人了，說是給兩位姑娘送入學的東西，現下正在老太太那邊說話呢。姑娘，咱們直接去榮華堂吧。」

雖然知道一定會考上，但比不上太學請人來送入學東西的歡喜，寧念之臉上忍不住帶出喜色，和寧寶珠一起過去。

趙氏正在和一位女先生說話，女先生看著二十八、九歲的樣子，跟馬欣榮的年紀差不多，但氣質比馬欣榮好。不，也不能說比馬欣榮好，兩個人性子不一樣，氣質本來就不同。馬欣榮爽朗大方，這位先生則是滿身書卷氣，一舉一動都帶著說不出的柔美。

寧念之還行，寧寶珠則是被影響，一進門就變得有些侷促，跟寧念之一起行過禮後，便站在旁邊，不知道該開口說什麼。

趙氏倒是高興，伸手示意兩個孫女兒上前。「妳們兩個爭氣，總算考上太學了。這位是陳先生，以後教導妳們詩詞，可得尊敬陳先生才是。」

兩個人給陳先生行禮，陳先生很溫和，笑著點了點桌子上的東西。

「這些呢，是太學準備的，日後去太學，得穿太學的衣服，也不能戴太過華麗的首飾，珍珠或玉石的還可以。還有一張單子，是家裡得幫妳們準備的東西。」

姊妹倆趕緊點頭，陳先生又拿出一張紙。「這是太學的大致地圖，可以先瞧瞧。」

等陳先生跟姊妹倆交代完，趙氏道：「讓先生忙了半天，晚上請留下來用膳吧。」

陳先生笑著搖搖頭。「不用了，時候不早，等會兒宵禁，我得回去了。離開學的日子還有幾天，姑娘們好好準備吧。」

說著，她便起身告辭。

姊妹倆忙起身送她，點頭道：「是。先生不用擔心，我們定會準時上學的。」

第三十九章

見趙氏跟自家娘親安排好寧念之和寧寶珠上學的事，原東良有些急了，知道跟她們商量不管用，遂直接去找寧震。

「爹，我真不能和妹妹一起上學嗎？她一個人在太學，萬一被欺負了怎麼辦？」原東良有些猶豫。「或者，我去上太學附近的書院？」

「太學附近哪有別的書院？」寧震搖頭。「再說，你妹妹不是一個人，還有寶珠呢。馬家的孩子也在太學，自會照顧她們姊妹，你管好自己就行。」

「爹，我以後要娶妹妹的，怎麼能讓別人照顧妹妹？」原東良脫口道。

寧震瞇眼，神色喜怒難辨。「你再說一遍？」

原東良對這事十分堅持，勇氣十足，馬上重複了一遍。「以後我要娶妹妹，怎麼能把妹妹託給別人照顧？」

「我打死你個臭小子！」寧震暴起，拿著手裡的書往原東良腦袋上砸。「敢情這幾年你都白過了？你和念之是兄妹！再說這樣的話，我抽死你！」

「爹，我知道您跟娘把我當親生兒子，但我和念之不是親兄妹啊！不光我知道，全京城的人都知道，我祖母還在前院住著呢。」原東良趕緊解釋。

寧震氣怒。「你認了原家，就打算不認寧家了？」

「自然不是，我娶了妹妹，咱們不還是一家人嗎？」原東良急忙解釋，和五年前比起來，明顯更能說會道了。「到時候，我還是爹娘的兒子啊，一直都是，沒有變過。

「再者，爹把妹妹許配給我，以後也能放心是不是？別人能跟我一樣，什麼事情都只想著妹妹嗎？我是什麼樣的人，您還不知道？以後絕不會讓妹妹受欺負的。但把妹妹嫁給別人，能保證這個嗎？」

寧震追著人打，原東良抱住腦袋，一邊在書房裡竄，一邊說：「爹，最重要的是，今兒我們遇見太子了！」

寧震頓住動作。「遇見誰？」

「太子。」原東良終於能喘口氣，站在原地，偷偷摸摸觀察寧震的臉色，腳悄悄往旁邊挪了挪。

「今兒我不是送念之和寶珠去寧王府嗎？出來時，正巧遇見太子和小公主。我瞧小公主的樣子，和妹妹挺親近的。」

太子就這麼個親妹妹，出宮遛達時常常帶著。小公主的態度，基本上也能代表太子的態度。

「你說仔細些。」寧震回到案桌後坐下。

原東良鼓足了勇氣，站在寧震面前，將今兒的事情說了一遍。「爹，我不小了，在西疆時，祖父也時常跟我說些朝堂上的事。」

和寧震的方式不一樣，寧震教導孩子，先讀書，得將兵書摸透才行。而原丁坤大約害怕自己身子撐不住，又擔心家裡的庶子會對孫子不利，所以把原東良帶在身邊教導。書本可能不會背，但不代表原東良什麼都不懂。

「皇上的意思，肯定是把寧家當成太子的利劍，有什麼會比寧家出個太子妃更讓人放心？皇后娘娘的意思，怕也是這樣。」原東良看寧震。「爹，您捨得念之進宮嗎？」

寧震似笑非笑地看著原東良。「為了說服我，你倒真下了功夫。你以為皇上是昏君嗎？若寧家不願意，念之就不會進宮。你說寧家出個太子妃，太子才會對寧家放心，可你別小看了寧家，不然，直接下賜婚的聖旨就行，何必勉強太子和小公主兄妹來作戲？」

說著，也不多留原東良，再問問他的功課，便讓他回去了。

雖然駁了原東良的話，但寧震心裡還是不安，回了房間，見馬欣榮還沒睡，遂過去親她的臉頰。

「下次我要是回來得晚了，妳不用等我，自己先睡。」

馬欣榮笑著起身幫他換衣服。「我躺下也是睡不著。東良的功課怎麼樣？」

「還行，臭小子雖然沒怎麼唸書，但沒落下多少，他年紀不大，很快就能補回來。明兒我再考校考校他的功夫，看有沒有偷懶。」寧震笑著說道。

接著，他隨意洗漱一下，便熄了燈，放下床簾。可心裡存了事，睡不著。

馬欣榮聽他動靜，忍不住問道：「可是有什麼煩心事？」

「念之年紀不小了。」寧震忽然嘆道。「咱們是不是該開始準備相看的事？」

馬欣榮愣了下，忍不住笑道：「怎麼這麼著急？念之還小呢，現在才十一歲，離及笄還有四年，之後再相看也來得及。」

「不是……」寧震頓了頓，才道：「我是看見東良，才想到念之。東良不小了，他這婚事，也不知道原家是怎麼想的，現在相看，過個兩、三年便能成親。不然，妳問問原老夫人，看他們怎麼打算。」

馬欣榮點頭，想到寧震看不見，遂笑道：「回頭我問問。你不說，我都沒反應過來，還當東良是十歲的孩子呢，一轉眼，都十六了啊。不過，男孩子晚些成親沒關係，咱們不也是二十多歲才成親嗎？」

那時，寧震跟著寧博在戰場上長見識，二十一歲才回來娶媳婦，直到馬欣榮二十二歲，才生了寧念之。

「早做準備也好。」寧震含含糊糊地說道。說不定東良是沒見過幾個女孩子，才把念之看得那麼重。等見識得多，就不一定盯著她了。

只是，念之的婚事，也得早些準備起來了。

太子年歲不大，皇上卻是上了年紀，說不定，會早些給太子選妃，萬一到時候真盯上寧家，總不能抗旨吧。

寧念之可不知道自家爹娘已經在打算幫她相看的事，趁太學還沒開學，又想著原東良好幾年沒回來，且正值春暖花開，便打算帶人去踏青散心。

不過，這不是說走就能走的，要帶的東西一大堆。首先，得選好地方，風景要好，人不能太多，如果人多，那是去看風景還是看人？另外，吃的喝的、玩的用的，都得準備齊全。

「聽雪，讓廚房準備幾樣點心，另外，放得住的飯菜要……」扳著手指算了算，這次寧安和也跟著去，一共是兄妹六個。

她正打算開口，陳嬤嬤笑咪咪地進來了，稟道：「姑娘，夫人聽說你們要去踏青，恰巧明兒沒事，打算跟著一起去。國公爺也休沐，正想帶著夫人出去走走呢。」

那再加上兩個長輩，準備的東西多一些。

還沒讓人去廚房傳話，寧博那邊也派人來了。「老爺子說，他閒著沒事，也跟著出去走走。」

好嘛，連祖父都去，寧念之索性不算人數了，領著丫鬟去找馬欣榮。

「娘，祖父和爹都要去踏青，您看，是不是讓人問問老太太和二嬸，看她們去不去？」不然，到時趙氏肯定鬧脾氣，說大家都不想著她什麼的，更是麻煩。

馬欣榮有些鬱悶。「之前妳爹還說，只帶咱們一家子出去轉轉呢，現下這麼多人，還得帶著老太太，又要聽她嘀咕。人太多，就不好玩了。」

「下次有機會，咱們一家再一起去。」

見馬欣榮派人去找趙氏，寧念之一拍額頭。「差點忘了，還有原老夫人呢！總不好咱們出門玩耍，單把客人留下吧。」

連原東良都跟著去，若是不叫上周氏，就太招呼不周了。

馬欣榮聞言，忙叫人去問周氏。周氏跟著孫子走，聽說原東良也去，立刻點頭。而趙氏呢，在家沒別的事做，加上老爺子要去，索性跟著去轉轉。

李敏淑也是，在家閒著，又不想面對寧霄的小妾和庶子女，便答應了。最後，只剩下寧霄有事不去。

全家出動，要準備的東西更多了，足足花了一天工夫。等寧震考校完原東良的騎射，又耽擱一天，一家子才浩浩蕩蕩地出門。

地點是寧震選的，白馬寺的桃花，在京城很有名。白馬寺在京郊山頂上，後山種了一大片桃樹。芳菲三月天，桃花開得正好，有性子著急的全開了，性子穩當的，還只是花苞。

馬車到了山下，上不去，寧博遂背著手，一馬當先，遛遛達達往前走，寧安和與寧安成緊跟在他身後；寧安越太小，被寧震抱著。趙氏和周氏上了年紀，坐轎子上去；其他女眷，李敏淑拉著寧寶珠，馬欣榮牽著寧念之，原東良則跟在最後面。

「娘，累不累？」過一會兒，原東良就問一句，見馬欣榮搖頭，便問寧念之：「妹妹，要不要喝口水？坐著歇會兒？或吃點點心？」

「哥哥，你隨身帶著點心啊？」寧念之好奇道。

原東良點頭，拍拍掛在身上的小布包。「怕妳們路上餓，就帶了些。」

「其實你不用帶的，丫鬟們備著呢。」寧念之笑咪咪地說，伸手拽拽小布包。「帶了什麼點心？」

「妳最喜歡的椒鹽餅。」原東良笑著摸她頭髮。「要不要嚐嚐？」

「我最喜歡的才不是椒鹽餅，我最喜歡的東西可多了，玫瑰酥、核桃酥、五仁餅，還喜歡水晶蹄膀。」寧念之扳著手指數。

馬欣榮聽了，忍不住笑。「沒見過這麼喜歡吃的小姑娘，小心長成大胖子，將來嫁不出去。」

原東良忙道：「娘多慮了，就算妹妹長胖也是最漂亮的，肯定有人喜歡。」

寧念之無語，使勁揉揉臉，裝出臉紅的樣子。「不和你們說了。娘，您走得太慢，我要去前面了。」說完，拎著裙子往上衝。

寧寶珠看見，趕緊大喊：「等等我呀，我也去！」

但是，李敏淑拽住她。「妳安生些吧，山路不好走，注意儀態。」

她不鬆手，寧寶珠衝不到前面去，只能眼巴巴看著寧念之跑遠了。

原東良忙道：「娘不用擔心，我跟著妹妹。」兩三步衝出去，一個轉彎，也看不見人影了。

馬欣榮忍不住搖頭。「都在家裡悶壞了，一出來，就跟放出籠子的小鳥一樣。弟妹，妳不用拘著寶珠，她還是小孩子呢，這山路上沒有外人，只要不磕著碰著就好。」

李敏淑訕訕地笑了笑，知道馬欣榮在說什麼，遂鬆了手。「寶珠這性子，一刻都坐不住，若是不拉著，不知要跑哪兒去了呢。」

馬欣榮心寬，應了一句，就當這事過了，不緊不慢領著丫鬟、婆子往前走去。

寧念之走得快，但也累得快，跑了一炷香工夫，就有些頂不住了。

山上每隔一段距離就有座小亭子，專供休息，寧念之走進去，拿出帕子擦擦石凳，托著腮幫子，坐下等大家上來。

一轉眼，原東良就過來了。「累不累？出汗沒有？」

寧念之搖搖頭。「不太累，也沒出多少汗。我發現，站在高處就是看得遠啊，那邊是不是城門口？」

原東良順著她手指看去，點頭道：「嗯，是西城門。來，喝口水。」說著，從布包裡拎出水囊和茶杯。茶杯小小的，裡面能裝幾口水。

寧念之好奇道：「這布包裡到底裝了多少東西？」

原東良沒回答，先把她扶起來。

「坐在凳子上涼，這些都是石凳，而且山裡可比外面冷多了。妳等等，我放個墊子。」伸手從背後抽出墊子，放在石凳上。

寧念之簡直無語，不過，沒推辭這番好意。水囊裡的水還是熱的，喝幾口下去，身子馬上就暖了。

寧念之心情大好，想來幾句佳句，張張嘴，卻發現自己沒那個天賦，看著美景都作不出詩來，看來，這輩子沒有當才女的機會了。

「這兒風大，不能坐太久，一會兒不累了，咱們繼續往前走。」原東良笑著道，又塞一塊點心給她。「就是不餓，也墊墊肚子，才有力氣往上爬。」

這裡算是京郊最高的山，今兒上去，晚上定要在白馬寺住一晚，明兒才下山。

「大哥，你說，這草叢裡會不會有蛇？」寧念之盯著外面的草看了一會兒，轉頭問道。

原東良點頭。「或許有，但路上應該沒有，要不然，沒人敢上山了。」

「那邊特別陡，能不能爬上去啊？」寧念之又問。

原東良抬頭看看，道：「可以，不過太危險了，妳別去。若摔下來，地下都是石頭，擦傷臉就糟了。」

兩人說了一會兒話，寧念之起身，打算繼續往前走。

原東良亦步亦趨跟著，每隔一會兒就問一句：「累不累？走得動嗎？要不我揹妳上去吧？走不動早點說，別逞強知道嗎？不然，晚上該腿疼了。」

寧念之翻個大大的白眼給他看。「我也有練武騎馬的，不要小看我好嗎？」

兩人說說笑笑地繼續走，過了一會兒，遇見趕上來的寧寶珠，便一起往山頂去了。

兩位老夫人到得早，正坐在院子裡喝茶休息，見小孩子們上來，便笑咪咪地招手。

「來，坐會兒。累不累？」

「不累。祖母累了嗎？」寧寶珠湊過來撒嬌。

趙氏往她嘴裡塞了塊點心。「祖母也不累。既然妳不累，那等會兒跟著祖母去拜佛，求佛祖保佑妳平平安安，笑顏常開，越長越漂亮。」

周氏聽了，笑著道：「二姑娘確實長得漂亮，眉眼帶著一股機靈，日後定能得椿好姻緣的。」

趙氏面上謙虛，卻遮不住笑意。「承妳誇獎了，這孩子啊，我不求她日後大富大貴，只要平安喜樂就行。你們家東良也是個大小子了，他的婚事，妳心裡有沒有打算？」

說起這個，周氏立刻來了精神。

「這回我跟著上京，正是為了這事。原本想著，就在西疆幫東良物色對象，可他偏要回京，這一回來得好幾年，他年紀已經不小，再拖下去，不就二十了？我上了年紀，這些年身子又不好，實在耽誤不得，定要在走之前，將東良的終身大事安排好，才跟著上京的。」

她頓了頓，又道：「只是，我多年沒進京，沒認識幾個人，日後怕要請妳幫忙了。」

趙氏忙點頭。「這個好說，回頭我交代老大家的，在咱們家辦個宴會，請人過來讓妳瞧瞧。還有我那閨女，她嫁給了寧王世子，我帶著妳去寧王府轉轉，求寧王妃幫忙，定能給妳找個合心意的孫媳婦。」

周氏這才像放下一塊大石頭一樣，鬆了口氣。「那可多謝妳了，回頭定要東良來給妳磕頭行禮。」

「老姊姊不用跟我客氣，東良這孩子認了我們家老大兩口子當義父義母，也要喊我一聲祖母，我為他謀劃是應當的，不用謝。」趙氏笑呵呵地擺手。

寧寶珠和寧念之不好意思聽這些，便躲到一旁說悄悄話。

原東良面上浮出幾分尷尬。「祖母，我還小呢，不著急。等我建功立業，再成家也行。」

周氏笑著道：「那可不行，現在幫你相看好，以後下聘什麼的，還要花上兩、三年，到時候你都十七、八歲，不小了。」

原東良轉頭看看寧念之，妹妹現在才十一歲，等她能嫁人，至少還得六、七年呢。

周氏眼睛不好，沒瞧見原東良的動作，但站在旁邊的寧震可沒錯過這眼神，忍不住咬牙切齒。

臭小子，敢情到這會兒還沒打消念頭呢，看來是沒挨夠打，回頭要抽一頓才行！

又等了好一會兒，馬欣榮才和李敏淑氣喘吁吁地上來。

李敏淑立刻癱在凳子上不想動了，嬷嬷趕緊拽她。「二夫人，這會兒身上出了汗，可不能在外面吹風，先進去擦擦身子。」

趙氏也點頭。「對。時候不早，等會兒該擺午膳了，妳們先去歇歇腳，洗漱洗漱吧。」

第四十章

白馬寺的客院是男女分開住的，寧博領著兒子與四個孫子住在寺院東邊，趙氏和周氏帶兩個兒媳及兩個孫女住在西邊。

西邊客院裡，婆子打來熱水，讓主子們淨面擦身，再梳妝打扮，忙活了小半個時辰，才算收拾妥當。

寧念之已經餓得肚子咕嚕叫，白馬寺的素齋很出名，尤其是這段時日的。三月開始，素齋以桃花為主，桃花餅、桃花茶、桃花湯等等，遠近聞名，她早就打定主意要多嚐嚐，上了山後，連點心都忍著沒吃。見馬欣榮她們終於收拾妥當，便趕緊跟著出門。

兩桌飯菜剛擺上來，熱氣騰騰，一股甜香瞬間竄進鼻子裡，引得寧寶珠在一邊眼巴巴地看著，就等著長輩們落坐。

趙氏和周氏謙讓著，互道：「老姊姊上座。」

馬欣榮無法，只好笑著出主意。「咱們兩家也不算陌生了，娘和老夫人輩分相同，不如按年齡來吧？」

趙氏哈哈笑道：「就是這樣。咱們既然以姊妹相稱，不用那麼見外。老姊姊，妳坐，要是再謙讓，我可就要以為妳沒把我們當家人了。」

周氏推辭不過，只好坐下，接下來是趙氏。馬欣榮本打算伺候婆婆用膳，但趙氏在外面卻十分注意形象，不要兒媳伺候，讓馬欣榮和李敏淑坐下一起吃。

等寧博動筷子了，女眷這邊才開始吃。

寧念之早已看準了前面那盤蝶戀花，擺得特別好看，大紅牡丹花上，落著素白蝴蝶，簡直能以假亂真。挾起一片花瓣塞進嘴裡，嚼了嚼，立刻苦了臉。這花看著美得不得了，但其實是醃漬蘿蔔雕出來的，雖然味道還行，但她最不喜歡吃的就是蘿蔔了。

主食是桃花麵，麵條是用桃花瓣磨成粉揉成的，入口自帶香味，連調料都沒怎麼放，味道很好。

寧寶珠吃了個肚子溜圓，靠在椅子上品嚐最後的桃花茶，抿了口，讚道：「桃花齋果然名不虛傳啊！這是祖父訂的嗎？我聽說，白馬寺的桃花齋很難訂，有時十天半個月都不一定能排得到呢。」

趙氏捧著茶杯，點點頭。「好幾天前，你們祖父就說要帶你們來嚐嚐，不過那會兒還沒訂成，直到今天才確定有。但僅此一頓，明天就得吃別的素齋了。」

馬欣榮笑著道：「還是爹心疼孩子。」

周氏有些犯睏，趙氏也打了個哈欠。「累了一上午，先回去休息休息，午睡起來再去拜佛。老大家的和老二家的帶姑娘們一起去，男孩子就不用拘著了。」

馬欣榮忙點頭應下，讓人把兩位老夫人送回房休息。

馬欣榮年輕力壯，不怎麼想睡，寧念之也不睏，母女倆索性在院子裡轉轉，看看桃花。

「妹妹沒睡覺？」兩人剛轉到門口，原東良就過來了。「娘也在啊。」

馬欣榮笑咪咪地點頭。「你也沒睡？你爹他們呢？」

「弟弟有些睏，爹正照看他們呢。」原東良笑著說道，攤開手，遞給寧念之一根樹枝。「剛在後山摘的，看看喜不喜歡。」

寧念之有些吃驚。「白馬寺的桃花不是不讓摘嗎？」

「偷偷摘的，沒人看見。」

寧念之抽了抽嘴角，馬欣榮輕拍了原東良一巴掌。「你這孩子，既然寺院不讓人摘，就不能去摘。不然，今兒你摘一朵，明兒我摘一朵，桃花都被摘完了，誰還能看見美景？」

原東良趕緊認錯。「是我錯了。娘別生氣，回頭我給白馬寺種上幾株桃樹補償，以後絕不會再亂摘了。」

馬欣榮這才點頭，交代道：「嗯，你也別亂跑，回去休息一會兒，等下午你祖母拜完佛，咱們再到後山轉轉。」

原東良點頭，看馬欣榮領著寧念之進屋，在門口揉揉腦袋，也轉身回客院了。

拜佛這事，兩位老夫人很誠心，也要求身邊的晚輩必須有誠意。雖說不用聽經，但每尊佛都要拜，全部拜下來，得花不少工夫。

寧念之和寧寶珠跟在後面，雙手合十，腦袋磕得有些暈了。

周氏在前面嘀咕：「保佑我孫子身體健康，萬事如意，大吉大利。」

趙氏也道：「保佑我兒子爭氣，仕途順利；保佑我女兒身子健康，生個大胖小子。」

「大姊，看。」寧寶珠聽得沒意思，擠眉弄眼地對寧念之扮鬼臉，在趙氏轉頭時，又趕緊繃緊臉、做出正經認真的樣子，逗得寧念之差點忍不住笑出聲。

拜完佛，接著就是求籤了。求籤幾乎是拜佛後必須要做的事，趙氏從沒省過這個步驟，周氏也跟著湊熱鬧，想求原東良的姻緣籤，趙氏則要求寧霏的生子籤。

馬欣榮有些意動，看看寧念之，閨女也十一歲了，是不是該求求姻緣籤？

李敏淑湊過來道：「大嫂，求個籤並不費事，我也想給寶珠求呢。」

馬欣榮想了想，點點頭。「那咱們各求一支吧。」

前面，趙氏已經興匆匆地拿著求出來的籤去解了，周氏正閉著雙眼搖籤筒，心想千萬要得個上上籤啊，她這孫子已經夠命苦了，佛祖保佑，以後可要順利些。

啪嗒一聲，籤條掉出來，周氏不敢睜眼看，馬欣榮在一邊驚訝道：「哎呀，是上上籤！老夫人，這是幫東良求的吧？以後東良肯定能心想事成！」

周氏笑得合不攏嘴，趕緊拿起籤條，去找解籤的老和尚。

老和尚摸著花白鬍子，笑咪咪地解釋：「令公子乃人中龍鳳，日後必能娶得心儀之人，和和美美，兒孫滿堂。」

趙氏也捧場笑道：「我當初看東良這小子，就知道他好，有骨氣又能吃苦，以後老姊姊等著享福吧。再過兩年，東良娶了孫媳婦，生個白白胖胖的孫子，日子就圓滿了。」

兩個老夫人湊到一邊說話，馬欣榮也趕緊把自己求來的籤條遞上去，是中平籤，不算太好，但也不差。

老和尚看了，摸著鬍子，沈吟半天才道：「令千金在婚事上略有波折，若得遇貴人，則富貴至極，翱翔九天；若錯過時機，倒也能一生平安順遂。」

趙氏正和周氏說話呢，耳朵裡忽然竄進這些話，臉色馬上變了，又驚又喜，連跟周氏說話都顧不上了，急忙趕過來。

「大師說的是真的？我孫女兒將來真能……」

老和尚搖頭。「萬事皆有可能，籤條只是一時氣運。這籤上說了，得遇機會，一朝騰飛，若是遇不上機會，或者錯過，那便不一定了。」

「求大師保密。」不等趙氏說完，馬欣榮趕緊說道，掏出一把銀票，全塞進旁邊的功德箱裡。「我家姑娘年紀還小，這等命格，怕她受不住，求大師千萬別說出去。」

都翱翔九天了，還用得著解釋嗎？可當今皇帝的年紀都能當寧念之的祖父，而太子年幼，上面還有四個年長皇子，若這籤條傳出去，指不定會鬧出事來。

另外，想把自家姑娘嫁給太子的人家不少，萬一，有人覺得寧念之是攔路石呢？

馬欣榮能想到的，趙氏也能想到，滿心的疑問瞬間全被嚥下，不敢再問。

老和尚笑咪咪地雙手合十。「施主請放心，寺院裡有規矩，貧僧已經忘記剛才解的是什麼籤了。」

馬欣榮這才鬆了口氣，走出求籤堂的大門，一眼瞧見原東良正站在閨女面前說話，閨女仰著小臉，笑得開心。

這時，李敏淑有些憤憤道：「寶珠那死丫頭，不知道上哪兒去了，我辛辛苦苦給她求個籤，死丫頭卻是半點也不關心。」

馬欣榮忽然想起來了。「哎呀，二弟妹的籤是不是還沒解？都怪我，太慌張了，竟忘記這個。趁著大師還沒歇下，咱們趕緊回去問問。」

李敏淑搖搖頭，把籤條塞進衣袖。「不要緊，不過是支中上籤。再者，大師不也說了，一切皆有可能，離寶珠及笄還有好幾年呢，到時候再來求也一樣。倒是要恭喜大嫂了，依念之這命格，以後大哥大嫂等著享福吧。」

馬欣榮忙擺手。「這說不準呢，現在念之還小，以後的事情，以後再說。」

說著，她把寧念之叫來，抬手揉揉她的頭。

「走吧，剛才不是念叨著要到後山轉轉嗎？趁著天色還早，咱們去瞧瞧。對了，帶了紙鳶沒有？這會兒天氣正好，小風吹著，放紙鳶挺好的。」

寧念之笑咪咪地點頭。「我去拿。你們先去，我等會兒就到。」

原東良忙跟上。「等等，我陪妳一起去。」

寧寶珠跑過來，笑嘻嘻地問：「娘，妳們求的籤怎麼樣啊？是不是都是上上籤？」

「還行，我閨女命格好，大師說，將來肯定能嫁個如意郎君。」李敏淑笑著回答。

寧寶珠滿臉通紅。「娘，您說什麼呢，我才不嫁人，以後只守著娘親過。」

「小孩子淨說胡話。」李敏淑又笑，心想，若寧念之的姻緣籤真能實現，以後寧家指不定會出個皇后？若真這樣，可要讓閨女多親近寧念之了。

只是，大師也說，得遇時機。時機最是捉摸不定，萬一錯過了呢？那寧念之會不會遭人記恨？到時候，會不會連累自家閨女？

和李敏淑的顧慮不一樣，反正寧霏已經嫁人，現在趙氏心裡只惦記著親兒孫的前程。若老大家的閨女真能翱翔九天，到時候寧家豈不是成了皇親國戚，還怕兒孫沒出路嗎？

這時機，還不是看人怎麼說的，依寧家現在的地位，出個太子妃也沒問題吧？

想著，趙氏心裡美得很，瞧馬欣榮也順眼多了，伸手示意她扶著自己。

「走，咱們去後山轉轉，後山的桃花開得好，說不定能撿些花瓣回去，讓人多做點點心呢。」

說著，她又招呼周氏，卻絕口不提剛才解籤的事了。

周氏曉得他們的顧慮，也不再提，只跟著讚美白馬寺的風景。

第四十一章

孩子們回房拿了紙鳶，嘻嘻哈哈地到了後山。

另一邊，兩位老夫人上了年紀，在後山轉轉，看完桃花，不等小孩子們放風箏，便回去休息了，馬欣榮和李敏淑跟著伺候。

原東良掂掂坐在他肩膀上的寧安越。「天快黑了，咱們再不放紙鳶，可就來不及了。」

寧安越年紀小，光想著玩耍，聽見來不及放紙鳶，就不樂意了。

「咱們快放！我要那只最大的老虎紙鳶，不要蝴蝶。蝴蝶是小姑娘們才玩的！」

寧安和聽了，有些著急。「我也不要蝴蝶，我要蜘蛛的。」

「我要蝴蝶的！你們都不會欣賞，看這蝴蝶做得多好看啊！」寧寶珠笑嘻嘻地喊。「大姊，妳也要蝴蝶的嗎？」

「不用了，我不挑，剩下那個是我的。」寧念之轉頭道。

原東良湊過來。「念之，等會兒我幫妳放起來？」

寧念之眨眨眼，剛才這小子叫她什麼？居然不是妹妹，換成名字了？感覺有點不習慣啊，怪怪的。

原東良見狀，又把這兩個字擱在舌尖上溜了一圈，再喊出來時，多了幾分期盼。

「念之？」

以往只喊妹妹，很親近，總覺得他這樣喊，妹妹便屬於他一個人的。現下改喊名字，忽然覺得與她更貼近了幾分，不光是妹妹，還是能站在身邊的人。相互獨立的兩個人，卻又能相互依靠，屬於彼此。

等大家挑好紙鳶，原東良過去把寧念之的放起來，一路小跑到她身邊，指揮她動手。

「啊，飛起來了！快，往後跑，鬆鬆線，再收緊！往左邊拽，左邊左邊……」

眼看紙鳶要落下來，原東良趕緊抓住寧念之的手，把線軸往回收，紙鳶立刻就穩住了。

原東良低頭看看疊在一起的兩隻手，雖說寧念之也喜歡騎馬練武，但有馬欣榮看著，不會在大太陽底下曬，養了幾年，皮膚白嫩得很。可他在西疆，天天跟著原丁坤出門，不說曬得跟個黑炭一樣，皮膚也是不怎麼白的。

大手包著小手，顏色分明，但竟奇異地有種和諧的感覺，好像天生該握在一起似的。

原東良的身子瞬間僵硬起來，剛才太著急，伸手的同時，身子也挨著寧念之，一低頭，連她眼睫毛有幾根都數得清，頓時心跳如擂。

「妹妹……」他喃喃地唸了一句，又覺得自己太彆扭，寧念之還小呢，又一向把他當成親哥哥，大概不會亂想吧？如果他扭扭捏捏的，怕是要讓她疑惑，趕緊輕咳一聲，努力調整心緒，儘量大方起來。

「看見了嗎？就是這樣。如果紙鳶往下落，趕緊把線向上拽，偏了就往另一邊拉，然後再慢慢放線，這樣才飛得高、飛得穩。」

為表明自己確實認真教學，原東良又做了幾個示範，紙鳶果然飛得更高了。

寧念之笑咪咪地點頭。「大哥真厲害！大哥，你說，山下的人會不會看見這紙鳶啊？我要是把線剪斷，紙鳶又會飛到什麼地方去？」

「不知道，但大概不會飛出京城的。」原東良說著，依依不捨地鬆開手。妹妹的手真軟，白白嫩嫩，皮膚像綢緞似的，摸著好光滑。

不知道下次還有沒有這樣的好運？剛才他應該把紙鳶往下扯的，讓它飛不起來，才有藉口握久一點，真是可惜，白白浪費了機會。唔，妹妹還是有些矮，再長個兩、三年，個子應該就到他的胸口了，到時候，只要他一低頭……

「大哥，你怎麼流鼻血了?!」寧念之驚呼，趕緊把紙鳶的線軸遞給丫鬟，急慌慌地拿手帕去堵原東良的鼻子。

原東良本來打算抬手擋的，但瞬間開竅，微微蹲下身子，讓寧念之的手在他臉上忙。

「大哥，你是不是上火了啊？」寧念之一邊擦，一邊幫他調整姿勢，想辦法讓鼻血停住。「還有沒有覺得哪兒不舒服？哎，這邊有個泉眼，你等等，我去弄點水給你擦擦。」

「沒事，別大驚小怪，大概只是上火而已。」原東良趕緊道，這麼蹲著實在不舒服，索性直接坐在草地上。

寧念之聽了，拿著帕子去泉水旁洗了洗，回頭幫原東良擦臉。

原東良笑咪咪，擦臉了，擦臉了！他果然太機智，錯過一次機會，立刻就能把握住下一個，找到親近妹妹的好辦法了。

「真沒事，妳不用擔心。前兩天我吃了不少補身的東西，爹娘太擔心我，總覺得我在西疆受苦，補太多就上火了。」原東良又解釋一次，伸手拉寧念之。「妳別忙了，看，這不是不流了嗎？來，坐著歇會兒。」

寧念之仔細看看，確實沒有再流，便要在原東良身邊坐下。

原東良見狀，忙抬手扶住她胳膊。「先等等。」然後，扯出衣服下襬，在旁邊鋪平，才讓寧念之坐下。

寧念之忍不住笑。「大哥，我的衣服不是什麼稀罕布料，髒便髒了，這樣一來，你自己的衣服不就髒了嗎？」

「我的衣服髒了沒關係，妳是女孩子，要是弄髒衣裳，就不好看了，說不定爹娘會以為妳在草地上打滾了呢。」原東良抬手捏捏她鼻子。「跑了大半天，累不累？」

這時，寧寶珠已經領著幾個弟弟去桃林裡撿桃花了，只剩下原東良和寧念之，還有兩個丫鬟。

寧念之拽著紙鳶跑半天，還真有些累，遂揉揉額頭，打個哈欠。「天色不早，一會兒該吃飯了。」

「不知道晚飯吃什麼？不如，我帶妳去打獵？」原東良笑著問。

寧念之搖頭。「這裡是寺院，就是不信神佛，也不好太過分。吃葷不說，還殺生，佛祖看見，定要生氣的。」

她信鬼神，不過一頓不吃肉，還是忍得住的。

原東良立刻乖乖認錯。「是我魯莽了。現在已經三月，等天氣熱起來，咱們到莊子上住兩天，到時候我帶妳去打獵好不好？這兩年，妳的騎射功夫沒有落下來吧？」

「自然沒有，說不定，還能贏過大哥呢。」寧念之笑嘻嘻地說，忽然一拍手。「大哥，原家的武功是不是和咱們家的不一樣？你學了嗎？」

「嗯，寧家以槍法為主，原家則是刀法，我學了一些。」

原東良起身，卻忘記自己的衣襬還在寧念之身下，剛站起來就被扯得踉蹌，身子一歪，便朝她撲過去。

情急下，他生怕壓壞了寧念之，趕緊把胳膊撐在兩邊，卻因此將寧念之圈在身下。兩人面對面，一上一下，臉和臉之間只隔了兩顆拳頭的距離。

若寧念之真是小孩，那這件事不過是個意外。可她心裡住著的，是上輩子沒能嫁出去的大姑娘。

十六歲的原東良，因為習武，和普通的白面書生不一樣，比同齡少年要高出一個頭以上。蜂腰猿背，身材結實，看著像是十七、八歲；皮膚曬成古銅色，陽剛之氣特別盛，劍眉朗目、英俊瀟灑。

兩輩子加起來，寧念之見過的男人不少，但親近過的男人，除了祖父和親爹，還有外祖父那一家子，便只有原東良了。

少年長得好，少年身材好，少年有男子氣概，少年魁梧勇猛，少年穩重成熟，少年……是個讓人很容易心動的少年。

於是，寧念之臉紅了。

她也不想臉紅的，但這種事情控制不住，原東良略帶急促的氣息灑下來，非常容易讓人胡思亂想好嗎？她又不是小孩子，分辨不出男人與男孩的區別。

「念之……」

原東良忍了又忍，心心念念好幾年的人，剛見面就想抱著親兩口好嗎？要不是他自制力非凡，生怕壞了寧念之的名聲，又怕嚇著小姑娘，更擔心提前被長輩們發現，隔開他們。

他們還小，尤其是他，還沒能力反抗兩個家族，一旦被迫分開，也無計可施。要不是擔心這個、擔心那個，他早就親上去了。

但正當他苦苦忍耐時，機會忽然送上門來。

原東良很認真地考慮，要不，假裝胳膊撐不住了，落下來，做出意外撞上的樣子？但是，妹妹才十一歲呢，他的重量會不會壓壞了妹妹？

最重要的是，萬一嚇著她，怎麼辦？

「大哥，快起來！」

他正猶豫呢，寧念之已經伸手，憋紅了臉，將原東良往上推。「壓到我的腿了。」

到底還是擔心寧念之的身子，原東良順勢往旁邊一滾，翻身坐起，伸手捏捏她的小腿。

「有沒有什麼感覺？疼不疼？壓傷了嗎？」

寧念之撇撇嘴，起身走兩步。「沒事，你又不是從高處撞下來。剛才有些麻，現在好多了。大哥也沒事吧？」

「沒事沒事，剛才忘記衣服還被妳坐著了。」原東良笑咪咪地說，使勁回想一番，把話題扯回去。

「來，妳不是好奇嗎？我耍原家的刀法給妳看。不過，我之前都是學寧家槍法，這刀法才學了兩年，雖會招式，卻沒多大威力。」他說著，順手從地上撿了樹枝，擺出起手式。「看好了啊。」話音剛落，樹枝便揮了出去。

原家駐守西疆好幾代，代代傳下來、能在戰場上用的刀法，威力必和寧家槍法不相上下。雖然原東良拿的只是樹枝，但揮出去的氣勢，還是不可小覷。

一招一式，大開大合，帶著幾分殺氣，寧念之都快看呆了。

「好！」

她正看得入神，忽然聽旁邊有人叫好，一轉頭，自家親爹就站在身邊。

寧念之眨眨眼，不知道怎麼回事，忽然覺得有些心虛。

爹什麼時候來的？大哥耍刀之前的事，有沒有被爹看見？咦，她為什麼要心虛？不就是大哥不小心絆倒，然後壓到她的腿，根本不用心虛嘛。

寧念之抬手揉揉臉，頓時理直氣壯起來，抬頭挺胸繼續看，這大刀耍得太精采，吸引了她全部的注意。

原東良耍完最後一招，收起樹枝，這才抬眼看寧震，笑著行禮。

「爹，您怎麼來了？」

「過來瞧瞧。」寧震綳著臉說道。

原東良拿著樹枝抱拳。「爹覺得這刀法怎麼樣？」

「刀法還行，就是你練得不行。」寧震抬手比劃一下。「這個招式，容易有破綻，你看好了。」說著，他也從地上撿起樹枝，示範給原東良看。「轉身要迅速，不然，就容易被人從腰部攻擊。」

原東良受教地點頭，寧念之見狀，躡手躡腳地偷偷走開，去找寧寶珠了。

寧念之的身影一消失，寧震的臉色馬上沈下來。

「東良，你年紀也不小了，你妹妹才多大，竟敢……」

原東良忙擺手。「您誤會了，剛才是不小心，妹妹還小，我不會嚇著她的。」又道：「爹，您就答應了兒子吧，兒子以後定會對妹妹好的。這世上，除了爹娘，就數我對妹妹最好了，將來妹妹嫁給我，絕不會受苦受累，也不會讓她傷心。」

寧震瞪他。「不管怎麼說，你妹妹年紀還小，以後少在她面前胡說八道。你喜歡她是你的事，要是她不喜歡你，那就沒戲。以後的事情，以後再說，咱倆先比劃比劃。」

原東良立刻苦了臉。這所謂的比劃，其實就是挨打，他早有經驗了！

第二天，眾人離開白馬寺，下山回府。在榮華堂用過飯後，便各自回院子休息。見馬欣榮跟寧念之進了明心堂，陳嬤嬤就迎過來。

「夫人，昨兒三公主帶著個小姑娘來找姑娘們。奴婢瞧著，那小姑娘應該就是八公主，說知道咱們家姑娘考上太學，特意來送禮物祝賀。」

馬欣榮的眉頭忍不住跳了跳，老和尚說的幾句話立即浮上腦海——得遇貴人，翱翔九天。

能被稱為貴人，身分地位定是比鎮國公府更高，皇家的人，可是天底下最尊貴的了。之前，閨女好像也說過，和寧寶珠上街時，遇過太子和八公主。

「都是些什麼東西？」寧念之不知道姻緣籤的事，興匆匆地湊過來問。「我沒見過三公主呢，只見過八公主，大約是八公主纏著三公主來的。對了，三八公主好像也在太學唸書。」

陳嬤嬤把禮物拿過來，寧念之翻看一下，是文房四寶，不算特別出格，但皇宮裡出來的東西，都是上上等的，自然珍貴些。

其中有兩套是一模一樣的，寧念之拿出一套道：「讓人給寶珠送過去，就說是八公主給的賀禮。」

陳嬤嬤聽了，看馬欣榮一眼，見她擺擺手，才親自拿了東西送去。
馬欣榮想了一會兒，伸手把閨女拉到身邊坐下。「妳喜歡八公主？」
「還好，小姑娘挺有意思的。」寧念之笑咪咪地說。「不過，八公主的年紀有些小，即便想做朋友，大概也談不來。再者，我馬上就要去太學唸書，八公主年紀不到，去不了，日後應該沒有太多交集。」
馬欣榮沒說話，閨女太天真，八公主雖然年紀小，但如此出身，想去太學，還不是一句話的工夫？就算不能當正式學子，也能去聽課啊。
只是……這個貴人到底是不是八公主？萬一是她想多了呢？
「娘，您怎麼了？」寧念之見馬欣榮皺眉，戳戳她的眉心。「是不是管家有煩心事？」
「倒不是，就是有些累。」馬欣榮拍她一下。「妳先回房休息吧，累了兩天，這幾天別出門了。後天我給妳辦個賞花宴，請妳和寶珠的朋友來玩，慶祝妳們考上太學的事。」
寧念之忙搖頭。「不是多大的事，這樣一來，倒像是炫耀了。前幾天祖母不是想辦宴會讓原老夫人認識京城裡的人嗎？咱們單純辦個賞花宴吧，如此，定會有人帶女兒一起來的。」
馬欣榮想想，覺得閨女想得周到些，便答應下來，讓丫鬟送她回芙容院休息了。

第四十二章

自從寧霏出嫁後，寧家就沒辦過賞花宴了，請帖發出去，來的人還真不少。

馬家人當然要邀請，原東良剛回京不久，就去馬家拜訪，已經跟幾位表兄弟見過面，這會兒你一拳頭、我一巴掌的，生疏感瞬間就沒了。

「你這小子，之前不是給你寫信，說了帶頭大象回來嗎？」馬文瀚氣勢洶洶地問。「你倒好，居然弄個大象木雕。要是跟大象一樣大就算了，結果竟是巴掌大的！」

旁邊的馬文博忍不住笑。「大哥也真是的，大象那麼大，又是西疆才有的，弄到京城，不一定能養活呢，萬一死在半路怎麼辦？」

「怎麼辦？吃肉唄。」馬文昭笑嘻嘻地接話，打算圈住原東良的胳膊，一抬手，卻立刻無語了。「我說東良，你在西疆吃了什麼東西？怎麼長得這麼高！」

原東良也笑，馬家幾位表兄弟中，他和馬文昭同年，馬文瀚和馬文博都是兄長，馬文軒和馬文才、馬文彥則是弟弟，但因歲數差得不多，兄弟間的關係依然親密。尤其是馬文昭，兩人上同一間書院，又是同一位先生，感情更好，說話便更隨意些。

「我時常習武，自然長得高。我聽外祖父說，之前你們考試時，因學業緊張，連習武都耽誤下來，吃得少，加上勞心不勞力，當然長不高了。」

原東良憋住笑，一本正經地摸摸馬文昭的腦袋。「以後，不如你喊我表哥？」

馬文昭立刻跳腳。「我就知道你存心不良！我比你大，你應該喊我表哥才對！」

原東良摸摸下巴。「說起來，我好像真比你大些。之前爹娘收養我時，不知道我是幾時生的，就把生日定在妹妹生日那天。後來祖父找來，這才曉得，原來我應該是五月生的。你的生日是六月，我比你大一個月呢。」

馬文昭瞪大眼睛，半晌才轉頭看馬文瀚。「這弟弟一下子變成哥哥了？」

「反正他也沒叫過你哥哥。」馬文瀚毫不留情地說，抬手拍拍原東良的肩膀。

「這次回京，是打算過段時日再走呢，還是不打算回去了？」

「我爹的意思是，兩年後有武舉，讓我留在京城參加。原家那邊，祖父的身子硬朗著呢，估計再撐個二十年不成問題，我不用急著回去。」

說完，原東良想了想，招招手，將馬家兄弟聚在一起。

「我說，你們有沒有什麼辦法，能讓我混進太學唸兩年書？我爹不打算幫我這個忙，只讓我去青山書院。但大表哥和二表哥都在太學，兩個妹妹也去了，就我一個人在青山書院……」

馬文昭使勁捏他一把。「我還在青山書院呢。」他年紀小，上次的科舉輪不到他，所以還在青山書院唸書。

馬文才和馬文彥也鬱悶。「雖然我們年紀小，但表哥不要總是忘記啊，我們也還在青山書院呢。」

原東良尷尬地摸摸鼻子，還真把這兩個表弟給忘了。

「我告訴你，別想歪招了，既然姑父說沒辦法，那就真沒辦法了。太學招收學生向來嚴謹，除了皇親國戚，剩下的都要參加考試，至少得是秀才才行。」

馬文博搖搖頭，正打算說得仔細點，又有客人過來，原東良被周氏叫去見人了。

馬文昭站在原地，摸摸下巴。「這小子這麼想去太學？我看他不像是喜歡唸書的人啊。」

馬文瀚轉頭瞧見寧念之領著兩個小姑娘出來，挑挑眉，臉上露出了笑容。

他比寧念之大九歲，已經訂好人家，馬上就要成親，自然比馬文昭這個不開竅的曉事。既然原東良不喜歡唸書，還心心念念想去太學，肯定是醉翁之意不在酒啊。

只是……馬文瀚忍不住皺了皺眉，姑父和姑母知道這事嗎？念之表妹年紀還小，現在說親也太早，萬一原東良一個不注意，做出什麼壞了她的名聲……

於是，等原東良閒下來，他抓住機會，迅速將人拽到一邊。

「你這小子，是不是打著什麼主意？」

原東良一頭霧水。「大表哥，你在說什麼啊？」

「你那麼想去太學，是為了什麼？」馬文瀚皺眉問道。

原東良心下一突，看馬文瀚的眼神帶了幾分戒備。「大表哥，你是要成親的人，萬萬不能做出對不起大表嫂的事啊。」

馬文瀚哭笑不得，伸手在他腦袋上敲了下，臉色嚴肅。「我告訴你，你想幹什麼，都是你自己的事情，但不能傷害別人、不能走歪路，知道嗎？」

原東良抿抿唇，過了半晌，挑眉道：「既然大表哥看出來了，那我也不隱瞞你，我想去太學，確實是為了守著妹妹。這事，爹也知道。

「不過，大表哥太小看我了。我可是爹娘養大的，哪怕是自己受傷，也絕不會傷害別人來達到目的，對妹妹尤其如此。哪怕我死，都不會讓她受到一絲一毫的傷害。」

馬文瀚認真地盯著他，過了好一會兒才點頭。「你心裡有數就行。我幫不了你，你自己多多努力。」說完便轉身走人了。

原東良無語，幫不上忙就不要瞎問啊，問半天、警告半天，卻幫不上忙，簡直浪費工夫嘛！

「原少爺，原老夫人找您。」

他正鬱悶著，丫鬟又過來喊，遂應了聲，轉身去大堂了。

見原東良過來，周氏忙招手，讓他到她身邊。

「這就是我的大孫子，以前跟著鎮國公住在京城，你們應該見過的。不是我說，鎮國公夫妻品性高潔，我孫子能跟著他們，真是幾輩子修來的福氣。」

周氏笑呵呵地幫原東良介紹。「東良，這是安國公夫人。剛剛我才知道，原來咱們兩家也算親戚，安國公夫人的娘家堂姊是你娘親的表姊，你要叫她一聲姨母。」

原東良忙上前行禮，安國公夫人拉著他的手，眼圈微紅。「真沒想到，咱們竟是一家人。當年我也見過你母親，真是溫柔如水的人，只可惜……」

周氏聞言，臉色變了變，卻沒開口。

她的娘家不顯，兒媳婦的娘家也沒什麼助力，現在東良連個正經外家都沒有，來了京城，只能依靠寧家。若多一門走動的親戚，以後說不定能幫上忙呢。

說了一會兒，安國公夫人從身上拽下玉珮。「我沒準備什麼禮物，你先拿著這個，回頭我再補上。」

「夫人不用破費。」原東良忙推辭。

「拿著拿著。」安國公夫人說道，笑咪咪地打量他。「長大了，長高了，真是個英俊的小子。」說著，她轉頭看周氏。「東良這年紀，該說親了，老夫人可有相中的人家？」

周氏眼睛猛地一亮，趕緊搖頭。「還沒說親呢，西疆那邊沒有合適的，就打算帶他到京城看看。以後夫人若有合適的人選，也幫我們家東良留意些。」

「說起來，我這兒還真有個不錯的。」安國公夫人笑道。

原東良聽見，脖子上的寒毛都要站起來了，趕緊搶在周氏開口之前道：「夫人快別打趣我了，我還小，打算有了功名才成家呢。」

周氏心疼孫子，不好拆他的臺，沈默一下，便幫著他說話。「這孩子就是性子拗，想讓媳婦兒過好日子，所以死活不肯在功成名就前成親。我老婆子年紀大了，心裡就有些著急。」

安國公夫人忙笑道：「這樣才是好兒郎，有志氣！將來不知道誰家姑娘有這個福氣了。」

原東良見話題總算繞過去，這才溜出大堂，到了門外，忍不住擦擦額頭的汗。剛才實在太險了！他一心只想著妹妹，才不會要別人，回頭還是得和祖母說清楚才行。

賞花宴熱熱鬧鬧地進行著，小姑娘這邊，由寧念之和寧寶珠招呼；小少爺讓寧安成與寧安和陪著，但他們兩個年紀還小，馬家的幾個表哥便跟著幫忙。

上午，小姑娘們只是賞賞花，在花園裡轉轉，寫寫詩、作作畫，讚揚花開；男孩子則投壺、聯句什麼的，隔著花房，也能彼此看見。

原東良比較忙，一會兒過來讓馬家表哥介紹幾個朋友，一會兒又得去周氏那邊見幾位長輩，像陀螺一樣轉個不停。

午飯是寧家準備的，菜色精緻，博得眾人一陣讚賞。

辦賞花宴不是件容易的事，從招待客人的茶水點心到中午飯菜的忌口喜好，還有盤碟的樣式與擺放，以及下午的消遣，樣樣都得照顧到。

幸好馬欣榮不是一心攬權的人，一開始就找李敏淑幫忙，整天下來，還算順利，半點差池都沒有，傍晚時便圓滿結束了。

晚上在榮華堂吃飯時，周氏開口了。「我們祖孫在這裡打擾了不少時日，心裡實在不安，尤其今兒這賞花宴，還累得老妹妹幫忙出面，真是……」

她拉住趙氏的手，誠心誠意道：「這感激的話，怎麼說都覺得太單薄了些，只好準備禮物，老妹妹可別嫌棄。」

趙氏也很會說場面話，聽了便佯裝生氣道：「老姊姊這是什麼意思？我是真拿妳當一家人，且東良也要叫我一聲祖母不是？做這些事情，也不光是為了你們，今兒來的人家，平日都是要多走動走動的，並不費什麼事。妳這樣客氣，可是把我們當外人了。」

周氏忙搖頭。「正因為把你們當一家人，才請你們務必收下禮物。以後啊，我還要多麻煩你們呢，這樣的宴會，指不定得多辦兩次。這回要是不收禮，下次我就不敢煩勞妳了。」

兩個老夫人扯半天，最後，趙氏認輸，收下周氏早就準備好的禮物。

當著大家的面，她自然不能把禮物收到私庫去，只能全交給馬欣榮，進了公中的庫房。

周氏這才鬆了口氣，笑著稱讚馬欣榮。「鎮國公夫人果然能幹，一天下來，事事安排妥當，所有客人歡歡喜喜地來，歡歡喜喜地走，這可不是普通人能辦到的。」

「老夫人快別誇我了，要真讓我一個人做這些事情，定會忙中出錯，虧了有二弟妹幫我。」馬欣榮笑咪咪地說道，伸手拉過李敏淑。「我這弟妹也是能幹的，今兒跟著我忙了一天呢。」

「妳們妯娌倆都是能幹的。」周氏笑道，又換了話題。「說起來，我在你們府上也住了一段時日，過兩天，念之和寶珠要上太學了，東良也要去青山書院。對了，這事還要多謝鎮國公呢。」

「老夫人說這話可見外了。」馬欣榮忙道。「東良是我和國公爺的義子，我們不為他著想，還能為誰著想？老夫人再這樣客氣，可是將我們當外人了。」

「好好好，那感謝的話我就不說了。」周氏接道。「剛才說了，我們祖孫在府上住這麼久，實在是打擾了。如今東良要去書院唸書，算是安定下來，我想帶他搬出去住。」

趙氏聞言，忙道：「哎呀，老姊姊，可是我們有什麼疏忽的地方，讓妳在這裡住得不舒服了？」

「不是不是。」周氏搖頭。「你們家兩個兒媳都是能幹的，凡事安排得妥妥當當，我在這兒跟在自己家一樣，舒心得很。」

她說著，抬頭看看原東良。

原東良抿唇，有些不大樂意，但知道自家祖母這麼做有道理。要是一直住在寧家，將來才娶不到妹妹呢。

原來，賞花宴前，自家祖母就已經決定搬出寧家。住在一起，別人會以為他們還是一家人，把他跟寧念之當成兄妹。唯有搬出去，才會將他們看作兩家人。

「只是……東良年紀大了，雖說認了鎮國公夫妻當義父母，卻是外姓人，你們家又有兩個如花似玉的小姑娘，東良進進出出的，不是很方便。」

周氏笑咪咪地解釋，看寧念之一眼，心裡挺喜歡這小姑娘，可就怕有緣無分。

這世上的女人，若知道自己有機會坐上那個位置，十成十都要心動。現在寧念之還小，長大後發現錯過緣分，怕是要怨恨孫子。

可惜了孫子的一番心意，回頭得想個辦法，讓他斷了念想才是。頭一步，就是先把兩個人分開。日日相對，自然感情深厚；隔得遠，說不定情分便淡下來了。

「還請妹妹體諒，東良到了說親的時候，總是住在你們府上，也不妥。」周氏笑咪咪地說道。「不過，就算搬出去，咱們還是一家人。東良日日過來請安，我得空了，要麼來你們這裡坐坐，要麼妳到我們那兒轉轉，都一樣的。」

婚姻大事，自是不好在別人家解決，尤其是男人。如果原東良還住在寧家，將來說親的人，看的是鎮國公府的面子，還是原東良自己的面子？

馬欣榮心裡早有準備，之前原東良說過，他們家老太太性子彆扭，定是要搬出去住的，這會兒雖然捨不得，卻沒有多說什麼。

至於趙氏，她對原東良本就沒有太深的感情，周氏的話都說到這個分上，挽留幾句，自覺盡到心意後，就把後面的事情推給馬欣榮了。

原東良搬家時，寧念之並不在場，因為太學開學了。她領著寧寶珠，姊妹倆坐了馬車，直奔太學。

下了馬車，寧寶珠還是有些緊張，扯著身上的裙子問寧念之：「大姊，我穿得還可以吧？沒落下什麼東西吧？妳瞧瞧，領子也沒有弄反吧？」女學的衣服是統一樣式的，上面是月白色交領廣袖曲裾袍，下面是同色裙子，衣襟上繡著梅花。

寧念之第七遍回答她：「沒問題，妳穿得很好，首飾什麼的也沒弄錯，我妹妹最漂亮了。走吧走吧，再不進去要遲了，開學第一天便遲到，給先生留下的印象就太壞了。」

寧寶珠聽了，趕緊跟寧念之一起進去。

太學雖然分成男女兩邊，但只有一道大門，進去後才分成兩路，男學子往左邊走，女學子往右邊走。

姊妹倆進了教室，寧寶珠扯著寧念之的衣袖問道：「咱們坐在窗邊吧？」

寧念之正要點頭，卻見之前那個驕傲的柳姑娘拎著書袋，踱到窗邊坐了。

姊妹倆忍不住抽了抽嘴角，寧念之索性拉著寧寶珠走到中間，選了兩張挨著的桌子坐下，然後開始擺放東西。

沒一會兒，教室裡已經坐滿了人，有認識的、有不認識的，認識的便湊在一起嘰嘰喳喳說話，不認識的就翻看自己的書本，或像寧寶珠一樣，主動出擊交朋友，側身問身邊的姑娘：「我是寧寶珠，妳叫什麼名字？今年幾歲了？」

寧念之旁邊的是個看來有些冷淡的姑娘，正低頭看自己的書。

她想了想，沒去打擾，默默地跟著翻開書讀。今兒是頭一天，不知道先生會教什麼，也許教她在家學過的東西？要是她沒學過，跟不上就糟糕了。

她正胡思亂想，眼角瞄到門口走進一個穿水綠色齊胸襦裙的人，梳著婦人髮髻，應該就是先生了。

寧念之忙端正身子，順手扯了寧寶珠，寧寶珠也趕緊坐好。

教室裡的說話聲逐漸變小，慢慢安靜下來。

女先生臉上帶著溫和的笑，掃了下面一圈，慢悠悠地開口。「我姓白，妳們可以叫我白先生，接下來的一年，我是妳們的書法課先生。今天是第一天，上午不正式講課，現在先站起來，跟我去拜孔子像。」

眾人跟著出來，另一邊的幾個教室也是這樣，由先生領著學子。一班十二個人，總共有十個班，按甲乙丙丁的順序排。之前見過的陳先生，這會兒正領著另一班。幾位先生的衣服樣式大致相同，但顏色不一樣。

孔子像原是掛在一座小閣樓裡，今兒一早，女學的院長帶著先生們把孔子像請出來，這會兒擺進院子，前面放著香案。

原本女學拜的不是孔子像，而是班昭和長孫皇后。可後來，皇后覺得，《女誡》、《女則》之類的，女學子們在家都學過了，既然來太學正正經經地唸書，應該學些更大器的，比如四書五經，即便不考狀元，也能教導子女。於是，女學這邊，也跟著拜了孔子像。

這個過程雖是一、兩句話就能說完，但當年皇后為這事，可是忙了好幾年，才讓朝堂上的老頑固同意呢。

拜孔子像的過程嚴肅，不只跪下磕頭，院長還要說些勉勵的話，學生也得說以後尊敬師長的誓詞。全部算下來，將近半個時辰。

等院長說完，就輪到先生們。每位先生都有擅長的項目，白先生能書，陳先生擅詩詞，樓先生精於騎，一個個自我介紹。

若學生們有問題，可以隨時找先生，且不拘於自己班上的。若先生都不在，還有幾個嬤嬤幫忙。總之，太學裡的學生大部分不是普通人家的姑娘，萬一出事，太學擔不起責任，只能小心小心再小心。

「好了，認識完先生，現在咱們回教室，也認識一下自己的同窗。」

白先生特別溫柔，站在學生面前，拍拍手道：「大家都是很優秀的姑娘，定然有自己的特長，但既然來上學了，以後也要向同窗學習她們擅長的項目才好。」

說著，便領學生回去，按名冊點名，讓大家彼此認識。

第四十三章

一下課，寧念之就聽見門口有人叫她名字。

「念之，我想妳們應該下課了，就過來看看。妳們剛來學院，怕是不知道食堂在哪兒，我帶妳們去。」

雖說這教室裡互相認識的人不多，但還是有人認出了三公主，趕緊過來行禮。

三公主忙擺手。「在學裡，我就是個普通學子，叫我師姊就行。」說完，拉拉寧念之。「咱們走吧。」

寧寶珠有些猶豫。「就這麼走嗎？要不要收拾東西？吃完飯就直接回來？先生說，未時中才繼續上課呢，這會兒吃飯是不是太早了？」

寧念之聽了，扯她一下，跟著三公主出門。

三公主笑著道：「吃完飯，自然要找個地方待著啊，或者回教室和同窗聊聊天也可以。至於桌上的東西，暫且放著，不會有人動的。妳們倆是頭一天上課，感覺怎麼樣？有哪兒不習慣嗎？」

寧寶珠傻呵呵地要開口，寧念之忙趕在她之前道：「嗯，還好，我們在家裡時，上課的時辰也是一樣。唯一不習慣的是，在家時，先生單獨對我們說話，現在先生卻要對十幾個人說話，有點被忽略的感覺。」

她頓了頓，又補充道：「倒不是覺得先生忽視我們，而是擔心自己懶散。」

三公主忍不住哈哈笑。「就是這樣。在家時，先生只盯著妳們兩個，就是想偷偷摸摸走個神都不行；在學院裡，卻要靠自己堅持，就算先生沒注意到，也得管好自己，認真學習，不然，每個月考試時沒考好，可是要受罰的。」

寧寶珠聽了，有些膽怯。「會有什麼懲罰啊？」

「這個說不準，有時候是打掃學院，有時候是給同窗們做衣服，只能自己動手，不能找人幫忙。有時候則是到藏書館抄書，最少抄十本。」

三公主笑咪咪地說，伸手揉揉寧寶珠的頭髮。「一天下來，手指都彎不了呢。所以，不想被罰，就得好好學習，知道嗎？」

寧寶珠拍拍心口，剛才她還想著，要是先生沒注意到，說不定上課時還能偷吃兩口點心，幸好三公主提醒得及時。

不過，她不如大姊聰明，大姊肯定不會被罰，可她就不一定了，想著又有些緊張。

三公主見寧寶珠臉色發白，知道她被嚇住了，趕緊安慰道：「不過妳放心，這次進了一百多個新學生呢，只要不是太笨，就不會被罰。對了，食堂的飯菜很好吃，妳們嚐嚐，若是喜歡，日後便在食堂吃；若吃不慣，讓家裡送也可以。」

三人說著話，就到了食堂。

這裡的午飯得自己掏錢買，有貴的，也有便宜的。三公主領著她們去吃的，自然是貴的那邊，還攔了寧念之掏錢的手。

「我一向喜歡妳們兩個，當作妹妹看待，頭一次當然得由我請，不用和我客氣。」

寧念之聽了，不好直接違逆三公主的心意，遂與寧寶珠謝過，一起吃了午飯。

下午，太學正式上課，第一節課就是白先生的，先介紹四書五經。

不同於男學子，女學子這邊，多是第一次接觸這樣的書，個個稀奇得很，聽課很是認真。

熬了一下午，終於放學，寧寶珠難得穩穩地坐了兩個時辰，等先生一走，就立刻跳起來了。

「大姊，咱們趕緊回家吧！對了，能不能先拐到徐記買點心啊？」

寧念之點頭，反正也不遠。

姊妹倆拎著書包出了太學大門，一抬頭，便忍不住露出笑容——原東良正牽著馬兒，靠在馬車旁邊等她們呢。

「哥哥已經放學了？」寧念之驚訝地問。

原東良點點頭。「比妳們早一點。今天在太學待得如何？有沒有被人欺負？」

寧念之搖頭，忍不住笑。「都是些女孩子，怎麼可能有本事欺負我？時候不早，趕緊去徐記，咱們買了點心就回家吧。」

閨女上了太學，但寧震夫妻心上的石頭仍放不下來。

這日晚上，馬欣榮嘆氣，看向寧震。

「我現在越發弄不明白了，這所謂的貴人，到底是指誰？太子慢慢長大，大皇子怕也著急了，你說，咱們念之的婚事……」

寧震沈默半天，忽然問道：「妳覺得東良這小子怎麼樣？」

「東良？」馬欣榮有些驚訝，隨即想到五年前原東良掛在嘴邊要娶妹妹回家的話，忍不住笑。

「這孩子，小時候可是天天嘀咕著要娶念之……」說著，她的神情忽然僵了僵。「難道他還沒改變主意？」

「這小子天生一根筋！」寧震憤憤不平，伸手抹了把臉。「一回來就跟我說了。現在他長大了，不是小孩子，說的不是玩笑話，居然非要娶念之不可，若不是看在救命之恩跟養育之情的分上，我早把這臭小子的腿打斷！」

馬欣榮眨眨眼，過了一會兒，搖搖頭。「原家那情況……咱們念之從小單純天真，從沒經歷過內宅爭鬥，怕是應付不了。」

她看了看寧震的臉色，又道：「東良是原家的長子嫡孫，念之嫁過去，便是當家夫人。

可你瞧，原老夫人身為正經婆婆，又掌管原家後宅好幾年，現在卻只能遠離西疆，跟著孫子到京城。念之那性子，怕是要被人啃得連骨頭都不剩。」

寧震忍不住笑。「我記得，五年前說起這事時，妳還挺不在乎，覺得念之嫁給東良也沒什麼，怎麼現在卻不同意了？」

馬欣榮也笑。「現在能和那時候一樣嗎？那時東良是咱們家的孩子，等他長大，你給他討個差事，若娶了念之，我們就幫他買宅子。小夫妻倆住在咱們跟前，要是念之受了委屈，你隨時能給她出頭。

「可現在呢，要嫁給東良，念之可是要跟去西疆的，那麼遠，三、五年都不一定能見到面，你放得下心？」

馬欣榮頓了頓，又道：「她吃得好不好、穿得好不好、過得好不好，咱們都不知道；她受了委屈，咱們也不知道。甚至哪一天她出了事，咱們還是不知道。你真能放心讓她就這麼嫁去西疆？

「以前東良是一個人，又是咱們的養子，將來好壞要靠咱們家，兩個人又是青梅竹馬，我不怕他欺負念之，或者對念之不好。

「但現在，東良身後有一家子人，哪怕他對念之好得不能再好，可一個大男人，能天天守在媳婦兒身邊嗎？後院裡的事情，還不得念之一個人頂著？」

馬欣榮說著，搖了搖頭。

「此一時非彼一時，女孩子嫁人，不能光看未來的相公，得看他的家人、他的前途。以前是以前，現在是現在，我不願讓念之嫁給現在的東良。」

她抬眼看寧震。「你可別犯糊塗，在我不知情下，糊裡糊塗地把閨女給許出去！」

寧震忙搖頭。「當然不會，我就這麼個閨女，也捨不得她離我太遠。既然妳不願意，那回頭我和東良說清楚。他現在年紀小，只惦記著念之，等見識多了，說不定就改變心意，不著急。

「至於念之的婚事，妳也不用太憂心。太子年紀尚小，要選太子妃，至少得等他滿十五歲，還有好幾年呢。趁這段日子，咱們慢慢給她選個好的。」

寧念之不知爹娘操心的事，睡了個好覺，精神煥發地早起，去明心堂吃早飯。

她進了門，掃視一圈，忽然有些驚訝。

「今兒大哥沒過來啊？」回京城後，原東良就每天過來請安，即便搬出去後也如此，但今天居然沒看見人影！

「妳大哥也要上學，昨天晚上我讓人過去說了，以後早上不用來請安，等書院休息時再來，也是一樣的。」

寧震笑咪咪地說道，伸手揉揉寧念之的頭髮。「今兒我休沐，可惜妳要上學，不能帶妳去玩了。」

寧念之撇撇嘴，看自家娘親一眼，老夫老妻了，每到休沐時還一起出去玩，簡直沒羞沒臊。

算了，他們倆感情好，家裡和樂，日子才過得舒心。

「不用爹陪我，等大哥得空再帶我出去玩，也是一樣的。」寧念之不在意地說道，捏了捏寧安越的小臉蛋。「小弟怎麼不高興了？」

「我不用上學，爹娘也不帶我出去玩。」寧安越嘟著嘴鬱悶。

寧安成要讀書，不能去玩，就剩下寧安越，居然還被留下了。小孩兒心裡不樂意，飯也不好好吃，勺子在粥碗裡使勁攪，都快把粥攪出來了。

寧震挑眉道：「昨天你不是答應爺爺，今兒要跟著他練字嗎？男子漢大丈夫，怎麼能說話不算數？」

「昨天爹也沒和我說休沐的事啊。」寧安越不高興。「您要說了，我就不答應爺爺了。」

寧念之見狀，開口哄寧安越。「小弟，你這麼想是不對的。你想想，爹娘去玩，我和你二哥要上學，堂哥也得去書院，祖母和二嬸是女人，家裡的男人呢，就剩下你和爺爺了。要是你不陪爺爺，便沒人和他作伴，那爺爺有多孤單啊，你說是不是？」

不過，寧安越長了歲數，也不大好哄了。「騙我呢，祖父可以出門找朋友下棋釣魚，比我還忙。」

寧念之忍不住笑。「喲，小弟變聰明，不好哄了。那你這樣想，雖然爺爺能出門找朋友玩，但為了你，還是留在家裡，是不是對你特別好？」

寧安越點頭，這倒是真的，爺爺對他最好了。

「既然爺爺對你這麼好，那你為什麼不能陪爺爺待在家裡練字呢？」

寧安越有些喪氣。「因為我想出去玩啊。」

寧念之聽了，便道：「你好好練字，練好了，爺爺會獎勵你。到時候，讓爺爺陪你出去玩，爺爺可比爹大方呢，你想買什麼，他都會答應的。你說，跟著爹一起出去好，還是跟著爺爺好？」

寧安越迅速作出選擇。「當然是跟著爺爺好！上次我跟爺爺去珍寶齋，爺爺給我買了個極好看的九連環。爹小器，從不買給我。」

寧震瞪眼。「你個臭小子，我沒給你買過玩具嗎？再說一遍試試？」

寧安越縮縮脖子，不吭氣了。

另一邊的寧安成飛快嚥下嘴裡的飯，笑咪咪地拍拍寧安越的腦袋。「記得給哥哥帶禮物啊。」

吃了飯，該出門的出門，該上學的便上學了。

放學回到家，寧念之左右看看，還是沒發現原東良，找人問了，知道他沒過來，就去找馬欣榮。

「今兒大哥怎麼沒去接我放學？是被先生留在書院，還是直接回原府了？」

馬欣榮笑咪咪地說：「回原府了。」

寧念之聽了，瞪大眼睛，有些不高興。

「大哥居然不和我說一聲，白讓我擔心半天，還以為他出事耽誤了呢。」頓了頓，又問：「他來過這邊嗎？」

馬欣榮細細看閨女的神色。「嗯，一放學就來了，請過安又走了。」

寧念之皺眉，百思不得其解。「那不是和往常一樣嗎？他怎麼不去接我放學了，發生什麼事情？」

「妳很希望大哥去接妳嗎？」馬欣榮端起茶杯，抿了一口。「妳不是小孩子了，妳大哥也有自己的事情要做，哪能整天跑那麼遠去接妳呢？咱們家又不是沒派馬車過去，妳就別耽誤妳大哥了。」

「大哥要忙什麼，竟然連去接我的工夫都沒有了？」寧念之還是有些鬱悶。「倒不是非得讓他去接，就是有些不習慣。」

「妳大哥不是決定要考武舉嗎？考武舉可不光看功夫，還得懂兵法。」

馬欣榮微微鬆了口氣，閨女還小，日後慢慢讓她和原東良疏遠，只當兄妹就好。她實在捨不得閨女嫁到西疆，不說衣食住行習不習慣，這嫁過去，說不定好幾年都見不到面。

東良那邊，回頭也得好好開解一番。事情越早解決，對孩子越好，免得他陷得太深。

「我記得大哥也懂兵法的。」寧念之嘀咕道。

馬欣榮搖頭。「光懂還不行，得了解地形什麼的，好靈活運用。總之，裡頭的學問可多了。妳別總惦記著找妳大哥玩耍，他是男子，將來要有自己的成就，這樣才有人願意把閨女嫁給他。」

寧念之撇撇嘴，心裡有些不舒服，她教大的小孩，將來要變成別人的相公了；她教他的東西，也會變成娶別人的籌碼。

她忽然理解惡婆婆折磨兒媳婦的心思了……

寧念之趕緊甩甩頭，將這詭異的念頭甩出去。男大當婚、女大當嫁，多正常的事，早晚有這麼一天。

原東良要繼承原家，得有拿得出手的東西，他沒有上過戰場，便只能從武舉入手。若是中了武狀元，將來回原家，就不用依靠原老將軍，能憑藉自己的真本事服人，如此得來的人手，才是真正屬於他的。

知道原東良有正事要忙，寧念之便不再糾結他來不來接她放學的事，又不是小孩子，看不見人來接就傷心。反正有寧寶珠作伴，嘰嘰喳喳的，一路回來也夠熱鬧了。

第四十四章

日子過得飛快，轉眼就到月底。

這日放學後，剛到門口，寧寶珠便戳了戳寧念之。

「大姊，妳瞧，大哥來了。七、八天沒來，虧他忍得住呢。現在看來，大哥果然是很惦記妳的。」

「別亂說。」寧念之拍她一下，看著走過來的人。七、八天沒見，這人倒沒什麼變化。想著，她忍不住笑了，又不是七、八年，才幾天工夫，能變什麼啊？

原東良見寧念之笑，挑眉問她：「看見我來就高興？」又伸手接過兩個妹妹手裡的書包。

寧念之不接他的話，只問道：「今兒不忙了？」

「嗯，今兒我說學院有事，要晚些回家，爹就沒讓我過去練武。」原東良不動聲色地告狀。

「其實每天來接妳，也只需要半個時辰，並不會耽誤什麼的。」

「爹是為你好。」寧念之笑著說。「再過兩年就是武舉，自然要更嚴格些。我和妹妹可以自己回去，大哥不用特地來接我們。」

「也不是特地……」原東良張張嘴，又閉上了，轉身領著寧念之和寧寶珠往馬車走。

「快回去吧。對了，我祖母很惦記妳們，不如今天去我們家吃飯？一早，祖母就讓人準備了妳們喜歡吃的飯菜呢。」

「這樣直接過去不太好吧？」寧念之有些猶豫。「爹娘那裡……」

「妹妹，妳非要和我這麼見外？咱們不過幾天沒見，便把我當成外人了嗎？」原東良可憐巴巴地看著寧念之。「咱們兩家就是一家，到了之後，派人回家裡傳個話，不就行了？即便妳住在我家，爹娘也不會說什麼的。」

「好吧，那去你們家吃飯。不過，住下就不用了。」

在寧念之心裡，原東良跟她養大的沒差別。

雖說認識時，原東良已經五歲了，但狼孩兒連話都不會說，也不會吃飯，連走路都是四肢著地往前爬的，跟她這個身體裡裝著十七、八歲靈魂的嬰兒差不多。所以，她學走路時，帶著原東良，學說話時也帶著他；學著拿筷子、端碗吃飯時，更是帶著他了。

雖然原東良每樣都學得比她快，但並不是因為她太蠢，而是有所限制，就算心裡懂得十八般武藝，但軟綿綿的嬰兒身體也使不出來。

因此，寧念之對原東良有種特殊的感情，像是長輩，又像是從小相依的兄妹，卻又明明確確地知道，這感情跟血緣無關。只要對上原東良可憐巴巴、帶著祈求的眼神，她就拒絕不了了。

聽見寧念之答應，原東良眼裡立刻浮上笑意。「那咱們趕緊回去吧，晚了飯菜就涼了。」

看著姊妹倆上馬車，他才道：「爹娘那邊，妹妹不用擔心，我派人過去說一聲，定不會讓他們著急的。」

寧念之扒著車窗笑。「好，你可別忘記了。」

到了原家，姊妹倆跳下車，有個嬤嬤走來，笑咪咪地對她們行禮。

「大姑娘、二姑娘，好久不見，兩位姑娘真是越長越漂亮了。」

「陳嬤嬤！」寧念之笑著喊道。之前為讓周氏早些了解京城的事，馬欣榮暫時把陳嬤嬤送到她身邊伺候，有大半個月沒見到陳嬤嬤了。

「欸。」陳嬤嬤應了聲，拉住寧念之的手捏了捏。「我瞧著，姑娘瘦了些，可是沒好好吃飯？」

「哪有，是正長個子呢。」寧念之忙說道，親親密密地跟陳嬤嬤往裡面走。

「陳嬤嬤什麼時候回來？陳嬤嬤不在，廚房都不知道做我喜歡的飯菜。」

「再半個月就能回去了。現下我正教著原老夫人身邊的人，都是聰明機靈的，學得差不多了。」

陳嬤嬤笑道，憐惜地看寧念之。「今兒姑娘在這裡吃飯吧。早上大少爺就說下午要接兩位姑娘過來，原老夫人便命人準備妳們愛吃的菜，等會兒多吃些。」

寧寶珠聽了，笑嘻嘻地湊過來道：「其實我有些擔心，桌上會不會全是大姊愛吃的菜啊，我喜歡吃的就只有一、兩樣？」

寧念之掐她臉頰。「這天下有什麼是妳不喜歡吃的？我愛吃的，妳不也喜歡嗎？」

寧寶珠做了個鬼臉，三人進了正堂，就見周氏笑咪咪地對她們招手，姊妹倆趕緊上前行禮。

周氏笑著伸手，一手拉一個。「妳們兩個小沒良心的，也不經常來看看我。我在家閒著，正等著妳們來找我說話呢。」

「老夫人可冤枉我們了，我們倒是想來看看您，但之前太學開學，我們剛去，好多事情不明白，課業又忙，這才沒過來。這不，今兒一得空，我們就趕緊來了，心裡也惦記著老夫人呢。」寧念之笑咪咪地說道。

寧寶珠也用力點頭。「就是就是，過了這段日子，功課不忙了，我們天天過來看您。到時候，可不是老太太盼著我們來，而是一聽說我們要來，馬上便頭疼了。」

周氏忍不住哈哈笑。「嘴巴真甜，幾天不見，妳們姊妹倆還是這麼討人喜歡。我可羨慕妳們祖母了，有這兩個貼心小棉襖在，日子跟塗了蜂蜜一樣，天天都甜滋滋的。」

「老太太不用羨慕我們祖母，我們也把您當成祖母，也是您的貼心小棉襖。」寧寶珠忙說道。

周氏樂得合不攏嘴。「既如此，我可不能讓妳們白叫我一聲祖母。來人啊，把我的首飾盒子拿來。」

丫鬟趕緊去拿首飾盒子，交給周氏。

周氏打開盒子，拿出兩支步搖，樣式差不多，不過一個是牡丹花、一個是梅花，都很好看。周氏把步搖送給姊妹倆。「我上了年紀，戴這樣的首飾太花稍，妳們小姑娘年華正好，壓得住，瞧著就好看。來來來，別和祖母客氣，收下吧，以後我有什麼好東西，都給妳們倆留著。」

寧寶珠看寧念之，寧念之忙笑道：「那我們便不客氣了，多謝祖母。以後，我定要帶著妹妹多來幾次，好多得些祖母的好東西。」

「好，我等著妳們來，這裡的好東西可多著呢。」周氏笑哈哈地說道。

寧寶珠也趕緊道謝，喜孜孜地把步搖簪上，晃著頭讓寧念之看。

寧念之實在忍不住，噗哧一聲笑了出來。

單獨戴這樣的步搖是挺好看的，但她們姊妹倆去太學，之前聽了陳先生的話，戴的首飾比較簡單，簪子跟篦子都是珍珠的。

她們倆年紀小，家裡準備的珍珠首飾是粉色，這粉色珍珠再配上黃金步搖，真是……太傷眼了。

寧寶珠不是不知道這個，只是為了逗大家笑笑。

周氏也喜歡寧寶珠這活潑的性子，吃飯時，一個勁兒讓人給她布菜。

「妳嚐嚐這個，今年剛出的大鯉魚，肉質鮮美，多吃一點。」

原東良動筷如飛，不光給自己挾菜，還要幫寧念之挾。

周氏瞧見，忍不住心塞，明知道寧家八成不會應了這親事，卻阻擋不了孫子的熱情，簡直不知道該說什麼。

實在不行，過兩年，原東良考中武狀元，她再去寧家試探試探？

現在寧念之的年紀還小，寧家怕是不會輕易鬆口。以後東良身上有了功名，原家的地位也配得上寧家，說不定事情會有轉機。

吃完飯，原東良問寧念之：「這段日子，妹妹可練騎射了？」

寧念之點頭。「自然練了。」

「我陪妳練一會兒？」原東良問道。

寧念之有些猶豫，原東良伸手拍她肩膀。「去吧，妳自己練能看出什麼？咱們倆交交手，說不定我還能指點妳一下。」

反正閒著也是閒著，寧念之遂點頭應了，原東良忙讓人去拿騎射的衣服來。

寧念之眨眨眼。「大哥，你什麼時候準備這些衣服的？還有我的？」

原東良有些不好意思地說：「我知道妳的身量，也去找妳家繡娘問過了，就是不知道合不合適。如果不合適……」

「除非太小，否則，將就一下都能穿的。」寧念之笑著說道。

很快地，丫鬟拿來兩身衣服，原東良去外院換，寧念之則在周氏這裡換。
寧寶珠本來打算跟著去看看熱鬧，但周氏笑咪咪地對她說：「我讓人準備了牛奶糕，一會兒就能端過來。這東西熱騰騰的才好吃，妳要不要嚐嚐？」
寧寶珠點頭，立刻被點心吸引。反正自家大姊的騎射功夫，她已經見過無數次，不差這一次了。

換好衣服，原東良帶寧念之去了前院。
前院本就空曠，原東良搬進來前看了看，一揮手，就把這邊改成了練武場。不過地方說大也不大，馬兒有點跑不開，只能繞著圈慢慢遛。
原東良看著寧念之翻身上馬，臉色微微發紅。十一歲的小姑娘，不光個子長高，女子該長的地方，也開始長了。
平日他沒注意，今兒不知怎麼回事，時不時就想瞄兩眼……
隨即覺得自己想的事太猥瑣，妹妹還是小孩子呢，趕緊甩頭，將注意力集中在弓箭上。
「妳先射一箭給我看看。」
寧念之笑咪咪地應聲，抬手從旁邊抽了一枝箭，搭在弓弦上，使勁開弓，瞄準院牆上掛著的草球，鬆手，箭嗖的一聲出去了，穩穩當當射中草球的正中心。
原東良忙笑道：「還不錯，跑起來試試？」

寧念之應下，雙腳磕了下馬兒，馬兒立刻繞著院子跑起來，越跑越快，她微微俯下身，讓身子更貼近馬兒，然後抽箭，同樣拉弓，鬆手，箭又飛了出去。

雖然這次也射到了，但沒有射中中心，而是險險地刺在草球邊。

「妳手上的勁兒不是太大，但這個問題，現在沒辦法解決。」等寧念之放慢了馬，原東良才催馬過來，捏了捏她的手腕。「所以，得從別的地方補強。妳的準頭不錯，不管是靜止還是跑動，十有八九能中……」

寧念之認真聽著，她那點功夫，是練著玩玩的，要是和女孩子比，大概不輸人；要跟男人比，那是完全比不過的。而且原東良還跟著寧震上過戰場，跟著原丁坤去軍營，會的可不是些花架子。

原東良一邊說、一邊伸手托了下寧念之的手腕，調整她的姿勢。「手再抬高點，對，就是這樣。接著心無旁騖，射！用快來填補妳力氣不足的缺點。」

原東良指點了寧念之好一會兒，看地上七七八八散落著不少箭枝，便笑著問道：「時候不早了，今兒先這樣？」

寧念之不反對，將空箭筒拿下來，地上的那些箭自會有人來收拾，然後跟原東良往屋裡走。可是剛走兩步，就被原東良抓住手腕。

寧念之回頭看原東良，原東良抬著她手腕道：「剛才射了半天，要是不揉揉手腕，明天肯定會腫起來。等會兒可能會疼，妳要忍著。」

寧念之還沒說話呢，只覺得手臂猛地一疼，接著便發痠了。

原東良伸手，把她的手臂從上到下捏了一遍。「感覺如何？」

他鬆開手，寧念之的眼睛就亮了。「挺輕鬆的，比剛才好多了。」

「那是自然，我可是跟著軍中的老手學的。操練久了，不是這兒疼就是那兒疼，揉捏兩下，第二天便輕鬆很多。」

說著，他伸手搭向寧念之的另一條胳膊，寧念之笑咪咪地任由他動作，捏完後甩甩手，果然輕鬆很多，兩人便說笑著回屋。

「太晚了，不如今兒住我家吧？」原東良一邊跟寧念之往前走，一邊問道。「之前祖母收拾出房間了，還沒人住過呢，以後那院子就讓妳住好不好？」

「大少爺，奴婢來接大姑娘和二姑娘回去。」

原東良聽見前面有人拔高了聲音說話，有些鬱悶地看去，見是唐嬤嬤帶著笑站在院子門口。看那樣子，不知她是打算出來找他們呢，還是就在這兒等著了。

「大少爺，明兒姑娘們還要上學呢，今兒得回去才行。」唐嬤嬤說道。

原東良氣悶。「明兒可以從我家直接去太學啊。」

「姑娘們要穿的衣服還在家裡，這樣不太方便。」唐嬤嬤笑咪咪地解釋。「再者，老太太上了年紀，稍微有點動靜便睡不好，姑娘們明兒一早上學，動靜不小，怕是會打擾老夫人休息。」

原東良說不過唐嬤嬤，只好轉頭看寧念之。「太學哪天休息，我帶妳過來住兩天？」

寧念之忍不住笑。「好，等學裡休息再說，我和妹妹先回去了。時候不早，今兒你也耽誤了不少工夫，明兒得將功課補上來才行。好了，得空再見。」

說完，她便跟寧寶珠和唐嬤嬤回鎮國公府了。

寧念之回到家，見馬欣榮還在屋裡等著，有些驚訝。

「娘怎麼還沒休息啊？是在等爹嗎？爹還沒回來？」

「妳爹在書房呢，今兒事情比較多，他還在忙。」馬欣榮笑著道，把寧念之拉到身邊坐下。「去原家了？怎麼這麼晚才回來？是不是有什麼事情耽誤了？」

「娘一猜就猜中了。吃了飯，大哥帶著我練一會兒騎射，這才回來得晚了。」寧念之笑咪咪地回答。

馬欣榮瞇了瞇眼。「晚飯吃了什麼呢？」

「就是八寶鴨、滷雞、紅燒魚、糖醋排骨什麼的。」寧念之眨眨眼。「挺好吃的，就是得顧著老太太的口味，太過軟爛，我還是比較喜歡稍微有嚼勁的。那今晚娘吃些什麼呢？」

「和之前差不多。你們是不是吃得太油膩了些？」馬欣榮皺眉。

寧念之笑嘻嘻地往她肩頭上靠了靠。「也就吃這麼一回。往日在咱們家，吃得比較清淡。再說，吃完飯，我還騎馬射箭了，肯定不會長胖的。」

「不是長不長胖的問題，妳現在長個子，即便長胖，也能很快瘦下來。是吃得太油膩了，對身體不好。」馬欣榮認真說道。「以後少吃這樣油膩的東西，尤其是晚上，知道嗎？」

「知道了。」寧念之忙點頭。

馬欣榮又問：「妳練功夫的時候，妳大哥都在？」

「是啊，他要指點我嘛。」寧念之笑咪咪地說道。

馬欣榮皺眉。「這孩子，又耽誤了半晚的工夫。妳也不小了，不能老纏著妳大哥。妳想想，這麼大半天，夠不夠他自己看本書？夠不夠他自己練練武？妳一去，全耽誤了。」她戳戳閨女的腦門。「我知道妳和妳大哥很要好，感情深厚，但你們兩個都不是小孩子了。要是想找妳大哥玩耍，等過兩年考完武舉再說不行嗎？」

寧念之撇撇嘴。「才這麼一會兒工夫……」

「一會兒工夫也耽誤不得。」馬欣榮繃著臉道。「再不聽話，我以後就不讓妳去找妳大哥了！」

「好吧好吧，我知道了。」寧念之有些不耐煩地擺手，好心情瞬間沒了。

就這麼一會兒工夫，能耽誤到哪裡？大哥自己都沒說什麼，娘親的反應就像她犯了大錯一樣，實在有點小題大作。

馬欣榮見閨女不高興，心裡忍不住嘆口氣。閨女還小，她要是挑明了說，怕嚇到她，又怕閨女本來沒那個意思，卻因此多想了。

感情的事，是萬萬不能多想的，想多了，便容易陷進去。像當年，起初她不知道寧震喜歡她，被人挑明後，才注意到寧震，最後非君不嫁。幸虧她眼光不錯，寧震是正人君子，婚後才美滿幸福。

現在念之還沒那心思呢，一旦挑破，這傻丫頭指不定就要跳進去，到時後悔也來不及。這事兒真是為難，兄妹倆感情好，忽然不讓他們接觸，閨女肯定難過，而且，次數多了，說不定就會起疑。閨女從小就聰明，一旦有了疑惑，她又遮遮掩掩地，更是讓人想打聽明白。這比明晃晃地挖坑更像陷阱，更容易讓人陷進去。

「娘不是在責怪妳。」馬欣榮放緩語氣。「娘是說，你們不小了，以後要各自成家立業，妳大哥有了功名，才好說親……」

「好了，我知道娘要說什麼，我全都明白。」

寧念之擺擺手起身。「有了功名才好說親，所以現在得讓大哥好好學習、好好練武，將來光耀門楣。娘，我不是小孩子了，分得清輕重，以後不會再耽誤大哥的事情。好了，時候不早，娘也早些休息吧。」

不等馬欣榮說話，她就趕緊出門，回自己的院子了。

第四十五章

丫鬟們見寧念之回來，趕緊上前伺候。「姑娘可要沐浴？」

「嗯，讓人送熱水來吧。剛才騎馬出了汗，不洗不舒服。」寧念之笑著說道。

映雪趕緊去準備洗浴用的東西，聽雪幫她散開頭髮，在頭上按了幾下，問道：「今兒姑娘遇上了什麼不開心的事？」

「也沒有，就是覺得有些鬱悶。怎麼一個個聽到我去找大哥，便覺得肯定會耽誤他一樣。」寧念之嘟囔道，連放學都不讓他去接，騎馬射箭什麼的，也不是天天都要做的事啊。

尤其是爹娘，與其說怕她耽誤原東良的工夫，倒不如說，他們像是在想辦法分開他們。

想到這個，寧念之忽然繃緊了身體，不會真是這樣吧？

她皺著眉，將這段時日的事情仔仔細細想了一下，好像確實有點不對勁啊。

從白馬寺回來沒多久，原老太太就領著原東良搬出去，之前好像說要再等等的。

為什麼忽然要分開她跟大哥呢？寧念之有些不解，然後，耳邊忽然響起一句話——

爹，我要娶妹妹。

寧念之瞬間像被雷劈了一樣，表情驚愕，該不會是因為這個吧?!

爹娘也實在太大驚小怪，那明明是小時候說的話……又想到在白馬寺發生的尷尬事，爹該不會是誤會了？

寧念之忍不住拍拍腦袋，難道真是誤會？所以，爹娘以為大哥還對她抱著那種心思，她年紀又小，生怕出事，所以暫時將他們隔開？

「姑娘，熱水準備好了。」映雪進來道。

寧念之趕緊起身去沐浴，泡在浴桶裡還在想，這誤會要怎麼解開呢？她和原東良可是清清白白的兄妹關係，要是誤會不解釋清楚，以後她和他是不是就像這樣，七、八天才能見一次面，回來還得被娘親嘮叨？

寧念之想了一會兒，這事不好解決，總不能直接衝到自家爹娘跟前，說他們誤會了，那天看見的事情不是真的，只是湊巧摔倒。且別說爹娘信不信，她一個十一歲的小姑娘，也不好這麼直白地開口說男女之事啊。

泡了小半個時辰，寧念之才從浴桶裡出來。隨即趴在床上，讓丫鬟幫她搽上一層清涼的油膏，再慢慢揉捏。

前幾年，她待在白水城，整日跟著原東良到處跑，風吹日曬。那邊的風沙大，水質也不怎麼好，吃的又多是腥羶之物，好好一個小姑娘，剛回京城時，看起來又黑又胖。

這兩年，馬欣榮發了狠地要把閨女養回來，花了大錢弄來各種專門保養的膏脂，每天洗完澡，身上都得塗一層。

幸好天氣暖和了，要不然，寧念之真沒這個耐心。

不過，這些東西還真是挺好用的，只用了幾年，她就變得白白淨淨，皮膚甚至比長在京裡的小姑娘還要細嫩。一來，是她底子本來就好，二來，也少不了湯湯水水的補養，再加上這些膏脂，難怪有人說，養個女孩花費的錢財，能拿來養兩、三個男孩子了。

但是，寧念之不太同意這話。要養男孩子，雖然不用在胭脂水粉、首飾衣服上下工夫，可書更貴啊，一本書的價錢，差不多能買兩、三盒胭脂了。從開始讀書到考中功名，買的書換成胭脂，夠好幾個女孩子用一輩子。

還有，男人出門難道不掛玉珮嗎？腰帶也挺有講究的，上面鑲嵌的寶石不用花錢嗎？髮帶上的裝飾不要錢嗎？一樣需要嘛。說女孩子不好養的，都是蠢材；富有富的養法，窮有窮的養法。

因為太舒服了，寧念之差點睡著，被聽雪叫起來去床上睡時，險些絆倒，幸好聽雪扶住了。

她倒在枕頭上，不等聽雪將被子扯出來，便睡了過去。

第二天一早，果然沒見原東良來請安。寧念之有了懷疑，心下留意，爹娘說話時，真是帶了幾分痕跡。

她暫時沒想到什麼好辦法解開這個誤會，遂暫時當自己沒聽懂，吃了飯就跟寧寶珠去太學。

因著正值月底，要考試了，路過的人都是急匆匆的，有不少人還一邊走路，一邊翻看手裡的書。

寧寶珠有些被嚇著了。「等前面那班考完，是不是就輪到咱們了？」

「妳傻了，還有其他班呢，離咱們班還有五、六天，不過也得趕緊看書了。到時要是考得太差，就太丟人了。」寧念之搖頭說道，又看寧寶珠。「從今兒開始，妳不許吃點心了，每天放學就回家溫習。要是有什麼不會的，可以問我，也可以問問妳娘。」

寧寶珠趕緊點頭，這天上課非常認真，下課也不找寧念之聊天，只拿著書看。

姊妹倆放學，直接回了鎮國公府，寧念之先去明心堂見馬欣榮。

馬欣榮正等著她，見閨女進來，幫她理理頭髮。「走吧，去妳祖母那裡。今兒妳小姑姑回來了，晚飯在榮華堂吃，要不要先吃些點心墊墊肚子？」

「不用，小姑姑不是外人，難不成會拖到三更半夜才吃飯？小姑姑可是懷著孩子呢，祖母肯定很早就會讓大家用膳了。」寧念之笑著道。

寧安越有些不樂意。「我不喜歡吃祖母那邊的飯菜。」

「不喜歡也得吃，小孩子家家的，不能挑嘴知道嗎？不然就長不高了。你看看，爹多高啊，大哥多高啊，再看看你自己，萬一只長到爹胸口那兒，是不是很丟人？」

寧念之繃著臉嚇唬他，但寧安越是越大越不好哄。「我才不信呢！爹也挑嘴，他不喜歡吃蒜，照樣長那麼高！」

寧念之聽了，扯他耳朵，小孩兒竟然敢頂嘴了啊！

「爹是長大了才開始挑嘴的，你得跟爹學，等長大後個子不再長了，才能挑嘴，現在是小時候，什麼都得吃。你要不信，等會兒問問爺爺，看我說得對不對。」

寧安成乖乖巧巧地站在一邊，看小弟被大姊欺負，笑咪咪地不說話。他的性子太乖巧，馬欣榮一直有些擔心，不會被人欺負也不吭聲吧？

「走吧走吧，到得太晚，你祖母又有話說了。」

馬欣榮揉揉寧安成的腦袋，領著姊弟三個去了榮華堂。

一家子團聚，吃了晚飯，出來後，寧震才問馬欣榮：「這次寧霏回來是為了什麼事？我可知道她的性子，無事不登三寶殿，」

馬欣榮搖搖頭。「我不知道，也沒敢問，怕問了妹妹要想岔，覺得我不歡迎她回來。」

剛才吃飯時，寧霏又找她們母女拌嘴，她實在不想多問了。

「那行，妳別問了，她憋不住自會開口的。」寧震不在意地說。

寧霏只是個內宅婦人，能做出什麼事來？現在寧家和寧王府算是綁在一條船上，寧王府擺明是支持太子的，都把小兒子送到太子身邊當伴讀了。若寧霏不傻，便不會做出蠢事。

夫妻倆說著話，完全沒顧得上理會後面的三個孩子。

寧念之無語地看著自家爹娘直接回了院子，再看看自己牽著的兩個弟弟，搖搖頭。

寧安越眨眨眼，扒著寧念之的胳膊道：「大姊，爹娘是不是忘記我們還跟在後面了？」

「不是，爹娘要商量大事，我們別打擾了。你們趕緊回去休息吧，明兒還得上學呢，晚上可要好好睡。」

寧念之笑咪咪地說道，看著哥兒倆手拉手進了自己的院子，這才轉回芙蓉院。

她坐在臥房裡，想來想去，還是有些不放心，索性集中精神，仔細聽榮華堂的動靜。

夜深人靜，丫鬟們不怎麼走動，沒什麼嘈雜聲，倒是比白天更容易聽清楚。

「娘，您看看寧念之那態度，簡直沒把我當長輩！這樣的姪女兒，就算哪天富貴了，也不會幫我這個姑姑！她不適合！」寧霏氣呼呼地說。

安靜了一會兒，趙氏才道：「可那姻緣籤上分明說，念之是有大富貴的人。有朝一日，她真入主皇宮，哪怕不幫著妳，也沒人敢欺負妳不是？」

「娘，不過是支姻緣籤，誰知道準不準呢……」

沒等寧霏說完，趙氏就道：「白馬寺的姻緣籤最是出名，肯定準的！再說，念之這丫頭的身分配得上，又和太子同齡，這事八成有譜。」

「娘，就算這籤是準的，可也不是上上籤啊，不過中平籤，還得有貴人相助才行。若沒有貴人，她就什麼都不是！」寧霏不屑地道。

「我看啊，這籤文裡的意思，最重要的是貴人，只要遇上貴人，哪怕不是寧念之，說不定也能成為人上人！」

趙氏有些遲疑。「當真如此？」

「一定是！娘，我有個好主意。您看，念之和寶珠差不多大，寶珠也和太子年歲相當，且還是您的親孫女呢，和念之比起來，是不是跟咱們更親？」

寧霏的聲音裡帶上幾分興奮。「如果把人選換成寶珠，將來，咱們寶珠就能當皇后！下一個小太子，說不定就是咱們寶珠生的，再過幾十年，咱們家也是皇親國戚了！」

趙氏啊了聲，語氣顫抖地問：「那……我就是皇后的祖母了？寶珠當上皇后，霄兒就是皇后的親爹，是不是也能封個承恩公什麼的？」說得太興奮，聲音有了幾分急促。

寧念之聽得好笑，這母女倆真以為皇宮是她們開的，太子妃的人選是由她們決定的嗎？也不怕風大閃了舌頭。不過，娘親給她求的姻緣籤倒挺有意思的，遇得貴人就能當人上人？那遇不上貴人，會是什麼結果？

能被稱為貴人的，不光能幫助她，重點還在那個貴字上。現在她身邊能稱得上貴的其實不少啊，要不要留意一下，趁著貴人沒露面，先把人給解決了？

當太子妃什麼的，誰願意誰去唄，反正她是不願意的。女人多了就是麻煩，這輩子，她只想過簡簡單單、開開心心的日子，不想困在那四四方方的囚籠裡。

趙氏還是有些猶豫，嘮叨不休，寧念之卻有些睏了，要還說不到重點，她就要睡了！這次寧霏回來，肯定不只是為姻緣籤的事，就算要逼趙氏換太子妃人選，也不用特地跑回娘家。

可仔細聽了一會兒，趙氏和寧霏還是在說未來太子妃的事，娘兒倆已經想到，將來寧寶珠當上太子妃，寧霄會升幾品官什麼的。

寧念之忍不住笑了下，又有些鬱悶，回頭是不是得提點寧寶珠呢？她那性子，真不適合當太子妃，說不定進宮沒兩天，就被人生吞活剝了。

寧霏的性子果然還是很自私，為了自己，連親姪女都能算計。

這時，她又聽見寧霏說道：「娘，既然寧念之這樣油鹽不進，我看，咱們也不用念著親情，回頭想個法子，讓她把這東西吃了，給寶珠讓讓位置。」

趙氏有些猶豫。「這東西對身子會不會有影響？」

「不會，就是讓人迷糊些，會犯睏。」寧霏忙道。「雖說念之和我不親，總是把我的好心當成驢肝肺，但我不會害她，只讓她迷糊一段日子，等傳出身子不好的風聲，我便送解藥回來。」

「大夫查得出來嗎？」趙氏問道。「念之的身子一向很好，若忽然犯睏，妳大嫂向來謹慎，怕是會找人給她把脈。」

「不會，這東西又不是毒藥。」寧霏笑著說道。「連太醫都看不出來，不會對人有什麼壞處。娘放心吧，這麼做，只是想讓人知道她身子不好，不能當太子妃。」

趙氏沈默了一會兒，嘆氣道：「妳說，念之這脾氣，怎麼就這麼衝呢？定是老大家的帶壞了她。當年，她膽大包天，竟敢獨自帶著孩子去白水城，念之定是像了她。」

「娘，現在說這些也沒用了，大哥把大嫂和念之疼得跟眼珠子一樣，您要是說兩句，大哥還以為咱們要害他媳婦兒和閨女呢。不是親生的就是養不熟，幸好娘還有我和二哥。」

寧念之微微皺眉，能讓人迷糊犯睏的東西，會是什麼？

她不信世上有這樣的藥材，活了兩輩子也沒聽說過。對身體無害，開玩笑吧？僅僅是迷糊一段時日嗎？要真有那麼好的藥，索性別打仗了，派人去草原上撒一把，然後直接拎刀子上去收割人頭就行。不光是戰場，別處也能用呢。

寧念之摸摸下巴，現在呢，有兩個選擇。一是將計就計，把寧霏逮出來，臊她一臊，看她下次還有沒有臉回來，就算回來，看她還有沒有臉為難自己和娘親。

但這麼做有風險，萬一不小心中招，真把藥喝下去，得不償失。

另外一個選擇，就是暫且避一避，等寧霏走了再說。也就是說，她先住到原家去，但爹娘大概是不會答應的。

所以，要選擇第一個？

但太醫查不出來啊……寧念之有些猶豫，不知藥效到底如何，到時候裝得不成功，說不定要被趙氏和寧霏倒打一耙。再倒楣點，說不定就給了趙氏和寧霏誣賴她的藉口。

寧念之一邊想，一邊昏昏欲睡，可惜她不能透視，否則就能直接看看寧霏準備給她吃的是什麼了。但這念頭只是一閃而過，老天爺已經給她太多好處，人啊，要學會惜福。

這輩子，她已經夠幸運了，不管是祖父活著，或是爹爹活著，還是娘親現在的活力，都是上輩子求而不得的東西。

哪怕這會兒老天爺要收回她過人的五感，也只有感謝老天爺給她重來機會的分兒，萬萬不能貪心不足，有了這些，還奢望更多。

寧念之的思緒一下子拐彎，從怎麼應對寧霏，變成怎麼感謝老天爺，想來想去睡不著，索性起來抄佛經了。

第四十六章

第二天，寧念之迷迷糊糊地醒來，幾個丫鬟忙過來伺候她洗臉穿衣。

剛漱完口，有個小丫鬟拎著茶壺進房，笑嘻嘻地說：「姑娘起來了？這是奴婢剛從廚房拎來的熱水，這會兒正好入口，姑娘要不要先潤潤喉？」

寧念之點頭，小丫鬟忙拿了茶杯倒水，端過去給她。

寧念之沒急著喝，而是打量小丫鬟。「今兒怎麼是妳拎水來？」

「本來是映雪姊姊去拎的，但映雪姊姊剛出門，就忽然扭了腳，看見奴婢在門口站著，便讓奴婢去了。」小丫鬟乖乖巧巧地回答。

寧念之點點頭，老太太出手挺快啊，昨兒寧霏剛提，今兒就把事情辦成了。

若非她早早聽見，怕是真不會提防。這府裡，大房只有一個嫡女，二房的爭鬥波及不到這兒，所以平時也不怎麼需要當心的。

「賞妳了。」寧念之隨意地把茶杯遞回去。

小丫頭眨眨眼，接了茶杯，有些不太明白，但她規矩學得好，不敢多問，便又拎著茶壺出去了。

「今兒姑娘不想喝水？」聽雪好奇地問道。

寧念之打個哈欠。「就是不太想喝。咱們院裡不是有爐子嗎？回頭我要喝的茶水，就在咱們院子裡燒吧。」

聽雪驚了下，但見寧念之臉色並沒有什麼變化，還和以往一樣，遂放下心，飛快把寧念之的頭髮梳好，然後戴上首飾。

「姑娘，妥當了，您看看有沒有不滿意的地方，奴婢再弄一下。」

「沒，聽雪的手藝還是這麼好。」寧念之笑咪咪地說道，起身去了榮華堂。禍害不能留啊，留來留去，怕是自己要吃虧，就是不吃虧，也挺噁心的，還是趁早收拾了好。

到了榮華堂，看寧霏已經過來了，寧念之笑咪咪地問：「今兒小姑姑起得挺早，可是有事情要辦？」

寧霏搖搖頭，細細打量她一下。「妳的精神挺好的，昨兒睡得不錯？」

「是不錯。不過說來奇怪，今兒早上我院子裡的人拎水回來，我聞著竟然有股怪味道，以為是被人放了東西，一口都沒敢喝呢。平日起床後就要喝一杯水，今兒沒得喝，現在還有些口渴不舒服。祖母，您這裡要是有好茶，不如賞我一杯？」

寧念之一邊說，一邊轉頭看趙氏。

趙氏沒做過這樣的事情，雖然偶爾恨不得寧震消失，但一來寧震是帶在寧博身邊養著的，她不能動手；二來，她也沒那個膽子，更沒有什麼東西能用。

但寧霏就不一樣了，自從去寧王府開了眼界，膽子便一天比一天大了。

這會兒聽見寧念之的話，趙氏臉上尚有些不自在，但寧霏臉上可半點不露，還笑著道：「妳倒是會找人要，妳祖母這裡的東西不就是最好的？只是，大早上喝茶，妳也喝得下去？」

雖然寧霏這樣說，還是伸手叫了丫鬟端茶來，又假惺惺地關心道：「小孩子家家的，喝碧螺春什麼的，對身子不好，太寒了些。這個蜂蜜水對身體很好，妳且喝一杯吧。」

寧念之端起杯子，放到鼻子下面聞了聞，皺眉道：「怎麼還是有一股怪味？」

「哪來的怪味？妳是不是聞錯了？」

寧霏挑眉，湊過去聞，也皺了眉。

「妳肯定聞錯了。不想喝就別喝，別弄得像我們要害妳一樣，這杯裡還能放進毒藥不成？妳要是不信，給寶珠喝吧，免得浪費了我的心意。」

寧寶珠在一邊安安靜靜地坐著，忽然被提及，有些茫然。「啊，什麼？」

「妳來聞聞，這水是不是有一股怪味？」寧念之招手，讓寧寶珠過來。

寧寶珠皺著鼻子聞了半天，傻笑道：「我沒聞出來，早上起得太早了，現在還有些迷糊。不過，大姊的鼻子一向靈敏，要是覺得不對勁，就別喝了。」

馬欣榮也點頭道：「放下吧，別喝了，等會兒多喝些粥，還能養胃呢。昨晚妹妹睡得怎麼樣？若是有什麼需要的，只管來找我。」

寧霏撇撇嘴。「我知道。行了行了，不愛喝就別喝，難得好心一次，居然被人懷疑。我看啊，妳們娘兒倆是不希望我回來，要不是我娘在這兒，誰稀罕來啊。」

說完，她轉頭看趙氏。「娘，您得了空，不如跟著我去王府住一段日子？」

趙氏趕緊擺手。「這會兒不好去，等妳生孩子時，看情況再說。時候不早了，趕緊讓人擺膳吧，念之和寶珠不是還要上學嗎？別耽誤了。早上讓人準備了妳們喜歡的粥，一會兒都多喝些。」

寧念之笑了笑，趁著大家起身往飯桌走，隨手端起蜂蜜水一飲而盡，然後，直接摔在椅子上，暈了過去。

她本想摔在地上的，但天氣暖和了，地上沒鋪毯子，就那青石磚，一頭栽下去，腦袋定要受罪，思來想去，還是倒在椅子上最方便。

馬欣榮大驚。「念之？妳怎麼了?!快，請大夫！」一邊說，一邊抬手使勁掐寧念之的人中，疼得寧念之差點裝不下去。

寧念之暗暗著急，幸好馬欣榮心疼閨女，生怕將她的人中掐破，看人不醒，便收手了。

趙氏滿臉驚慌，趁著馬欣榮不注意，掐了寧霏一把。「妳不是說，這東西只會讓人犯睏嗎？現在是怎麼回事？」

寧霏也不知道，皺眉想了想，道：「大概喝得太多，所以睡過去了？」

「睡過去會叫不醒嗎？」趙氏有些急了，寧念之可是大房唯一的嫡女，以寧震和馬欣榮疼愛女兒的性子，萬一下藥的事被這夫妻倆查出來，那她和寧霏還有好果子吃嗎？

寧霏看趙氏驚慌，抬手按住她的胳膊。「娘，咱們不能自露馬腳。是念之身子太差，才會忽然暈倒，和咱們半點關係也沒有。」

她一連說了三遍，趙氏才鎮定下來。事情到了這一步，寧念之已經暈過去，再懊悔也沒用了，現在應該想的，是怎麼把事情撇開，怎麼讓結果和自己打算的一樣。

想著，趙氏沈聲道：「老大家的，你們是怎麼照看孩子的？」

寧霏也幫腔。「大嫂，這兩天念之是不是沒吃好、沒睡好，所以身子跟著變差了？你們平日都不關心念之嗎？如果多注意一下，說不定就沒今兒這事了。」

馬欣榮只顧著寧念之，不想搭理這娘兒倆。

李敏淑則在一邊扯寧寶珠。「時候不早，妳趕緊去太學，不然遲到了，先生會責罰妳的。後天不是要考試了嗎？考不好丟人了，看我打不打妳！」

「娘，我擔心大姊，您讓人去太學說一聲，大姊生病了，我要照顧她……」寧寶珠扒著椅子，不願意走。

李敏淑聽了，伸出手指，使勁戳她腦袋。

「咱們家沒有丫鬟還是沒有婆子，要妳一個小姑娘來照顧？妳趕緊去太學，和先生說一聲，說妳大姊忽然病了，這兩天怕是不能去上學。」

「不行，我得等大姊醒過來，親自說明兒不去了，才能向先生告假。」

寧寶珠不放手，轉頭看李敏淑。「娘，您派人去太學說一聲吧，今兒我就是去了，肯定也不能安心唸書，讓我在這兒等著吧。」

「姑奶奶，您拿那杯子做什麼？」

眾人正在妳一言、我一語，唐嬤嬤忽然開口道，全屋子的人瞬間把目光放在寧霏身上。

寧霏手裡拿著的，可不就是寧念之喝水的杯子嗎？

唐嬤嬤上前，伸手道：「姑奶奶，剛才我們家姑娘喝水之前，說了這水有怪味。滿屋子的人，只有我們家姑娘喝了這杯水，所以這杯子不能丟。」

馬欣榮看寧霏的眼神也有些不對勁了，再看看趙氏，咬牙切齒地說：「不管今兒念之有沒有事，寧霏，妳立刻滾回寧王府去，我們家不歡迎妳！只要我還是寧家的當家主母，以後妳休想再踏進寧家大門！」

寧霏頓時氣炸了。「娘，您聽聽她說的是什麼話！我爹還活得好好的，一個嫁進來的人，有什麼資格讓我滾出去？依我看，該滾出去的，應該是她才對！馬欣榮，妳才要趕緊滾蛋！」

這會兒，馬欣榮不屑和寧霏做口舌之爭，直接叫來身邊的嬤嬤。

「把姑奶奶的房間圍起來，不許人進去。等大夫過來給念之診脈，若是……」看了寧霏一眼，沒再繼續說下去。接著，她又叫了丫鬟，兩個人合力把寧念之抱起來，去了隔壁的暖閣，暫時安置在軟榻上。

「快，大夫來了。」馬嬤嬤急慌慌地進來，後面跟著氣喘吁吁的大夫。

沒等大夫給眾人行禮，馬欣榮便道：「先別行禮了，快過來看看！我們家姑娘這是怎麼回事？怎麼好端端地，就忽然暈過去了？」

大夫喘了口氣，平復氣息，這才上前把脈，然後微微皺起眉。

他這一皺眉，馬欣榮更心慌了，抬手捂著胸口，快喘不上氣。

馬嬤嬤趕緊在一邊給她順氣。「夫人，放鬆放鬆，大夫還沒說話呢。咱們姑娘可是福星，福大命大，絕不會有事的。」

馬欣榮也想起來了，忙點頭。「對對對，咱們家念之是福星，定不會有事的！」

但大夫一直不說話，馬欣榮就是著急，也不敢再問。好半天，大夫才動了動，馬欣榮剛要張口，就見大夫換了個姿勢，繼續把脈。馬欣榮皺皺眉，又忍住了。

約一炷香工夫後，大夫才道：「從脈象來看，姑娘並沒有什麼大礙，只是睡過去了。」

馬欣榮有些怒。「既然是睡過去，怎麼會叫不醒？你看看，人中都被掐成這個樣子，人卻沒有醒來，哪裡是睡過去了？你到底會不會看病?!」

大夫不敢出聲，再次把脈，過了好一會兒，有些羞愧地起身。

「老朽才疏學淺，姑娘的脈象上什麼都不顯，真看不出生了什麼病。夫人能否詳細說說，姑娘可吃了什麼不乾淨的東西？或者曾接觸了什麼？」

旁邊的唐嬤嬤遞上茶杯，馬欣榮忙將早上的事情說了一下。「……大夫瞧瞧，可是這杯水的問題？水裡是不是放了讓人看不出來的毒藥？」

趙氏的身子有些僵硬，寧霏雖然還是不急不忙的樣子，但眼神卻時不時從大夫拿著杯子的手上劃過。

大夫看了半天，面帶愧色地放下茶杯，拱手行禮，往後退了幾步。

「對不住，老朽只能看出杯裡確實放了東西，但到底放了什麼，卻看不出來。老朽慚愧，才疏學淺，沒辦法醫治令千金，還請夫人另請高明吧。」

馬欣榮不是會遷怒人的性子，只擺擺手，讓馬嬤嬤將人送出去，另外派出兩批人，一邊去請太醫，一邊去找寧博來。

寧博把爵位傳給寧震後，無事一身輕，不用上早朝，但早膳不過來和趙氏一起用，而是在前面書房吃，用完早膳便出門逛逛。

沒多久，寧博來了，馬欣榮正照顧著寧念之，唐嬤嬤代勞，將之前的事一五一十地說了一遍，完全按照事實，不多說一個字，也不少說一個字，語氣也是不偏不倚的。

但越是這樣，越顯得寧霏和趙氏不是無辜的。以前寧霏最不喜歡寧念之，怎麼可能會好心地讓人給她端茶，還貼心地想到應該喝蜂蜜水？

「老大家的，咱們家的廚房可不是誰想進去，就能進去的。」寧博沒先問寧霏，而是直接看馬欣榮。

「不管是誰，敢做出謀害主子的事情來，咱們家都不會放過。」

馬欣榮愣了下，剛才寧念之忽然暈倒，她沒想起來，這會兒被寧博提醒，才想到，早上閨女說過，丫鬟去廚房拎回來的水有問題，那麼，一早寧霏就已經派人動手了，只是沒成功，這才在趙氏的院子裡又動一次手。

太醫還沒來，馬欣榮守著寧念之，心焦不已，轉頭喊唐嬷嬷。「嬷嬷，這事就交給妳去辦，萬不能放過謀害主子的人，不管是誰，只要有嫌疑，統統都給我帶過來！」

唐嬷嬷得了命令，立即去辦。

寧博的目光從趙氏身上掃過，多年夫妻，趙氏一個眼神、一個動作，他都知道是什麼意思。這會兒，她怕是有些心虛了。

寧博說不出自己心裡是什麼感覺，有憤怒、有痛恨，但也有些茫然，怎麼老了家裡還會出這種事情！

他記得，寧霏以前不是這樣的啊，就算她有些小心眼，就算她會嫉妒姪女，卻不會做害人的事，怎麼才出嫁不到一年，回來就敢直接對姪女下手了？是她本性狠毒，以前只是沒逮到機會，還是寧王府帶壞她的？

「現在妳老老實實地交代，我還能看在妳是我女兒的分上，饒妳一命。」寧博看著寧霏，沈聲說道。

趙氏立刻撲過來。「老爺子，你不能這樣，只憑老大家的一句話，就懷疑咱們女兒，是不是太武斷了？霏兒還懷著孩子呢，你不怕她傷心嗎？這事和霏兒沒有關係，無緣無故地，霏兒為什麼要對念之動手？若念之死了，對霏兒又有什麼好處？」

她急慌慌地繼續說：「再者，大夫也說了，念之只是睡過去，說不定是這兩天沒睡好，所以才忽然暈倒，睡醒就沒事了，和霏兒半點關係都沒有。你不能冤枉霏兒啊！」

寧霏也擦眼淚。「爹，我是什麼樣的人，您還不知道嗎？」可憐巴巴地哭訴。「我知道自己性子不好，可我再怎麼不喜歡念之，也不希望她死掉，更不會下手讓她出事。難道在爹的心裡，我就是個心狠手辣的毒婦嗎？」

李敏淑見狀，在一邊假惺惺地說道：「爹，這事真得好好查查，今兒是念之，明兒不知會是誰，若看不順眼就要讓人死，說不定哪天咱們家的人全死光了！」

說著，她扳著手指數。「頭一個是念之，接下來說不定是我們家寶珠。女孩子沒了，就要輪到男孩子，安和、安成、安越，咱們寧家可就斷子絕孫了！」

看熱鬧不嫌事兒大，李敏淑瞧趙氏一眼，又補充道：「我瞧這事，小姑子就是沒做，也定然知情。不然，今兒這杯水怎麼沒讓寶珠喝，只讓念之喝了呢？」

說著，她又看馬欣榮。「大嫂別傷心，妳和大哥一向恩愛，就算念之出事，你們夫妻倆努力努力，說不定明年還能再生一個……」

話沒說完，就見馬欣榮身子晃了晃，往前栽了下去。

第四十七章

馬欣榮一直守在寧念之身邊，這一栽，剛好砸在寧念之身上。

寧念之本就是裝暈，剛才正集中精神聽大家說話，忽然被砸了一下，一想才驚覺，這倒下的人是自家娘親啊！

瞬間，她連昏迷都裝不下去了，睜開眼，趕緊坐起來。

「娘，您怎麼了？」

寧霏愣了下，隨即喊道：「爹，她一定是裝的！我就說，我和娘什麼都沒做，她怎麼可能會出事！定是看我不順眼，想方設法要趕我走，這才裝暈，想栽贓陷害，想誣衊我！那個大夫，說不定也是被大嫂買通的。大嫂剛才還說，讓我滾出寧家，以後再也不能回來呢！」

趙氏也使勁點頭。「對對對，就是這樣，老大家的太狠毒了，為了把霏兒趕走，竟然讓念之裝暈，著實太狠心了些。」

「老爺子，你可得為我們家霏兒出頭，就算霏兒出嫁了，也是咱們寧家的姑娘，老大家的敢這樣對小姑子，以後若咱倆老得走不動了，不知道她要怎麼折磨咱們呢。」

寧念之有些無語，簡直想哭，之前才想著，這事要是一個辦不好，就會被趙氏和寧霏倒打一耙，沒想到，還真被她們倒打回來了。

娘親啊，您什麼時候暈倒不好，偏偏這會兒暈倒！我還等著您給我出頭呢，現在好了，咱們娘兒倆一起陷進去了！

寧念之滿臉著急，一邊扶著馬欣榮，一邊迷茫道：「怎麼回事？我娘怎麼了？我怎麼躺在這兒，出了什麼事情？妳們到底在說什麼？什麼栽贓陷害？」

「大姊，剛才妳暈倒了，妳可記得發生了什麼事情？」寧寶珠忙擠過來問道。

寧念之眨眨眼。「我只記得，喝了水之後，身上忽然沒了力氣，然後聽見我娘叫我一聲，再來便什麼都不知道了。」

寧博皺眉，一會兒念之暈倒，一會兒老大家的暈倒，這事看起來，還真像老大家的計劃好的。

可老大家的為人，應該不會搞鬼，念之這丫頭雖然有些鬼靈精，但也不會做出陷害別人的事情。

而且，大夫說過，杯子裡有東西。只是到底是什麼，他看不出來。

再看看趙氏，寧博的眉頭皺得更緊了。她那眼神是鬆了口氣，又帶些遺憾吧？

一時間，屋子裡除了寧寶珠的聲音，竟沒人說話。

寧寶珠嘰嘰喳喳地給寧念之講她暈倒的事情。「妳忽然叫不醒了，大伯母掐妳人中，也沒能將妳喊起來。妳摸摸鼻子下面，是不是還有一道掐痕，看著就好疼的樣子。」

說著，她哆嗦了一下，又擔心地看馬欣榮。「大姊，大伯母為什麼會暈倒啊？是不是太著急了？要是妳能早點醒來，大伯母說不定就不會暈倒了。」

寧念之看李敏淑，自家娘親說不定是被她氣暈的，但是，以前沒見自家娘親這麼沈不住氣啊。誰都知道，自從二房有庶子、庶女後，李敏淑整天陰陽怪氣，自家娘親應該習慣了才對。

以前，李敏淑說了什麼不好聽的話，自家娘親可是當她放屁，從沒放在心裡。或許，今兒的事牽扯到自己，娘本來就著急，加上生氣，這才暈過去？

寧念之想著，便翻身下床，還得裝出氣力不足的樣子，差點沒直接栽下床，幸好被寧寶珠扶住了。

「妳要做什麼？」

「去看看我娘。」寧念之說道，旁邊的丫鬟早將馬欣榮扶到另一邊的竹蓆上了。

馬欣榮的臉色有些發白，呼吸倒還平穩，寧念之趴在旁邊喊了幾聲，然後見她的眼皮動了動，過一會兒，才睜開眼。

「念之……妳醒過來了？有沒有覺得哪裡不舒服？」

寧念之愣了下，隨即眼圈發紅。趕緊握住馬欣榮的手，扯出笑容。

「娘，我沒事，您看，我這不是好端端地站在您面前嗎？娘，您感覺如何？有沒有覺得哪兒不舒服？是不是哪兒疼？」

馬欣榮眨眨眼，仔仔細細地看寧念之，確定她真的沒事，這才鬆了口氣，覺得身上更沒勁了，躺著不想動。

「我沒事，就是有些乏。太醫來了嗎？」

太醫剛到，馬欣榮堅持先讓太醫給寧念之把脈，寧念之則堅持先讓太醫瞧瞧馬欣榮。最後寧博發話了，兩個人才消停。

馬欣榮乖乖伸出手腕，老太醫鬍子一翹一翹的，大約過了半盞茶工夫，便道：「恭喜恭喜，夫人這是喜脈，已經有將近兩個月的身子了。」

馬欣榮瞪大眼睛，不敢置信。念之已經十一歲，她生念之生得晚，二十來歲才得頭胎，算起來，她已經三十多了。本以為這段時日總是胸悶火旺什麼的，應是快絕經的緣故，卻沒想到，臨老還能再懷一胎！

寧念之也震驚得嘴巴合不攏，但想想平常爹娘在一起的黏糊勁，老夫老妻了，還總是親親密密的。自家爹娘的身子又好，再懷一胎，好像不是太讓人吃驚的事。

寧博哈哈大笑，能有四個孫子已經很好，沒想到還能再多個嫡孫，就算是孫女兒也好。寧家人丁太單薄，這些年天下太平，皇帝聖明，寧家才得以緩口氣，人丁得越來越多才好。

趙氏有些不高興，瞪李敏淑一眼，同樣是當媳婦兒，人家一個接一個地生，她除了生下一雙兒女，還有什麼？連庶子、庶女都養不好，整天只會拈酸吃醋。當年娶她，簡直看走眼了。

早知道馬欣榮這麼能生……哼哼，就是早知道，也絕不能將這麼不孝敬長輩的人聘進來！

「真的？我要有弟弟了？」寧念之驚訝過後，就是高興了，但又有些擔憂。「太醫，我娘這年紀，懷孕不要緊吧？她剛才暈倒了，可是有什麼不對勁的地方？還有，以後我娘養胎，有什麼需要注意的？」

老太醫笑咪咪地搖頭。「不要緊，夫人的身體還算不錯，不過呢，到底有了年紀，所以這胎得好好養著，前三個月最好靜養，別勞心勞力，吃好、喝好、睡好就行。我瞧她剛才是著急上火了，怒氣攻心，這可不成……」

他的話還沒說完，便被急匆匆進門的寧震打斷了。

「到底怎麼回事？小廝說念之暈倒了。念之呢？她怎麼樣？」待看清楚屋子裡的情形，他又不解。「這……到底是念之生病，還是欣榮生病了？」

「爹，我要有弟弟了！」寧念之撲過去，抱著寧震的胳膊，笑咪咪地說道。「太醫說，娘懷孕了，我要有弟弟了，您又要有兒子了！」

寧震愣了下，瞪大眼睛。「真的？我又要當爹了?!」

太醫見狀，只好再跟著點點頭。

寧震搓著手，不曉得要說什麼了，只是傻笑，笑了一會兒，想起馬欣榮的年紀，趕緊追著太醫，又問了一大堆問題。

太醫無語，又從頭開始把要注意的事情說了一遍。

「讓夫人心情好，經常笑，不能生氣，不能傷心。畢竟她都這個年紀了，要是太激動，就會傷身子，這一傷身……」

寧震急急忙忙點頭，笑哈哈地一擺手，傳令下去，賞全府下人三個月的分例。

太醫摸摸鬍子。「剛才說，令千金也需要把脈？」

寧震皺眉。「念之也生病了？對，剛才有人說念之生病了，我才趕來。太醫，快，我家念之到底怎麼了？可要緊？」

寧念之滿臉鎮定地伸出手，讓太醫把脈。剛才那杯水，她可沒傻乎乎地喝下去，而是趁著大家轉身去用飯時，乘機倒在茶几上的花瓶裡了。她動作快，又有唐嬤嬤掩護，完全沒人看見。

既然她沒喝，就算太醫醫術高超，也肯定什麼都看不出來吧？

果然，太醫凝神把脈半天，換了兩個姿勢，都沒能診出病狀。

接著，寧念之請唐嬤嬤送上茶杯，太醫小心地聞了聞，臉色立刻變了。

馬欣榮著急道：「太醫，這到底是什麼東西？對我家念之的身體可有妨礙？」

「要是我沒記錯的話，裡面放了甜夢香，會讓人身體虛弱，沒什麼精神，整日犯睏。若加上藥引，喝上兩、三次，三、五年後便……」

老太醫沒繼續說下去，這種東西出現在內宅，又是下在寧家大姑娘的茶杯裡，用手指頭想都知道是寧家內宅的骯髒事。嘖嘖，不知道是哪個人，竟然這麼狠心，寧家大姑娘也才十歲出頭吧？

「可有解藥？」馬欣榮急道。

太醫點點頭。「這東西不算是稀罕東西，只是太過陰險，前朝就禁用了。我開個方子，回頭讓大姑娘喝上一個月，到時候再看看。」

寧念之眨眨眼，這居然不是稀罕東西？小姑姑不是說無色無味、不會讓人查出來嗎？騙人的啊？普通的大夫看不出來，太醫就能看出來？

無色這點不確定，但無味還算沒錯，至少，除了她，沒人聞出來。

太醫不想管別人家後宅的事，只說了茶杯裡有什麼毒，開好安胎與解毒的方子，便拿著診金，趕緊走人了。

馬欣榮懷了孕，寧震對她簡直像捧著琉璃一樣，不敢輕也不敢重，好言好語地先將人勸回明心堂歇著了。

接下來，就是要處理寧念之中毒的事了。

剛才趙氏和寧霏能辯解半天，是因為沒有確切證據說這杯茶水有問題，現在太醫已經說了，這杯茶又是寧霏讓人端來的。再加上廚房拎回來的那壺水，廚房人多眼雜，誰碰過，大家都能指出來。

寧博和寧震親自過問，不到一盞茶工夫，便抓出可疑的人。一個是趙氏院子裡的嬤嬤，一大早去過廚房，說是要拎水，卻打開每個水壺蓋子看了看；另一個是趙氏院子裡的丫鬟，寧霏要茶水，是這丫鬟去倒的。

到了這一步，幾乎已經能證明，下藥的人就是趙氏和寧霏了。

雖說不是親娘，但到底是長輩，寧震不好開口，遂看向寧博。

寧博盯著趙氏半天，沈聲問道：「若念之出事，對妳們有什麼好處？」

「老爺子，你冤枉我們了，這事真和我們沒關係。」趙氏不停重複這幾句話。

寧博皺眉。「如果妳說實話，我還可以看在寧霄一家子的分上，輕饒這一次。但妳不說實話，今兒這事，我必須給寧震一個交代。明兒，我派人送妳去白馬寺住一段時日。」

白馬寺這樣的地方，偶爾去看看風景、吃點素齋，有遊玩的興致，能讓人放鬆一回。但若長年累月住在那裡，天天只能吃素，一睜眼就得聽和尚唸經，吃了飯沒事做，除了聽經還是聽經，日子過得還有什麼意思？

趙氏雖然被喊一聲老太太，但她是繼室，現在不過四十來歲，保養得好，臉上連皺紋都少見，頭髮更是烏鴉鴉的。她這個年紀，哪能整天待在寺院裡？

寧霏是個火爆脾氣，看娘親被鎮住，馬上不高興了。

「爹，您憑什麼認定是我和娘做的？這些奴才說的未必是真的，說不定是她們被人收買了，栽贓陷害我們！這府裡，看我們娘兒倆不順眼的人那麼多，抓住機會讓我們吃虧，也不是什麼想不到的事情！」

說著，她指向李敏淑。「二嫂也不喜歡念之，若念之出了事，寶珠就是國公府唯一的嫡女，二嫂能得的好處也不少！還有，二嫂也不喜歡我和娘，自從雲姨娘去了二房，二嫂就看我和娘鼻子不是鼻子、眼睛不是眼睛的，說不定就是她搞鬼！」

本來在看熱鬧，等著趙氏和馬欣榮撕扯起來，好從中漁翁得利的李敏淑瞬間驚呆了，萬萬沒想到，這把火居然能燒到她身上，看個熱鬧也有錯嗎？

「妹妹，妳別血口噴人，就算念之出事，我家寶珠也還是二房唯一的嫡女，和國公爺完全沒關係！我怎麼可能那麼傻，為了這種名頭，便出手害死念之？當我和妳一樣喪心病狂？」

李敏淑怒了，這年頭，看個熱鬧也不能好好看了！

「爹、大哥，我覺得這事定是妹妹出的主意，然後讓娘親幫忙做。你們也知道，娘親一向將妹妹當成眼珠子那樣疼，妹妹要什麼，娘親就給什麼的。」

這時，到了緊要關頭，李敏淑忽然聰明起來，想通一件事，遂伸手指向寧霏。

「咱們家可沒有讓人身體虛弱、不知不覺死掉的陰損東西。但妹妹一回來就出現了，難不成是自己跑出來的？

「爹、大哥，這樣吧，我不做虧心事，不怕鬼敲門，願意讓人去我的院子裡搜，也讓人搜搜妹妹的屋子。這種事未必能一次成功，不會只準備一點點毒藥，肯定還有剩餘。從誰那裡搜出東西，便是誰幹的事。妹妹，妳敢不敢讓人去搜搜？」

寧霏聞言，僵著臉斥責。「就算搜出來，也可能是別人為了陷害我而放進去的！說起來，二嫂當了好幾年的家，家裡下人有不少是二嫂的心腹吧？二嫂想要讓他們幹件事，怕是沒人會拒絕。」

趙氏膽子小，在寧博犀利的目光下，哆哆嗦嗦不敢開口，看著寧霏和李敏淑繼續爭辯。

寧震不出聲，寧念之跟寧寶珠看了看，不好直接退出去，遂悄悄躲到旁邊去了。

第四十八章

寧念之和寧寶珠縮在一邊，看著寧霏與李敏淑爭吵。

寧寶珠搖頭，壓低了聲音道：「大姊，妳可要相信我娘，我娘絕對沒膽子做這種事。雖然她有點糊塗，但也不是真的糊塗……」

寧念之忍不住轉頭看寧寶珠，這傻孩子，要讓她知道雲姨娘是怎麼死的……好吧，雲姨娘死有餘辜，生了兒子就以為二房是她的天下，竟然膽大包天地對主母下手，死了活該。

不過，寧寶珠說得也對，二嬸雖然敢對姨娘動手，但確實沒膽子算計大房。

「爹，您要相信我，這事絕不是我做的……」

「爹，您別信妹妹的一面之詞，她剛回來就和念之拌嘴，咱們家數她最討厭大嫂母女，肯定是她做的。」

兩個人一人一句，吵得寧博頭疼，氣得拍桌子。「都閉嘴！老二家的，妳把念之和寶珠帶出去，小孩子禁不住餓，讓她們去吃飯。」

說著，他轉頭看趙氏。「妳真以為我老了就糊塗嗎？明天我送妳去白馬寺，天氣也暖和了，正好在山上避避暑。」

現在才三月底，避暑是六月的事，這話一說出來，趙氏就傻了。

寧博又看寧霏。「至於妳，立即收拾東西，一會兒我派人送妳回寧王府。日後若沒事，不用回來了。」

寧霏的臉色也變了變，她不是真的傻，她為什麼能嫁給寧王世子？是因為身後站著鎮國公府啊。要是以後不能回來，鎮國公府等於和她沒關係了，沒了娘家支持，她以後怎麼在寧王府站住腳跟？

「老爺子，我錯了，我不要去白馬寺！」

趙氏著急了，她是真心愛護閨女，到了這會兒，也不將寧霏供出來，只把事情攬在自己身上。

「我不知道那藥粉會讓人死掉，只曉得會讓念之沒精神，當不上太子妃，才一時犯糊塗，做出這樣的事情。我知道錯了，求你別把我送到白馬寺。」

說著，她又看寧震。「老大，我知道錯了，我給你賠罪，看在這些年我對你沒有功勞也有苦勞的分上，饒過這一次。念之不是沒事嗎？我真的知道錯了，你開開恩，放過我好不好？」說著，要站起身給寧震行禮。

寧震趕緊躲開，讓長輩給他行禮，名聲還要不要了？

「我知道念之受了委屈，回頭我補償她，對她加倍地好，這次請你原諒我好不好？」趙氏不敢強逼著寧震接受，只可憐巴巴地求情。

「老爺子，你饒我這回吧，我太糊塗，真的知道錯了，下次再也不敢了！不不不，沒有下次了！」

寧博不搭理她，只看寧霏。「妳還不去收拾東西？」

寧霏趕緊跪下。「爹，這事都是娘做的，之前我阻止過，但娘非要這麼做，我沒辦法，又不能違背娘的意思。我……」

趙氏吃驚地看她，寧霏回頭，眼神裡帶著幾分祈求，無聲地喊了一聲娘。

趙氏閉閉眼，然後使勁點頭。

「對，這件事和霏兒沒關係，全是我一個人做的。我吃了漿糊，被迷住心竅，才一時做錯事。老爺子，你萬萬不能把霏兒送回去，這一送，她回寧王府還有什麼臉面……」

另一邊，寧念之跟著李敏淑站在門口偷聽，聽到這兒，忍不住挑了挑嘴角。

這輩子，趙氏最護著這個閨女，連孫子、孫女都比不上，到老，卻要為她揹黑鍋，讓她狠咬一口，不知趙氏心裡是什麼感覺。

寧寶珠扯著李敏淑和寧念之的衣服。「娘、大姊，咱們不好這樣偷聽，趕緊走吧。大姊，妳的身子怎麼樣？這會兒是不是還累得慌？能去太學嗎？要不要我幫妳告假？」

「不用，咱們一起去太學吧。」寧念之笑咪咪地擺手。

李敏淑本來還想說兩句酸話，但見自家閨女笑得開心，到底更寶貝女兒，便撇撇嘴，將到了嘴邊的話嚥回去。

「時候不早了，快去吃飯。吃完了，我讓人送妳們去太學。」

她頓了頓，難得好心地說：「念之不用擔心妳娘，妳娘都生了你們姊弟三個，這次定也會平平安安。但是太醫說了，要她好好養胎，回頭可得勸勸妳娘，讓她把管家的事交給別人，然後靜養，知道嗎？」

寧念之聞言，實在快憋不住笑了。李敏淑這人，其實從另一方面來說，真是有些可愛呢。

「二嬸，我想著，我和寶珠的年紀不小了，是不是也該學管家的事？正好我娘這次要靜養……」寧念之笑嘻嘻地說道。

李敏淑有些著急了。「妳們倆年紀也不大。再說了，妳們還要去太學，管家可是得從早忙到晚，哪抽得出空？」

寧念之忍著笑點頭。「二嬸說得是，那我回頭問問娘，看管家的事應該怎麼辦。不然，就讓唐嬤嬤她們幫幫忙。」

李敏淑想說自己能幫忙啊，但剛張嘴，又被寧寶珠搶了話頭。

「娘，您的身子不好，也趕緊養養。大伯母這個年紀了還能懷孕，您比她年輕很多呢，我也想要個弟弟。」

李敏淑嘴唇動了動，沒說話，大約是被寧寶珠說到了傷心處，一路上竟然不開口了。

寧寶珠想嘆氣，寧念之捏捏她手心，緊走了兩步，說道：「二嬸，我覺得寶珠說得沒錯。您還年輕，請個太醫調理調理，說不定，過兩年就能給寶珠添個親弟弟，到時候，安和也有親兄弟了。」

李敏淑哼哼兩句，走進屋，打發人去拿飯菜，盯著姊妹倆吃，然後又給她們準備點心，直接讓人送她們上學去了。

小孩子家家的，操心自己的學業就行，管那麼多大人的事情做什麼？不過，若她的身體當真能調理好，再給寶珠和安和生個弟弟……或許是好事？

李敏淑低頭摸摸肚子，馬欣榮那個年紀了都還能生，自己可比她年輕多了，再生一個，應當是挺容易的？不然，再找太醫看看吧。

下午放學，寧念之和寧寶珠剛出太學的大門，就看見一個眼熟的人靠在馬車旁邊。寧念之忍不住挑眉。「這段日子不是很忙嗎？今兒怎麼有空過來接我們？」

原東良上上下下地打量她，見她臉色紅潤，聲音中氣十足，動作還是照舊靈敏，走路輕鬆活潑，心裡才鬆了口氣。

「我去給爹娘請安，聽說了早上的事，擔心妳，所以過來看看。妳沒事吧？有沒有哪兒不舒服？」

寧念之笑咪咪地搖頭，催著寧寶珠上車，自己也跟著上去，然後扒在窗旁和原東良說話。

「沒事。」她出聲回答，又眨眨眼，無聲地說了幾個字。

原東良忍不住笑，是他太擔心了，竟忘記妹妹聰明得很，明知道有問題，定然不會傻乎乎地把那杯蜂蜜水喝下去。

「娘的身體如何？」原東良換了話題問道。

寧念之聽了，有些開心，卻又有些擔心地說：「娘畢竟年紀大了，怕生產時……過幾個月，索性請大夫在家裡守著，太醫怕是不會來吧？」

「提前三、五天，應該能請到太醫，平常他們不是也會出府看診嗎？我倒覺得，妳不用太擔心，娘雖然年紀大，但身體好著，前些日子還和我賽馬呢。」原東良笑著說道。

寧念之立即瞪大了眼睛。「賽馬？什麼時候的事情？你們居然自己去，都不帶上我！」

寧寶珠也忍不住了，從旁邊擠出來。

「大哥，這就是你的不對了，明明忙得沒空接我們了，還能和大伯母一起去賽馬。我看，是你不想來接我們了對不對？賽馬這樣的好事，為什麼不帶上我和大姊？」

原東良有些尷尬地望天，說溜嘴了。

「妳們不是要上學嗎？」他支支吾吾地為自己辯解。「我也不是去玩，本來是爹要考我功課，正好娘過來，非要跟我比一下。妳們也知道，爹一向對娘親千依百順，所以……」

寧寶珠撇撇嘴。「反正你就是沒帶上我們。」

寧念之忍不住好笑。「行了。寶珠，他們不帶咱們，大不了下個月咱們自己去莊子上賽馬。到時候多請幾個同窗，說不定還能打獵。」

寧寶珠一拍手。「對，咱們去莊子住兩天，不過邀請同窗，還是算了，就她們那樣子，請了說不定是給自己添堵。只有我們一家人去，還自在些呢。」

「不能這麼說，雖然學裡有不懷好意的人，但關心妳的人也不少啊。」寧念之戳戳她臉頰。「今兒早上我們遲了，有同窗問妳是不是生病了，還好心地把點心讓給妳吃，對嗎？」

寧寶珠聽見，不說話了。寧念之又轉頭問原東良。「這兩天，大哥還是很忙嗎？」

「我已經和爹說好，以後還是每天來接妳們放學。」原東良笑著說道，完全不提因為這事，他付出了多大的代價——被寧震以教導武功的名義打個半死，還僅只贏得來接寧念之放學的好處，其他的，一丁點都沒有。

原東良有些鬱悶，原以為娘親會站在他這邊呢，沒想到，連娘親都倒戈了，想盡辦法阻止他和妹妹見面。現在看起來，整個寧家唯一支持他的，大概就是二弟，但一個七、八歲的小孩，說的話管什麼用？

還有自家祖母那裡，態度也是一會兒變一次。

早上說，要他好好表現，讓寧家父母看見他的誠意。中午就換了主意，說寧家小姑娘的姻緣籤上說了，以後她說不定是貴人呢，還是別去招惹。晚上又說，當初他爹娘的感情可好了，但最後……就怕他跟寧念之感情好，所以還是娶別的姑娘吧。

原東良知道自家祖母有心結，他爹娘感情好，所以他爹出去時，他娘硬要跟著，這才一起遇難，讓他流落到狼群裡。

所以，周氏想孫子和孫媳感情和睦，將來能甜甜美美，早點生孩子，孫子也能過得更幸福、更開心，但原家是當兵打仗的家族，說不定哪天原東良也要跟著上戰場。若夫妻感情太好，將來孫子出事，孫媳是不是便活不下去了？

原東良沒辦法，只好先勸慰自家祖母，再三保證，國泰民安，天下太平，十來年之內，他肯定不會上戰場的。即便上戰場，念之也能自保，她會功夫，騎射比一般男子還強。

他念叨得周氏頭疼，索性擺手道：「要是你能說動你義父義母，讓他們同意把閨女嫁給你，我自是沒話說，定會將聘禮準備得妥妥當當。但你要是說不動他們，那這事，我就不管了。」

只要周氏不阻攔，原東良就笑得合不攏嘴了。

可安撫好周氏，不代表能說動寧家夫妻倆。

這人心呢，都是偏著的，周氏是心疼自家孫子，所以不忍心看他難過。但寧震和馬欣榮的心，卻是偏向自家閨女的，所以，就有些難辦了。

因此，原東良早就決定了，反正這幾年都要住在京城，天天上門天天說，不信說不動他們。好歹他也是他們養大的，對他並非沒有半點感情。

只要他能證明自己可以讓寧念之過得更好，他們肯定會答應的。

原東良心裡盤算來盤算去，但沒忘記最重要的人。不要到時候長輩們都同意了，但念之不願意，那就糟糕了。

太學裡有那麼多才子，前幾年總是傳出才子佳人的事，有不少最後真成了夫妻。他可得把自己的媳婦兒守好了，萬萬不能被別人叼走才行。

原東良想了一大圈，笑嘻嘻地看寧念之。「不如這樣，早上也讓我送妳們吧？反正我起得很早，先送妳們去太學，然後再去書院，並不耽誤的。」

寧念之眨眨眼，兩間書院的距離並不近啊。青山書院的院長不是傻的，將書院和太學建在一起，以後還能收到學生嗎？雖說不是一東一西，但小半個時辰的路程是有的。

「這樣是不是太累了些？」寧念之算了下來回車程，看原東良。

原東良忙搖頭。「不算太遠，天氣也暖和了，我多跑跑，反而更鬆快些呢，不用擔心我。那便這麼說定了，早上我送妳們過來，下午再來接妳們。」

寧寶珠趴在茶几上，伸手點了點車門。有車夫在，到底為什麼要接接送送啊？難道車夫不認得路嗎？

寧念之看她一眼，攤攤手，表示自己也不知道原因。

第四十九章

馬車到了寧家，下馬後，原東良跟寧念之去看馬欣榮，然後就被寧震拎走，大概又去了小校場。

馬欣榮靠在軟枕上，將寧念之出門之後的事情說了一下。

「妳小姑姑已經被送回寧王府了。到底是妳祖父的小閨女，以前也疼愛了那麼些年，妳爹便作主，交代今兒的事情萬不能宣揚出去，更不能讓寧王府的人知道，只說是妹妹想念世子，這才回去的。」

說著，馬欣榮的眼神浮上內疚。「念之，妳受委屈了……」

難怪自家老爹剛才看見她進門，連話都沒怎麼說，便急匆匆領著原東良走人，敢情是覺得給寧霏的處置太輕，對親閨女不公平，不敢看她呢。

「沒事，我不是那麼小器的人。」寧念之倒是不在意，這世上，誰都不能隨心所欲地生活，都得顧忌很多事。自家老爹雖然疼愛孩子，但更孝順祖父。寧霏雖然不是什麼好人，但運氣好，投生成寧博的親閨女。

反正，她之前的目的就是先解決寧霏這個隱憂，現在順利達成目標，又將寧霏的把柄拽在手心，已經很滿足了。

「現在爺爺說不定心情不好呢，等會兒我去找他，逗他開心開心。」寧念之笑咪咪地說道。

馬欣榮見閨女臉上完全沒有不高興，這才放下心。「是得多討妳爺爺歡心。老太太那邊，因為不好直接把人送去白馬寺，所以，妳爺爺讓人將榮華堂的西廂改成小佛堂，讓她唸經去了。接下來半個月，咱們都不用過去請安。」

寧念之噗哧一聲笑出來，又想起早上寧霏栽贓趙氏的事來，不知道趙氏當時是什麼感覺。趙氏雖然不管家，但也不是喜歡安靜生活的性子，不是今兒想辦個茶會，就是明兒想請個戲班子，把她關起來唸經，算是大折磨了。

「至於那些奴才，一家子都被發賣了。是我沒管好家，竟讓她們生出背主的心思。」馬欣榮有些內疚，要不是她管家不嚴，閨女也不用受罪。

「娘說的是哪裡的話，雖然我不管家，但也知道家裡下人數以百計，不可能所有人是一條心，都有自己的小算盤，只要願意給好處，誰都能是主子。」

寧念之更不在意這個了，人心最是捉摸不定，今兒對你百般好，明兒指不定就棄如敝屣。馬欣榮又不會控制人心，當然不可能把所有人都管得老老實實了。

「娘，今兒下午感覺怎麼樣？」寧念之岔開了話題。

馬欣榮微笑地摸摸肚子。「還好。不過說也奇怪，不曉得有孕時，天天都覺得心裡憋著一口氣，看什麼都不順眼。現下曉得了，心裡憋著的氣忽然就消失了，順暢起來，看什麼都覺得好。」

寧念之聞言，就趴在馬欣榮肚子上聽了聽。

馬欣榮忍不住好笑。「現在才兩個月，能聽出什麼？再過兩、三個月，才能聽見聲音，還會動呢。」

寧念之做了個鬼臉。「娘說的好像我不知道一樣，當初您懷兩個弟弟的時候，我可都摸過的。那娘累不累？餓不餓？」

馬欣榮聞言，趕緊起身道：「妳不說，我還真沒察覺到，這會兒該吃晚飯了。不用等妳爹他們，他應該是帶著東良去陪妳爺爺了。」

因為馬欣榮要吃安胎藥，所以晚膳多是清淡的素食，馬欣榮和寧念之都喜歡吃肉，娘兒倆互看一眼，忍不住有些鬱悶。

「娘，先忍忍吧，不過八個月而已。到時候生下弟弟了，娘想吃什麼，就吃什麼。」寧念之給馬欣榮挾了一大筷子菜，安慰道。

馬欣榮嘆氣。「也只能這樣了。」

吃完飯，寧念之又伸手摸馬欣榮的肚子。「弟弟乖不乖？」

不等馬欣榮說話，寧安越便先喊道：「我今天最乖了！大姊，明天妳能不能帶我出去玩？」

「不行啊，明天大姊要上學。不然，你去找爺爺？」寧念之笑著說道。

誰知道，就這麼一句話，立刻讓寧安越紅了眼圈。

「我就知道，娘有了寶寶，你們全喜歡小寶寶去，不喜歡我了，都不願意陪我玩，娘也不抱我了。嗚嗚嗚……我是天底下最可憐的人，你們都不喜歡我了……」

馬欣榮哭笑不得，趕緊將他摟在懷裡，幫他擦眼淚。「誰說娘親不愛你了？娘親一樣愛你，你爹、你大哥、二哥，還有你大姊，都和以前一樣喜歡你。不信，你問問他們。」

寧安越眼淚汪汪地看寧安成，寧安成已經七、八歲，懂事了，無奈地看弟弟。「今天早上，我還把自己最喜歡的硯臺送給你呢，怎麼能說我不喜歡你呢？你看，我都沒給小寶寶準備禮物。」

寧安越眨眨眼，寧念之也忙道：「每天放學，我帶回來的點心，是不是都是你愛吃的？」

寧安成生性乖巧，小時有原東良帶著他到處玩耍，再加上寧念之整天陪著，完全沒空去想娘親是不是更喜歡弟弟之類的問題。

但到了寧安越，原東良要習武學兵法，寧安成和寧念之上學，寧震也經常不在家。而馬欣榮上了年紀又懷孕，更是聽從太醫的話，得好好養著，下午嬤嬤們便不敢讓寧安越過來鬧騰。

小孩兒慦一下午，慦不住了，深深覺得大家都拋棄他了。

寧震正好進門，聽了便挑眉道：「那我明天給你買匹小馬駒？」

寧安越立即止住眼淚。「真的？」

「當然是真的，我什麼時候騙過你？」寧震抬手，把他抱到自己腿上。

「爹娘還是和以前一樣愛你，並不會因為有了小弟弟就改變。不過，你馬上就要當哥哥了，以後不能隨便哭鼻子知道嗎？要不然，弟弟會笑話你的。你看你二哥，有沒有在你面前哭過鼻子？」

寧安越迅速點頭。「有！」

寧震抽了抽嘴角，說不下去了。

寧念之在一邊偷笑，寧安成也忍不住紅了臉，又好笑、又羞窘。「那不是哭鼻子，是因為眼睛裡進沙子了。」

「又沒颳風。」寧安越嘟囔道。

寧安成到了要面子的年紀，臉色又紅了紅。「就是沒颳風，沙子也能跑進眼睛裡的。你再胡說，以後我不帶你玩了。後天休息，我要和朋友去踏青，本來呢，還想帶你去的，但是你不聽話，就不帶你去了！」

小孩子玩性大，寧安越忙撲過去抱著寧安成的胳膊撒嬌。

「二哥，我錯了，你沒哭，是我哭了。我聽話，你帶我去嘛！二哥，你最好了，我最喜歡你了，我把剛得的小老虎送給你好不好？」

寧念之在一邊看夠了兄弟倆的笑話，才問寧震：「今兒在太學，三公主跟我們說起八月打獵的事，爹可知道？」

「嗯。三年前應該也有一次的，但那會兒皇上生病，便停了一次。」寧震說道。「這次肯定要去的。怎麼，三公主忽然跟妳說這個，是打算邀請妳？」

「是啊，不過不是三公主，是八公主邀請的。」寧念之笑嘻嘻地說。

這兩天，馬欣榮心思敏感，一聽這話，就想到小太子，趕緊看向寧震。

寧震倒是沒在意，別說太子現在才十一歲，就是十五、六歲要選太子妃了，也不會這麼隨便地在獵場上決定的。

「念之想去？」寧震又問道。

寧念之想了想，點點頭。

「是挺想去的，畢竟以前沒去過。但要是爹不去的話，我就不去了。」頓了頓，又道：「要不然，還是不去吧，如果爹去，娘就沒人照顧了，我留下來照顧娘。」

馬欣榮挺感動，擺擺手道：「不用妳留在家裡伺候我，真以為咱們家沒人啊？有這麼多的丫鬟、婆子呢，妳想去的話只管去，再過兩年，怕就不好去了。」

寧安越在一邊撒嬌。「我也要去！大姊，去吧去吧，打獵是什麼樣子的？我還沒見過呢。」

「這可不是去玩耍，你跟安成都不能去。」寧震虎著臉說道。

寧安成有些失望，寧安越不依不撓地想繼續撒嬌，卻被寧念之鎮壓住。

「西山有老虎，還有這麼大的豹子，最喜歡吃小孩，你們過去，老虎就啊嗚一口把你們吃掉了。爹只能保護一個人，要是保護我，肯定就保護不了你們，所以你們不能去，知道嗎？寧安越，你再哭試試，再哭晚上別睡覺了，明天不准吃飯！」

寧安越嘟著嘴，躲到馬欣榮背後。

寧震又道：「我打算帶東良去，若念之想去，也跟著。」

「爹，一次只能帶一個人嗎？」寧念之好奇地問。

寧震點點頭又搖搖頭。「這倒是沒有規定。但誰家沒幾個出色的子弟？都想帶到皇上面前出出風頭，若是把全家都帶過去，那得去多少人？怕是連跑馬的地方都沒有了。所以，最好只帶一個最優秀的。至於女眷，也不好帶太多人。」

寧念之點頭。「要是我去的話，能帶上寶珠嗎？」

「自然能，咱們家現在就妳們兩個女孩子，自然是要一起作伴的。」寧震笑著說道，抬手揉揉寧念之的頭髮。「不過寶珠不會功夫，要是帶她去，妳得多操心了。」

「沒關係，反正她也聽話，到時候跟在我身邊就行。」寧念之倒是不在意，又追問要帶的東西。

寧震比較糙，聽了滿臉不解。「不是帶上弓箭和衣服就行嗎？宮裡自會帶著廚子，到時跟著吃，哪還用準備別的東西？」

馬欣榮無奈，補充道：「多帶幾身騎裝，那邊大概不好洗衣服，洗了也不好曬出來。另外，山裡早晚會冷，披風、被褥也要帶著，備一條厚被子、一條薄毯子。至於首飾那些，便不用帶太多了，能配衣服就行。」

她說著，忽然一拍手。

「還有好幾個月呢，不如，我讓針線房再給妳們倆多做幾身衣服，都做騎裝吧！對了，平常穿的裙子也要帶著，總不可能一直讓妳們騎馬打獵，小姑娘家家的，說不定要散散步什麼的，鞋子也多帶幾雙。還有丫鬟，得帶會做點心的，一去就是十來天，總不能天天吃大魚大肉，女孩子還是多吃點蔬菜比較好。」

寧震震驚極了，這是打算搬間屋子過去嗎？遂弱弱地打斷馬欣榮。「會不會太多了點？馬車裝得下嗎？」

「一輛裝不下就裝兩輛。」馬欣榮笑著道，又開始數。

「還有茶杯什麼的，自己慣用的要帶去，再帶幾本書，無聊時能翻翻；還有筆墨紙硯，若要畫畫什麼的，免得手上沒有東西用。對了，帳篷也得準備，宮裡肯定只備著妳爹他們大男人用的。若妳要和八公主她們一起玩，另外得再準備幾樣玩具什麼的……」

寧震再次震驚了，但這次聰明些，只點頭聽著，不說話了。

轉眼就是六月，天氣太熱，太學索性一次放了十天假。一早，寧寶珠就開始嚷嚷，要到莊子去避暑。

馬欣榮也熱到不行，她的肚子開始大起來，偏偏因為年紀大了，這個不能用、那個不能用，甚至連冰盆都不能放太多，但又容易出汗，一天得換四、五次衣服。

於是，寧念之一揮手，大家都到莊子去吧！莊上挨著樹林，風吹過，挺舒服的。

李敏淑本來也打算去的，但馬欣榮之前將管家的事情託付給她，所以只能眼巴巴地看著眾人上車出京了。

這次，趙氏也跟著，五月時，她就從佛堂出來了。吃素吃了一個多月，臉頰明顯瘦了不少。

原本趙氏不顯老，頭髮烏黑，臉上沒幾道皺紋，臉頰圓潤，看著還年輕得很，這次出來，臉上卻多了幾條紋路，頭髮失去光澤，也不怎麼喜歡說話了。見寧念之和寧寶珠湊在一起嘀嘀咕咕，就忍不住皺眉。

寧念之只當沒看見，繼續跟寧寶珠說話。「我前段日子剛做的水紅色裙子，若妳喜歡，回頭就給妳吧。」

「真的？太好了，我很喜歡那個顏色呢，只是妳先做了，我就沒做。要是送我，我那條水藍色裙子便給妳了。」

寧寶珠挺高興，笑咪咪地側頭讓寧念之看她的頭飾。「我娘買給我的，好不好看？」

「好看。咦，是龍鳳金樓的？那裡的首飾很貴呢。」寧念之有些驚訝地說。

寧寶珠笑得合不攏嘴，湊到寧念之耳邊道：「因為我娘心情好。之前太醫看了，說我娘的身體得調理個七、八年才行，我娘便想著，那時她都老了，也生不了孩子，就想放棄。

「後來大伯母懷孕，大伯不是請了太醫院最好的大夫嗎？我娘便求了大伯母，順便把脈，結果太醫竟說，調理個三、五年就行了。」

寧念之聽了，扳著手指算了算，李敏淑比自家娘親小五歲，自家娘親都三十多了還能生育，等李敏淑調理好身子，頂多三十二、三歲，要是運氣好，指不定真能懷上。

「那二嬸肯定高興了。」寧念之笑著道。

寧寶珠使勁點頭。「是啊，所以我娘大方一回，給我打了套首飾，我很喜歡呢。大姊妳說，好不好看？」

寧念之再次點頭。「好看，那以後妳可要多開導二嬸，讓她每天開開心心。我聽太醫說，這生活順心、整天笑哈哈的人，才容易懷上孩子呢。」

趙氏聞言，實在忍不住了。「妳們兩個小姑娘，還沒及笄呢，就整天討論生不生孩子的，羞不羞人？」

寧念之忽然一拍手。「哎呀，祖母不說，我都忘記了，小姑姑是不是要生了？」

趙氏愣了下，寧霏是年前懷上的，過年時已經三個多月，現在是六月，算起來已經九個月，還真是快要生了。

寧念之眨眨眼。「祖母，我記得我娘之前快生孩子時，都會請我外祖母過來作陪呢。祖母，您什麼時候去寧王府？」

趙氏沒出聲，按照習俗，這會兒寧霏應該派人來請了，可若不是寧念之說起來，她自己都差點忘了這事，寧王府該不會不讓人來叫她吧？

寧念之看出神的趙氏一眼，又轉頭和寧寶珠嘀嘀咕咕。

「咱們是親姊妹，我不會害妳的。妳也不小了，可得照顧好妳娘，平日多陪陪她，不要讓二房那些姨娘啊、通房的到她眼前晃悠。實在不行，就想個辦法，先把人送到莊子去，等二嬸生了孩子，再將人接回來。」

寧寶珠有些猶豫。「可是，裡面有祖母給的人……」

「怕什麼？這段時日，祖母要惦記小姑姑，不會多問的。」

寧念之撇撇嘴，最看不上趙氏這種給親兒子塞姨娘的人，正經的嫡孫子、嫡孫女不要，非得弄出個庶孫子、庶孫女來，不知道是誰臉上好看了。

小夫妻房裡的事，長輩最好不要插手，不癡不聾，不做家翁，上了年紀好好享福就行，非要搞七搞八，簡直是閒得慌了。

依趙氏的為人，寧念之絕對不信，等她不能動要讓人伺候時，二嬸會盡心盡力地伺候這個親婆母。

「好，我回頭想想辦法，總不能讓我娘整天生氣。」寧寶珠握拳，頓了頓又嘆氣。「要是我爹能和大伯一樣就好了，將來我要嫁人，定要嫁大伯那樣的男子。」

寧念之哈哈笑。「不害臊，才多大的年紀，就想嫁人了。」

「妳別說妳不想。」寧寶珠臉紅紅地道，本來還想打趣寧念之兩句，但看見趙氏那張臉，立刻沒了興趣，轉身拿出棋盤，招呼道：「大姊，咱們來下一盤，說不定這盤棋下完，就到莊子了。」

第五十章

寧家人到莊子時，已經快中午了。

寧念之一下馬車，就去找馬欣榮。馬欣榮捂著肚子，表情有些尷尬。「肚子有些餓……不知道廚房準備好飯菜沒有？」

陳嬤嬤忙道：「昨兒奴婢就派人來打點過，必定已經準備好。夫人且等等，奴婢這就去催催。」說完便急匆匆地去了廚房。

寧念之有些驚喜，樂道：「娘，您有胃口了？」

馬欣榮點頭。「是啊，剛進莊子，就覺得肚子餓，大約是這兒比城裡涼快，所以心裡的燥火下來了。這一下來，可不就想吃飯了？」

在京城時，天氣太熱，馬欣榮沒什麼胃口，要不是為了肚裡的孩子，怕是一口飯都不想吃。

這次他們沒從府裡帶廚子，廚娘就是莊頭的媳婦和兒媳婦，手藝雖不精緻，但勝在東西新鮮，做出來有野趣，馬欣榮居然一口氣吃了兩碗飯，可把陳嬤嬤給高興的，伸手就賞了十兩銀子。

除了趙氏，其他人也吃得特別香，尤其寧寶珠，本來就是個小吃貨，吃完了午飯，還要跟著吃點心。

莊子做出來的點心分量十足，比如紅棗糕，府裡做出來的很精緻，兩根手指捏著吃；莊上做出來的，兩隻手捧著吃，快跟寧寶珠的臉一樣大了。

「安和跟安越他們下午才過來是嗎？」寧寶珠一邊吃，一邊問道。

寧念之點頭。「嗯，得準備功課什麼的。就是到莊子上，他們也要天天看書，妳可不能耽誤他們啊。」

「我才沒耽誤他們呢，我是想著，不知道安越會不會帶上他的小馬駒？」說著，寧寶珠湊過來，一臉乖巧，扒著寧念之的胳膊撒嬌。「不然，大姊，妳幫我和大伯說說，我也想要一匹小馬駒。」

寧念之摸摸下巴。「這不好弄啊，好品相的小馬駒大部分都是拉車的馬，妳看不上的。」

「大伯肯定有辦法的對不對？」寧寶珠瞪大眼睛。

寧念之憋著笑，作出為難的樣子。「要不，妳先賄賂賄賂我？若我高興了，就去找我爹問問；要是不高興……」

寧寶珠聽了，忙露出討好的笑，伸手給寧念之揉肩膀。

寧念之忽然反應過來。「等等，剛才妳抓紅棗糕吃，是不是還沒洗手？」

寧寶珠的小伎倆被發現，對她做個鬼臉，笑哈哈地跑遠了。

寧念之忙起身追上，後面有嬤嬤喊道：「姑娘慢點兒，前面的路不是很平整，當心呀！」

下午，原東良將三個男孩子送過來後，便說要回去了。

寧念之有些驚訝。「送完就得走啊？這麼遠，再跑一趟不累嗎？今兒休息一晚，明兒再回去也是一樣的。」

原東良也有些鬱悶，他當然想留下來，但爹限定了時辰，今晚必須回去，要不然……他忍不住縮縮脖子，就算這段時日努力練武，還是打不過自家義父，真夠悲慘的。

看來，得再努力些，不然一直打不過義父，就不能多要些工夫和妹妹相處了。沒工夫和妹妹相處，哪來的機會討好妹妹？

「大哥留下來吧，今天晚上我要親自下廚呢，正好有口福。」寧念之又笑咪咪地說道。

原東良的眼睛亮了亮，妹妹親自下廚啊，這機會可不多，要不然就留下來？

大不了，回去再被爹爹揍一頓，反正爹爹不可能把他打死的。只要不打死，改天又是一條好漢！為了妹妹親手做的飯菜，挨一頓打算什麼？挨兩、三頓都可以。

想著，原東良迅速點頭。「好，那我就留下來。妹妹住在哪個院子？」

「我和寶珠住一間，大哥和安成他們住一起吧。」寧念之笑嘻嘻地擺手。「你先洗漱一下，我去廚房，等會兒就能吃飯。」

不久，寧念之做的菜便上桌了。

「這些是妳做的？」馬欣榮驚訝地問。

寧念之很得意。「是啊，我沒讓人教，之前看廚房的婆子做過後，自己就會了。娘，您嚐嚐看好不好吃，要是好吃，明兒我再做給您。」

馬欣榮舉筷，每道都嚐了一口，忍不住點頭。「好吃！沒想到妳在這方面還挺有天賦的，調料放得剛剛好，不鹹不淡，味道很好。」

寧念之忍不住笑，她可不是頭一次學做飯，雖說十來年沒碰過，但稍微想想，也能做得出來。至於很好吃什麼的，那就屬於當娘的過度誇獎了。

大家也開始吃，原東良動作飛快，才兩三下，寧念之做的菜就有一半到了他碗裡。

寧念之抽了抽嘴角。「大哥，你很喜歡吃青瓜？要不，我下次多做點。」

原東良含糊不清地應了聲，繼續埋頭猛吃。

馬欣榮看見，更無語了。其實，原東良確實是個很好的女婿人選，又是她養大的，貼心懂事又聰明，最重要的是對閨女好，閨女說句話，他都能當成聖旨來聽。

偏偏原東良得回西疆去，那麼遠，光從西疆到京城，就要一個多月的路程。這兩年，自家閨女被養得嬌嬌嫩嫩，怎麼受得住趕路的辛苦？來回一趟，三、四個月就過去了，真要把寧念之嫁給原東良，怕是三、五年也不一定能見她一面。

若是在京城，什麼時候想去見見就能去，不管閨女生孩子還是別的事，都能幫上忙。可在西疆，要是閨女被人欺負，光是送信就得兩個月，到時候，黃花菜都涼了！

再加上原家實在不是什麼好地方，即便有周氏護著，但周氏年紀大了，說句不好聽的，還能再活幾年？到時候，自家閨女豈不是掉入蛇窟裡去？原東良的那些嬸嬸們，可不是好相與的。

馬欣榮將各種狀況衡量一下，心裡忍不住惋惜。若當年原東良沒跟著原老將軍回去就好了，現在他還是寧家的人，到念之快及笄時，給他置辦宅子，分成兩家，念之嫁過去，也不會被人非議。

唉，可是那時也不好硬把人留下來。世上的事情，果然難兩全。

「娘，您多吃點兒。」她正想得入神，碗裡忽然多了一筷子菜，抬頭就見原東良正給她布菜呢。

「我特意找人打聽過，懷孕的人多吃這個，對身子好。」

馬欣榮感動得不得了，端著碗，笑咪咪地點頭。

「好好好，你們也吃，都多吃點，莊子的東西就是新鮮。對了，明兒東良別急著走，我讓人準備些東西，你帶回去讓你祖父還有你爹他們嚐嚐。」

原東良忙笑著應下來，果然還是娘親最好，他正想著明兒回去會挨幾頓打，娘親就把理由送過來了。有了娘親準備的東西，爹應該會少打他幾次吧？畢竟，他可不是無緣無故留下的。

「吃了飯，咱們去外面玩一會兒。我聽莊子的人說，晚上喜歡在村頭的大柳樹下聊天，咱們也去看看？」寧寶珠道，滿臉好奇。「不知道人多不多啊，他們聊天都說些什麼呢？會不會有蚊子？」

寧念之也不知道，搖搖頭，寧安和兄弟三個更是一臉蠢相，做出不可思議的樣子來。

「晚上看不見，他們要在黑暗裡說話嗎？」

這話逗得馬欣榮忍不住笑，吃完飯便擺擺手，示意唐嬤嬤跟著他們幾個。「也該讓他們知道知道外面的事情，可千萬別養出幾個何不食肉糜的傻子來。」

「夫人多慮了，姑娘和少爺們聰明著呢，只是現在年紀小，又沒見過，這才好奇。再兩年，就算沒見到，也肯定能想明白的。」

陳嬤嬤笑著說道，陪馬欣榮到院子裡散步。「說起來，莊子就是比咱們府裡涼快，晚上夫人定能睡個好覺。」

孩子們出了屋子，原東良側身站在寧念之另一邊，輕輕捏捏她胳膊。

「等會兒妳跟著我走，我眼力好，能看清地上的東西，不會讓妳踩到什麼的。」

寧念之的眼睛也好，但不好拒絕原東良的好意，遂笑著點頭應下。「那你要走慢些，不然，我怕跟不上。」

「不會，肯定能讓妳跟上。」原東良笑著說道。

這時，他揹在身後的手，展開又收起，收起又展開。要是這會兒主動點，伸手拉住妹妹，妹妹會不會覺得很驚訝？應該不會吧，畢竟這麼黑的天，他是好心帶路嘛。再說，又沒有外人，都是弟弟妹妹，應該、應該沒事吧？

但是，萬一妹妹不願意呢？萬一被人看見了呢？對妹妹名聲不大好的。雖說妹妹年紀還小，但也不好手拉手了，要不還是忍一忍吧？可是什麼時候才能到沒人的地方去？

前面會不會有小樹林什麼的？不然，他單獨帶妹妹去林子裡散散步？哎呀，大晚上的，好像不大好，他是無所謂，但會不會嚇到妹妹，而且孤男寡女，傳出去，對妹妹名聲也不好。

原東良還在胡思亂想，完全沒注意到寧念之已經轉身，打算往前面走了。

另一邊，寧寶珠才踏出腳，就不小心踩到牛屎，剛蹭完鞋底。但留下的陰影太大了，她更加小心，每走一步都要停半天，確定前面沒東西了，才敢繼續走。

男孩子們等得不耐煩，蹦蹦跳跳地越過寧寶珠，風一樣地往前面衝。

帶路的婆子趕緊追上。「少爺們慢點兒！路上有石子，小心摔倒了！」

唐嬤嬤則挑著燈籠，在寧寶珠身邊陪她。

寧念之回頭招手。「大哥，快點。」

原東良心頭一熱，終於沒能忍住，抬手抓住寧念之的小手。

「慢一點，小心看路，我牽著妳走。」

寧念之眨眨眼，大哥的手心好像有點太熱了，感覺……大哥在緊張？有什麼好緊張的？難道是發現什麼危險？

她趕緊打起精神，仔細聽周圍的動靜，但是除了蟬鳴跟腳步聲，再沒有別的聲音了。

寧念之被拉著走了幾步，又看看兩隻牽在一起的手，好像有點不對勁？大哥的緊張，好像是面對她時才有的，這會兒都不敢對上她的眼睛了。

「大少爺，我來拉著大姑娘就行。」唐嬤嬤不知何時追了上來，忽然開口道。

原東良乾笑兩聲。「我怕妹妹摔倒。」

唐嬤嬤笑著堅持。「大少爺疼惜姑娘，不過，還是讓奴婢來吧。」

原東良這才不捨地鬆手，寧念之眨眨眼看他，確定了，大哥是因為拉著她的手才緊張的，所以，她是不是……應該猜出點什麼？

寧念之不傻，也不是真正的十一歲小孩，心裡有了懷疑，再看原東良時，便存了幾分心思，越看越覺得，她之前猜測的事情，應該是正確無疑了。

然後，又想到爹娘的態度，他們不讓她和原東良見面，想方設法地阻攔，是不是因為不同意這事？

其中緣由，寧念之稍微一想，便明白過來。爹娘是真心疼愛她的，不同意，肯定是因為有不妥之處。最明顯的，就是西疆太過偏遠，嫁過去便成遠嫁了。

於是，她只顧著想這些了，散步也不專心，幸好有唐嬤嬤牽著，才沒有摔倒。

不知不覺，夜深了，眾人便散了，各自回房去睡。

房裡，寧念之翻了個身，寧寶珠還沒睡沈，迷迷糊糊地問：「大姊，妳要起來喝水嗎？」

寧念之趕緊抬手拍拍她。「沒有，妳睡吧。」

她還在想那件事呢，一邊是原東良、一邊是父母，若除掉外在阻力，她願不願意嫁給原東良呢？

三、五年後，她總要嫁人，與其到時挑一個不熟悉、甚至見都沒見過的人，還不如選擇原東良。至少，他們是青梅竹馬。

最重要的是，原東良是自家爹娘養大的，耳濡目染，將來必會和自家爹爹一樣，只要一個嫡妻。若嫁給別人，這事可就說不準了。

二叔那樣的書呆子，都還有幾個姨娘跟通房呢。祖父雖沒有庶子庶女，但書房裡那兩個丫頭也不是擺設。就是尋常百姓，家裡有錢了，也會趕緊納妾找通房的。

可她見慣了爹娘一輩子恩恩愛愛，連吵嘴都沒幾次，將來當真能忍受那樣的生活？然後把自己變成跟二嬸一樣的女人，整日不是懷疑這個姨娘給她下藥，就是懷疑那個姨娘背地裡給她穿小鞋，或者擔憂庶子長大了，會瓜分原本屬於兒子的家產。

二房沒有庶子女之前，二嬸雖然也不是什麼好人，但整天說話中氣十足，也愛笑愛鬧。

可自從寧旭出生後，她再也沒見過二嬸像以前那樣笑了。

爹娘之所以恩恩愛愛一輩子，是因為娘喜歡爹，爹也喜歡娘，兩情相悅。可她喜歡原東良嗎？若是不喜歡，即便將來嫁給他，日子也定不會像爹娘這樣美滿吧？

再者，人心易變……不不不，除了原東良，別人也是人，心都會變。

兩輩子加起來，她比原東良還大好多歲呢，總覺得嫁給他，是不是有點……但也不能去找個老頭子吧？

寧念之哆嗦一下，心裡生出惡寒，默唸道：我只有十一歲，只有十一歲，十一歲！

好了，繼續考慮，那她對原東良到底是什麼心思？只當大哥看，還是願意把他當成未來的夫婿？

說起來，十五、六歲的少年郎，已經是半大的男子，若是早一點，也能訂親了。

原東良年幼時，雖然跟著狼群吃苦，但被寧家收養後，卻是吃得好、穿得好，身子早補回來了，現下也是長得高高壯壯。

寧念之忽然想到，前段日子，她曾看見他在院子裡練武，天氣熱，便脫了外面的衣服，赤裸著上半身。身上鼓囊囊的肌肉，看著像是鐵塊，汗水從上面滑落，讓人忍不住就想摸一下。

寧念之覺得臉上有些發燙，翻個身，把腦袋埋進枕頭裡。要死了，多大年紀了，居然還發癡。可下次若有機會，她還真想摸摸……

看見原東良的上半身，和看自家老爹的，絕對是不一樣的感覺。

寧念之抬手捂住胸口，那是不是說，其實她並不很在意兩輩子加起來的年齡比原東良大，只是給自己找個藉口而已？

好吧，都是大人了，上輩子也辦過及笄禮，這輩子沒必要一直裝小孩，裝作自己什麼都不懂的樣子。坦白點，大膽承認吧，其實，她很願意嫁給原東良的。

前些年，原東良回西疆時，她還能說是惦記從小養到大的孩子，可原東良從西疆回來後，事情已經改變了。

他早已不是她記憶裡的小孩子，重新走到她面前時，已經是翩翩少年郎。他是以全新的樣子出現，用堅決的態度告訴她，他長大了，能保護她，能為她遮風擋雨。

見面那瞬間，這名高大的少年，便取代她記憶裡那個沈默寡言的小孩了。

那時，她心裡已經跟著起了變化，卻只以為，她是心疼他一個小孩就要受那樣的磨難。卻沒仔細想，周氏好不容易找到親孫子，怕是把原東良疼到了骨子裡，哪會讓他吃苦受累。

寧念之忍不住露出笑容，所以，其實她也是喜歡他的？這是不是就是兩情相悅？是不是能和爹娘一樣，一輩子恩恩愛愛，除了彼此，再沒有別人？

若是……若是原東良能保證這一點，那嫁給他也行。至於遠嫁，總會有回來的一天吧？

第五十一章

寧念之想了整晚，第二天起來時，腦袋就有些昏昏沈沈的。

寧寶珠在旁邊戳她。「大姊，趕緊起來，咱們到河邊釣魚去。昨兒晚上妳不是答應我了嗎？要是去得太晚，就要中午了，那會兒可是很熱很熱，我才不想在外面待著呢。大姊，妳快起來。」

寧念之有些鬱悶，翻個身打哈欠。「我太睏，不去了，妳自己去吧，帶著安成他們，再多叫上幾個丫鬟、婆子。」

「大哥要走了，妳不送送？」寧寶珠想了一會兒，忽然問道。

寧念之搖搖頭。「回京後就能看見了，送什麼送啊？」

昨晚她剛想清楚，這會兒突然見面，會不好意思的，等她能保持臉上表情不變時，再去見吧。

寧寶珠不知道裡面的緣由，繼續想別的辦法引誘寧念之起床。「今兒廚房做了一種菜餅子，很好吃，妳想不想吃？」

寧念之搖頭。「不想吃，也不想喝什麼東西，只想睡覺。妳別在這兒嘮叨了，反正我是打定主意不起床。妳要是想玩便自己去，再不去就中午了。」

寧寶珠沒辦法了，只好起身走人。

原東良吃完飯，又看看寧念之的院子，猜著人應該還沒起床，便翻身上馬。

「娘，我先回去了，過兩天再來看你們。太陽升起來了，您快進去吧，別曬著了。」

馬欣榮目送著原東良走遠，這才轉身回房休息。

寧念之睡到快晌午才起床，吃了午飯，寧安越精神好得很，鬧著要去樹林裡乘涼，寧念之沒辦法，只好帶他去，順便拿了鏟子和籃子。聽廚房的人說，樹林裡也有些野菜，正好採回去，晚上加菜。

也不知道原東良被什麼事絆住了，回去之後，又過了五、六天，居然都沒再來莊子看看，大概又被自家爹爹看住了吧？

可晚上睡覺時，寧念之便翻來覆去地睡不著。她剛剛想明白自己的心意，這時像是情竇初開的小丫頭，恨不得時時刻刻都能見到心上人。

上次是不好意思，但時日長了，就有些惦記了。不知道原東良在府裡吃得如何、睡得如何？大熱天的，別中暑才好。這會兒她在想他，那他是不是也在想她呢？

寧念之想來想去，實在睡不著，索性爬起身，窸窸窣窣穿了衣服，躡手躡腳地出了門。虧得寧寶珠白天玩太瘋了，晚上睡得沈，要不然，她真不一定能出去。

走下臺階，寧念之站在院子裡，仰頭看著頭頂的夜空。她好不容易出來一回，打算對著月亮抒發情懷，說不定文思泉湧，也能作出一首好詩，結果……竟然沒月亮！

她悶悶不樂地嘆口氣，打算回房睡覺。算了，她也不是那種會傷春悲秋的人，不就是想見見原東良嗎？過兩天回京，便能見到了。

寧念之剛上臺階，便聽見牆那邊傳來一聲輕響，迅速轉頭，盯著那邊看。想起今兒寧寶珠拎回一根棍子，說是用來玩推圈兒的，遂憑著記憶摸到牆角，把棍子握在手裡，心思急轉。

因為馬欣榮懷著孩子，來莊子時，寧震不放心，派了好些個親兵，守在莊子周圍，又有婆子、家丁巡邏，按說，不會讓人摸進來的。但對方若是功夫高，便說不準了。

如果真有人闖進來，她不一定打得過，但也不能逃走，屋裡可還有個寧寶珠呢，不能扔下妹妹。而且，馬欣榮的院子就跟她們的院子挨著。

若是出其不意，說不定她能偷襲成功……就算不成功，大聲叫人，然後堅持一會兒，說不定也能撐到救兵來。

寧念之心裡著急，又有些害怕，生怕來的是個功夫高手。但最近京城沒出什麼功夫特別高的賊寇啊，難不成是她運氣不好，今天正好遇上？

顧不得多想，她躡手躡腳地走到牆下，那邊的腳步聲已經停了，牆上倒是有動靜，大概是正在爬牆。

寧念之貼牆站著，盯著牆頭，連眼睛都不眨。

等牆頭上有個腦袋尖冒出來，她就迅速地將手裡的棍子砸過去。

「哎喲！」她動作太快，那小賊沒提防，被砸個正著，輕呼一聲，然後沒動靜了。

寧念之知道自己暴露了，正打算喊人，卻聽那邊問道：「妹妹？」

這聲音有點耳熟啊……寧念之眨眨眼，隨即哭笑不得了。

「大哥，這大半夜的，你怎麼過來了？來就算了，還不走正門，居然翻牆，要是被人看見，像什麼樣子！」

原東良重新爬上牆，扒在牆頭往下看。

「我也沒辦法啊，白天沒空過來，現在爹是往死裡操練我，白天看書，吃了晚飯要練武，大半夜的還得沙盤推演。可我實在太想妳……咳，想你們了，所以只能趁著這會兒過來看看。」

寧念之抽了抽嘴角，自家爹爹果然防範得夠緊，怕是除了吃飯外，只給原東良去茅房的工夫了。

「那你也不能翻牆啊！幸好是我沒睡，我若睡了，你打算怎麼辦？」寧念之又瞪他。

原東良尷尬地笑了笑。「我只打算在院子裡站站，然後就回去的。」

他知道寧念之和寧寶珠睡在一起，當然不可能偷偷進屋了，只能在院子裡站會兒，若能和妹妹說兩句話，就很滿足了。沒想到，居然還能見到人！

雖然沒有月亮，但對原東良來說，完全不成問題，照樣能把下面的妹妹看得清清楚楚。

幾天沒見，妹妹越發漂亮了！

「這兩天，妹妹吃得可好？」原東良沒話找話說。

寧念之抬手揉揉脖子，頭仰得太久，脖子有些痠痛。

原東良見狀，索性翻身進來，伸手幫寧念之揉脖子。

寧念之一時沒反應過來，然後，脖子就被人按住了。瞬間，身上的寒毛全豎起來。

兩輩子加起來，除了祖父、爹爹和兩個弟弟，還沒有別的男人能碰她脖子後面呢。而且，這人還是她剛剛確定有點喜歡、將來可以嫁的人。

這感覺有些害羞，又有些熱，覺得那手掌像是……不太柔軟的皮毛，帶些粗糙，卻揉得脖子很舒服。

「這麼晚了，妳怎麼還沒睡覺？」原東良問道。

寧念之好一會兒才反應過來，含糊道：「你不也沒睡嗎？」又有些欲蓋彌彰地說：「白天時睡得太多了，所以這會兒睡不著。若你白天沒空過來，晚上也不用這樣來回跑，從京城到莊子，至少要一個半時辰，來回就是三個時辰，你這樣趕，一晚又能睡幾個時辰？」

「沒事，又不是天天這樣。」原東良笑著說道，眼睛亮亮地看寧念之。「這幾天有沒有想我？」

跑這一趟，他回去頂多只能睡一個多時辰了。

寧念之無語，抬手在他胳膊上掐了一把，忽然想起來，前幾天，她不是還打算捏捏這人身上的肉，今兒可不就是機會？於是，改掐為拍，雖然隔著衣服，但是這胳膊的結實，還是讓她有些……興奮？

這種高興，怎麼來得有點詭異呢？她高興個什麼勁兒？

「想了。想你，想爹，想爺爺。」寧念之一本正經。「要是你們都能來莊子上避暑就好了。」

原東良正高興呢，又被後面跟著的兩個稱呼打擊了一下，心情有些黯淡，還得安慰自己，不要緊不要緊，現在他還是妹妹心裡挺重要的人。爹爹和祖父都是長輩，除掉他們，他還是有希望的。

「爹和祖父要上朝，怕是沒空，今年皇上也沒打算去避暑山莊，倒是可惜了。」原東良說道，看看寧念之身上的衣服，又問：「妳冷不冷？這莊子上，晚上還是有些冷的，妳穿得是不是太少了些？」

寧念之看看自己身上的衣服，不算太薄，是白天穿的那套，丫鬟們還沒來得及拿去洗，遂搖搖頭。

原東良聽了，抬手捏捏她手心。「不冷就好。那累不累？咱們到那邊坐一會兒？」

寧念之哭笑不得，這就是找機會親近一下？

不過，院子裡有石桌石凳，她倒也沒反對他的提議。

寧念之剛打算坐下，原東良又趕緊拽住她。「我聽說，女孩子不能受涼的，這石凳太冷，先別坐。」
說著，他將自己的衣襬扯過來，疊了兩下，鋪在石凳上。可這樣一來，原東良的身子便不得不往前傾，和寧念之的距離，只隔了兩條胳膊。
寧念之有些不自在。「我進去拿個墊子吧？」
原東良點頭，看寧念之進去，有些惋惜，差一點，他就能碰到妹妹了。妹妹身上的味道真好聞啊，不知道用了什麼胰子？
寧念之拿著墊子出來，鋪上石凳後坐下，沒話找話道：「爹說，八月的西山秋獮要帶上大哥，大哥最近可要多多練武，到時候在皇上面前好好表現一番。」
原東良立即點頭。「妹妹放心，我定會努力，不會讓爹和妳失望的。」
「妹妹，妳想不想到西疆看看？」原東良猶豫了一下，有些緊張地問道。雖然之前問過妹妹，但他還不肯放棄，想勸妹妹到西疆長住。
寧念之眨眨眼，原東良忙道：「西疆和京城完全不一樣，西疆四季如春，冬暖夏涼，鮮花常開，妳想不想去看看？」
寧念之輕笑一聲。「若是有機會，倒是想去看看。」
原東良忙點頭。「我帶妳去。西疆挺好的，住久了，對身體也好。西疆的食物很特別，衣服也和京城的不一樣，妳一定會喜歡的。」
然後，他開始絮絮叨叨描述西疆的風土民情，從花花草草到風俗節日，寧念之安安靜靜聽著，偶爾插嘴問兩句。

原東良越說越開心，寧念之則是逐漸犯睏。

倒不是原東良說的內容太枯燥，而是他並非說書的料，再加上時辰越來越晚，寧念之的睏勁上來，有些撐不住了。

「妹妹，妹妹？」快睡著時，忽然聽見兩聲叫喚，寧念之不太願意睜眼，然後，身邊便沒聲音了。

她迷迷糊糊地想，這會兒原東良回京，城門會開著嗎？

不對，城門不開，他是怎麼出城的！

猛然一驚，正打算抬頭問問，卻感覺額頭上忽然多了個東西，溫溫軟軟，便驚呆了。

不用看她都知道，他……他居然敢親她！

不過，原來被人親一下是這樣的感覺啊。沒等寧念之多品味一下，原東良就推了推她。

「妹妹，快醒醒，太冷了，不能在外面睡，回房再睡好不好？乖，快點起來。」

寧念之裝不下去了，睜開眼，又不好意思面對原東良，遂做出睡迷糊的樣子，讓他牽著走回房，替她關了房門，才忍不住撲到床上打滾。

天哪天哪天哪！她居然被親了一下！他居然這麼大膽！

好不容易從羞惱中恢復，寧念之忽然想到另一件事，他到底是怎麼從城裡出來的？這時候城門早關了吧，難不成也是翻牆？

想到這裡，她便一陣氣惱，若真是這樣，那他實在太大膽了。城門的守衛可不是莊子能比的，城牆上裝有機關，若被人發現他翻牆，不用一炷香工夫，就能把他射成篩子。

但若不是翻牆，那他到底怎麼來的？

寧念之坐起身，忽然反應過來，這會兒就是想問都問不到，那人早就跑了！

都是這個親吻太壞事了！要不是他親了她一下，她也不會忽然犯糊塗，忘記問這回事。

若他這次得了甜頭，下次還照樣去翻城牆，可怎麼辦？

頭一回能安安全全地來，算是走了狗屎運，可好事不可能一而再、再而三地降臨到他頭上，萬一被發現了呢？

想著，寧念之睡不著了，這會兒城門還沒開，原東良該不會打算翻牆回去吧？越想越著急，索性起身，急匆匆開了門往外跑，希望來得及攔住他。

「去哪兒？」

剛開門就聽見聲音，寧念之抽了抽嘴角，看著站在門口的人。

「你沒走？」

「我捨不得走。」

原東良也不傻，相反地，他比寧念之更敏銳，隱隱約約察覺到她的態度和以前不太一樣，送她回房後，就站在原地思索起來。

這還沒想出結論呢，就見寧念之急匆匆地跑出來了。

「妳怎麼了？這麼匆忙，可是發生了什麼事情？」原東良關心地問。

寧念之鬆了口氣，然後抬手使勁捏了原東良的胳膊一把。

「我問你，你是怎麼出城的？城門不是關了嗎？」

「妳擔心我？」原東良挑眉問道。

寧念之哼哼兩聲。「你是我大哥，我不擔心你擔心誰？安成和安越還小，才不會出去闖禍讓我擔心呢。」

原東良有些沮喪，好吧，剛才是他想太多了嗎？因為太希望妹妹也喜歡上他，所以誤會了？

「妹妹不用擔心，我不是翻牆的。」原東良打起精神，抬手摸了摸寧念之的頭髮。「我是光明正大地出來。今天晚上守城門的人，是我的朋友。」

寧念之眨眨眼。「朋友？」

「嗯，前段日子剛認識的。」原東良笑著說道。

寧念之皺皺眉，有些不自在，在她不知道的時候，這人認識了新的朋友。明知道這樣才是正常的，他們又不是一個人，這個人做什麼，那個人就必須知道，但心裡還是不舒服。

想當年，在白水城，原東良認識的人，有哪個是她不認識的？

好吧，現在不在白水城，他們也不是天天要結伴出去打架的小孩子了。

「可這樣也不安全，萬一被人告上去……」私開城門被抓到，那人也落不得好。

因著原東良的私心，連累到他的朋友，寧念之還是有些不好意思。「下次你別來了，不然，我就不見你了。」

原東良忙點頭。「我知道，只這一次。下回我白天過來，定不會讓妹妹擔心。好了，時候不早，妳趕緊回去睡覺吧。」

原東良抬手，幫她把頭髮往後面順了順，笑著擺擺手。

「我要回去了，改天再來看妳。若是在莊子閒得無聊，就看看書、寫寫字、畫畫圖，回頭送我兩幅妳在莊子上作的畫？」

寧念之笑著點頭，擺擺手。「你先走，我看你走了再回去睡。」

原東良點點頭，兩三步到牆邊，蹬著下面的石頭，往上一翻便坐上了牆，再朝裡面揮揮手，然後跳下來，過一會兒，連腳步聲也沒有了。

寧念之這才打個哈欠，打算進屋睡覺，卻見寧寶珠正迷迷糊糊地站在她身後。

「大姊，剛才有人來嗎？」

「沒有。妳是不是睡糊塗了？」寧念之一本正經地推著她往床邊走。

寧寶珠點頭。「那應該是我睡糊塗了……我總覺得聽見說話聲，伸手一摸，沒摸見大姊，還以為是有人過來呢。」

「沒有沒有，趕緊睡吧。」寧念之說道，自己也跟著上床。心裡沒事，也犯了睏，沒多久便睡著了。

第五十二章

原東良是真聽話，說不過來就不過來。直到六月底，都沒再出現過。

馬欣榮開始讓人收拾東西，準備回京。雖然在莊子住得挺逍遙自在，但論起舒服，肯定還是府裡好。

寧寶珠也想念自家娘親了，不停地抱怨。「這些日子，大伯父跟大哥都知道送些東西來莊子，關心關心，我娘卻連問都沒問過我。我看啊，她又將我忘到腦袋後面去了。」

「妳別這麼想，二嬸大概是覺得我娘能照顧好妳，才放心的。」寧念之笑著安慰她。

馬欣榮在前面馬車裡聽見姊妹倆的動靜，忍不住笑。「這兩個丫頭，感情倒是好。」

陳嬤嬤也笑。「到底是從小一起長大的，年紀又相仿，感情好是自然的。」頓了頓，又道：「二姑娘性子單純，我瞧著，和二夫人不一樣。」

「那當然，寶珠從小和念之玩在一起，唸書、學規矩也一塊兒，自然和念之一樣單純善良。」馬欣榮說道。若跟在二弟妹身邊長大，那就不一定了。

說起來，二弟妹應該謝她呢，但人家才不會這麼想，就當她給閨女找了個伴吧。將來二弟妹若能安安分分，看在閨女分上，也讓寧寶珠以鎮國公府嫡女的身分出嫁，算是全了她們姊妹的感情。

馬欣榮想著，抬手摸摸肚子。「不知道這胎是男孩還是女孩，我倒盼著女兒呢。這樣，日後念之出嫁了，身邊也不至於連個貼心的人都沒有。」

「就算姑娘出嫁了，還是夫人的貼心小棉襖。」陳嬤嬤笑著說道。

馬欣榮忍不住笑。「嬤嬤說得是，是我想岔了，男孩女孩都一樣的。」

說著，馬車便出發了。

到了鎮國公府門口，寧念之和寧寶珠先下車，然後就看見寧震領著原東良大踏步過來。

寧震也很想馬欣榮，上下打量她一番，連連點頭。「胖了些，這樣很好。這些天我沒空去見夫人，夫人沒生我的氣吧？」

馬欣榮繃著臉責怪他。「怎麼不生氣？我一個孕婦帶著孩子住在莊子裡，你倒是放心，竟連一次都沒有露面！都不知道你最近在忙些什麼？」

「夫人息怒。」寧震笑嘻嘻地過來扶馬欣榮的胳膊。

寧寶珠衝寧念之做了個鬼臉。「大伯和大伯母還是這麼恩愛。」

寧念之不搭理她，轉頭看原東良，原東良笑了下，攤開手。「喜歡不？」

寧念之低頭瞧了瞧，是個琉璃燒製的小人兒，穿著水藍色衣服，五官挺清楚的，和她有七、八分相似。

寧念之忍不住驚訝。「你找人燒製的？」

呢。

「當然不是，我親手做的。」原東良笑著說道，他才捨不得讓人雕刻自家妹妹的相貌

這東西是從他回京時就開始準備了，本打算當作妹妹的生辰賀禮，但幾天沒見，實在太想念妹妹，遂忍不住拿出來顯擺顯擺，送給她了。

至於生辰賀禮，再說吧，還有一個多月呢，總能找到更好的東西。

「喜歡嗎？」原東良又問了一次。

寧念之喜孜孜地點頭。「喜歡，挺好看的。」

寧寶珠有些鬱悶。「大哥，我沒有禮物嗎？」

原東良沈默一下，道：「忘記帶了。不過，也有準備的，回頭讓人送過來。」

寧寶珠本就知道原東良對寧念之和對她不一樣，不過是隨口問問，知道真有自己的禮物，心情就好了。「那我先謝謝大哥了。」

眾人去了榮華堂，寧博和趙氏都在。趙氏擔心懷孕的寧霏，早幾天回京了。

寧安越仗著年紀小，不等行禮就衝過去。

「爺爺，您想我沒有？我可想您了！每天吃飯的時候想，睡覺的時候也想，爺爺什麼時候有空，就咱們兩個去莊子住幾天好不好？我天天陪著爺爺。」

他逗得寧博哈哈大笑，抱著小孫子，樂得不行。

「我也很想你，天天都想！你不在，書房裡的點心都沒人吃了，我可是給你留下很多很

多呢，這兩天跟爺爺住好不好？」

「好！」寧安越迅速點頭，一群人見過禮，寧寶珠和寧安和也被李敏淑摟進懷裡，問個不停。

寧念之仔細看，覺得趙氏的臉色不大好，忍不住又看李敏淑。

這段日子，李敏淑的身子大概好了些，臉色紅紅潤潤，比之前還精神幾分，倒是更好看了些。

「好了，趕了半天路，想來也累，先吃飯再說吧。」趙氏擺擺手，讓人準備了午膳。大家的胃口都還不錯，吃飽了，便各自回房休息。

寧念之出了榮華堂，才湊到馬欣榮身邊問道：「娘，祖母是不是有些不對勁？」

馬欣榮點頭。「看著有些累，但府裡也不用她管家，有什麼可累的？」說著便看寧震。

寧震頂著娘兒倆的眼神，輕咳一聲。「我也不知道是怎麼回事，只曉得前些天老太太去了寧王府一趟，回來就不怎麼喜歡見人了，連我和寧霄過去請安都很少見。」

寧念之摸摸下巴。「難道，是小姑姑在寧王府闖禍了？祖母是在擔心小姑姑？」

「要是妳小姑姑闖禍，老太太不是應該求著妳祖父趕緊替她收拾爛攤子嗎？」馬欣榮搖搖頭。「我瞧老太太的樣子，不像是著急，妳小姑姑應該沒出事。」

「那是為什麼？」寧念之不解，馬欣榮也不知道。

寧震擺擺手。「管她因為什麼呢，只要不鬧事不就好了？她不出聲，咱們府裡還能安生一段時日呢。再過小半個月，寧霏就要生產了，夫人記得準備禮單。」

馬欣榮點點頭，小夫妻倆分別一些時日，有不少話要說。寧念之識趣，不到明心堂門口，便趕緊走人了。

寧念之回了芙蓉院，趁著天色還早，拿出原東良送她的禮物看。放在陽光下，琉璃人偶流光溢彩，十分好看。

她正看得入神，就聽見牆頭有人說話。

「喜歡的話，我下次再多做些。」

寧念之一抬頭，簡直無語，那人又扒在牆頭！連院子裡的丫鬟、嬤嬤們也滿臉吃驚。

「不是有大門嗎？」寧念之抬手指了指門口的方向。

原東良笑著跳下來。「這邊不是近一點嗎？」

寧念之擺擺手，讓人搬來凳子。「以後不許翻牆了。」

原東良拖著凳子，坐到她面前。「喜歡嗎？以後每年送妳一個好不好？」

「好啊，每年的都不能一樣。」寧念之也不客氣。

原東良笑著點頭。「妳馬上就要過生日了，喜歡什麼？我買給妳。」

「唔，什麼都不缺，也不知道喜歡什麼。」寧念之想了一下，搖搖頭。「大哥看著辦吧。欸，你是不是欠了我五年的生辰禮啊？今年是不是要補上？」

「是嗎?我怎麼記得以前每年都有送生辰禮回來?」

他雖然不能回京，但沒忘記每年的節禮，雖然是攢到年底一起送的，但應該是什麼禮，都有貼籤子說明。

「那些不算，只能算年禮。」寧念之反駁了一句。

原東良點頭。「好，妳說不算就不算，回頭我給妳補上。衣服首飾、胭脂水粉，只要妳喜歡，全都買給妳。」

寧念之無語。「這些我自己會買，你不能買些不一樣的東西嗎?」

原東良不說話，只笑著看寧念之。

剛開始，寧念之還不當回事，看一眼又不會掉塊肉，但被看久了，就有些不自在了。

「看什麼看，我臉上開了花不成?」

「這倒沒有，只是妳越來越漂亮了，我忍不住想多看看。」原東良笑著說道。

寧念之的臉更紅了。「啊呸，不知道你從哪兒學來這話，居然跑到我跟前來說。」

說完，她覺得不太對勁，這話太像是小娘子吃醋了。果然，一抬眼，就見原東良笑得比他身後的陽光還要燦爛。

寧念之又羞又窘，趕緊起身，伸手拿起琉璃人偶，要轉身回房。

原東良趕緊跟上，見聽雪、映雪幾個丫鬟都在，遂輕咳一聲，擺擺手。「妳們先出去，我和妳們姑娘說幾句要緊的話。」

丫鬟們看寧念之，寧念之有些賭氣。「有什麼話儘管說就是了，沒什麼別人聽不得的。」

「妹妹別生氣，剛才是我錯了好不好？」原東良無奈，趕緊賠禮。

寧念之斜眼看他，原東良認真地保證。「我妹妹是這天底下最漂亮、最大方、最好的人了，我怎麼誇都不過分。那些誇獎的話，都是肺腑之言，完全沒有討好妹妹的意思。」

這話逗得寧念之忍不住噗哧一聲笑出來，覺得她剛才的表現實在太奇怪了些。她也不是扭捏的女孩子，何嘗有過這樣說話不過腦子的時候？

平日看自家爹娘說起甜蜜話來，她還覺得太不能忍受呢，但在心裡把剛才的對話翻來覆去想一想，竟也有點肉麻，簡直不像她的作風了。

寧念之有些心慌，這種感覺太陌生，有點控制不住自己，說的話、做的事，忽然變得衝動起來。

她什麼時候有過落荒而逃的窘態？可剛才偏偏就不敢對上原東良的眼神，才趕緊逃進房間。若是她願意，鬥嘴從沒落敗過，剛才竟然接不住原東良的話。

「妹妹，真生氣了？」她正有些出神，聽見原東良的聲音，猛一抬頭，然後，就更窘了。

原東良怕她生氣，走過來看她，她抬頭，剛好撞上了他的下巴。

「疼不疼？」原東良忙抬手，按著寧念之的額頭揉。「怎麼這麼不小心呢？」

「不疼。」寧念之有些尷尬地挪開腦袋，又看原東良。「你的下巴沒事吧？」

「沒事，我骨頭硬，不怕撞。」原東良笑道，在寧念之身邊坐下。「不生我的氣了？」

「我什麼時候生過你的氣？」寧念之撇撇嘴，將琉璃人偶放進盒子裡裝好，再看原東良的下巴一眼，沒見紅，骨頭還真是挺硬的。

說起來，他不光是骨頭硬，身上的肉也很硬……忽然臉色爆紅，這個時候想這些，是不是不太對勁？

「這會兒怎麼有空過來？今兒爹沒讓你練武？」寧念之趕緊岔開話題。

原東良笑著搖頭。「你們剛回來，爹肯定要陪娘親，等他想起我，也不知道是什麼時候了，反正明早之前是肯定想不起來的。所以，我難得多了半天空閒。過兩天，我帶妳出去走走好不好？」

「你不是每天都很忙嗎？哪裡有空出門。」寧念之疑惑。

原東良抬手摸了摸她的頭。「八月不是要秋獮嗎？過幾天要開始準備。這次爹負責獵場的秩序跟安全，要忙的事情不少，到時候就顧不上我了。

「對了，到西山，我給妹妹打一隻白狐如何？一隻不夠，多打幾隻，給妹妹做件披風好不好？」

「好。不過，就怕西山沒那麼多白狐。」寧念之忍不住笑。

原東良擺擺手。「西山沒有，別的地方總會有。多找幾處，定給妹妹找齊了。」

這時，小廝忽然在門外喊道：「大少爺，國公爺讓小的來叫您，他給您布置了功課，讓您趕緊完成，明兒他要檢查！」

原東良聽了，本來還帶著笑意的臉色，瞬間換成了哭笑不得。

寧念之噗哧一聲笑了，推他一把。「你快去吧，要是不走，不知那小廝要喊幾遍呢。」

這天夜裡，寧念之睡得正好，忽然聽見外面有動靜，睡意被嚇沒了，睜開眼睛，喊來聽雪。

「外面是怎麼回事？怎麼大半夜的忽然鬧騰起來？」

聽雪一邊點燈，一邊道：「奴婢也剛聽見，聽著像是榮華堂那邊傳來的。姑娘，可要去看看？」

寧念之搖搖頭。「先給我一杯水。」

聽雪聽了，趕緊去外面拎水壺。馬欣榮很注意閨女的身子，從小就不讓她吃太過冰涼的東西，就是夏天，爐子上也溫著水，剛好能入口。

一杯水下肚，寧念之清醒過來了，擺擺手示意聽雪出去，凝神聽榮華堂那邊的動靜。

只幾句，她便聽出端倪了，原來是寧霏要生了，寧王府派人來通知趙氏。這會兒，趙氏正收拾東西，準備去寧王府呢。

旋即，寧念之又有些疑惑，不是八月初才生嗎？怎麼這會兒……這日子可有些不好，雖不是中元節，但也快了，怎麼會趕在這個時候？可是中間出了什麼事？

但這事和她沒多大關係，不管寧霏是在寧王府被人暗算，還是不小心早產了，她一個沒出過門的姑娘也幫不上什麼忙，聽了一會兒，便打算合眼睡了。

可還沒入睡呢，就聽趙氏那邊吩咐道：「叫大夫人和二夫人過來。小姑子要生了，她們倆倒是享福，只顧著自己睡大覺！快叫了她們，陪我一起去寧王府。」

寧念之聽了，臉上閃過怒氣，有完沒完啊！小姑生孩子，確實有讓娘家嫂子跟著母親過去陪產的說法，但這規矩不是定死的，得看情況。

這會兒自家娘親懷著孩子呢，年紀大了，估計是最後一胎，太醫都說要好好養著呢。趙氏真想表現姑嫂情深，只要帶上二嬸就行，三更半夜，竟然還想叫自家娘親陪她去折騰？

「聽雪，我們去明心堂！」

寧念之披衣起床，趙氏讓人去叫娘親，怕正院不好阻攔，她得過去看看。

但走到院門口，她忽然想到，自家親爹這會兒睡在明心堂，有他在，趙氏定不會如意。剛才她是關心則亂，竟然忘了這個。

但既然已經起來，寧念之也沒回去睡，還是過去了。

第五十三章

寧念之帶著聽雪走到半路，就遇見了趙氏那邊的人。

那婆子有些訕訕地對她道：「世子妃要生了，老太太著急，但老太太年紀大了，大半夜的趕過去，怕是撐不住。所以，奴婢想著，是不是請夫人陪著老太太，也好在路上安慰兩句，讓老太太別急壞了身子。」

寧念之忍不住笑了笑，趙氏是個傻的，但她身邊的人倒還帶著腦子。

「二嬸呢？」寧念之直接開口問道。

婆子忙道：「已經讓人去叫二夫人了，只是，二夫人不會說話，老太太最看重的還是大夫人。」

「我娘還懷著孩子呢，大半夜的，不好過去折騰。」寧念之說道。「安慰祖母的事，妳們難道不會做嗎？用不到的時候舌粲蓮花，用得到的時候就變成啞巴，連句話都不會說了？」

婆子的臉色有些發苦。「大姑娘，您行行好，奴婢們雖然會說，但到底只是下人，不敢說得太過分了。但夫人是老太太的兒媳，又是國公夫人，不管世子妃出了什麼事，有夫人在，咱們也能鎮得住場子是不是？」

見寧念之皺眉，臉色不怎麼好看，婆子咬咬牙，遂把能說的、不能說的，全都說了。

「大姑娘，您想想，本來大夫是說八月初才會生，這會兒忽然早產了，怕是這裡面有問題。咱們國公府可不是被人欺負到頭上還要忍氣吞聲的，當初寧王府求娶咱們家的姑娘時，說得多好聽，這才多久，咱們家姑奶奶就早產了。

「這事，要是寧王府不給咱們一個交代，以後咱們家的姑奶奶要在夫家受了委屈，鎮國公府是出面好，還是不出面好？」

寧念之似笑非笑地看她，目前鎮國公府裡沒出嫁的嫡女，不就剩下她和寧寶珠嗎？這次若寧霏真在寧王府受了委屈，鎮國公府卻沒出聲，大家可能會覺得，鎮國公府不重視寧霏。但寧博還在，以前寧霏是他手心裡的寶貝，因此，看在寧博的面子上，鎮國公府不能不出面。

既然不是因為鎮國公府不重視而不出面，那還有兩個可能，一是寧霏作了孽，鎮國公府沒臉出面；另一個就是鎮國公府沒這個例，絕不會為出嫁的女兒出頭。

雖然大家都不是傻子，不會輕易相信第二個，但總會有人覺得，寧家姑娘的身價沒有想像中那麼重，在鎮國公府是可有可無的，可以隨便被欺負。

「我倒不知道，祖母身邊竟還有如此伶牙俐齒的人，不如改天我問祖母要了妳，在我身邊說個書、唱首曲兒？」寧念之笑著問道。

婆子暗驚失言，訕訕地笑。「姑娘說笑了，奴婢這不也是為了姑娘們著想嗎？」

「既然祖母打算帶著人到寧王府討說法，那這事就好辦了。」

寧念之神思急轉，長房一個人都不去是不行的，還是那句話，就算不喜歡寧霏，但不能不給寧博面子。

就算寧博也厭惡了寧霏，但親生閨女就是親生的，哪怕是人命關天的大事，他都會想辦法保住她。這不是偏不偏心的問題，而是當父母的本能。

自家娘親懷著孩子，寧霏正在生產，萬一衝撞了，怕她的身子撐不住，自然是不能去的。沒出閣的小姑娘，又絕對不能去這種場合，只要趙氏沒傻，就不會允許她去。

剩下的都是小孩子，不能去。大房連個姨娘都沒有，就算有，也沒資格去寧王府。數來數去，好吧，看來要勞累自家親爹了。

寧念之半點愧疚都沒有，讓人進去通報。

寧震睡眼矇矓地坐在床上，打哈欠看著進來的閨女。「大半夜的，妳不睡覺，跑來這兒做什麼？」

他一邊說，一邊給馬欣榮掖掖被子。「妳睡，沒事。」

寧念之見狀，咳嗽一下，低聲將事情說了一遍。

「我想著，娘親懷著身子呢，大半夜的不好出門，爹的身分貴重，您出面能抵得上兩、三個娘，所以，不如您送祖母去寧王府，順便再和寧王世子喝杯茶？」

寧震斜眼看她。「就是讓妳爹去當個擺設？」

「也不算擺設，您得聽祖母的。比如說吧，小姑姑要真在寧王府受委屈了，祖母說一聲砸，您就得帶著人，把寧王府給砸了。」寧念之笑嘻嘻地說道。「若祖母說把小姑姑帶回去，您得趕緊駕馬車，將人接回府，聽祖母吩咐就是。」

寧震打著哈欠點頭。「行，我知道了，時候不早，妳趕緊回去休息吧。」

過了一會兒，趙氏瞧見寧震過來了，不知是覺得有寧震在更能鎮得住場子，還是太著急，竟然問都沒問一句，直接擺擺手，讓人出發了。

寧念之聽著馬車出了府，便往被窩裡鑽了鑽。趕緊睡吧，一早還得去太學呢，真耽誤下去，說不定明兒上課都能睡過去了。

早上起來，馬欣榮還沒吃完飯，下人就通報說，原東良過來了。

馬欣榮忙讓人叫他進來，原東良身上還帶了些汗氣，明顯是剛從練武場上回來，向她行了禮。

「我聽小廝們說，昨兒晚上爹沒回府，等會兒娘要去寧王府吧？我送娘過去，正好陪著娘，娘可不要嫌棄我。」

馬欣榮立刻笑了起來。「你個男孩子家，怎麼好往那種地方去？只管在家待著就行，自有車夫送我過去。」

「那不成，爹不在家，我就得保護娘親。」

原東良招手，讓陳嬤嬤給他端了一碗飯，又道：「娘可不要剝奪這個讓我表現的機會，我還等著照顧好娘親，得您一句誇讚，然後求爹給我減少些功課呢。」

最近，他真忙得團團轉，連書院也不去了。若是寧震沒空，還有寧博等著，連寧博也沒空時，寧震就送他去馬家，馬老將軍也是從戰場上退下來的。

之前自家祖母出過主意，想娶媳婦兒，討媳婦兒歡心是最重要的，但討得岳父岳母的歡心，也同樣重要。

現在爹爹看他鼻子不是鼻子、眼睛不是眼睛的，只能先從娘親這邊下手了。

到底是把他養大的娘親，多討好討好，說不定娘親就會心軟了。爹爹又一向最疼愛娘親，若娘親能為他說幾句話，還怕爹爹不改變態度嗎？

原東良想得得意，面上卻是半點不顯，略帶幾分歉意地對寧念之說：「我要照看娘親，今兒不能送妳和寶珠去上學了。」

寧念之忍不住抽了抽嘴角，說得好像他多重要一樣，上學這種事，根本用不著他來送好不好？

馬欣榮倒是高興得很，連連點頭。「你有這份心，我就滿足了。不過呢，確實不是什麼重要事情，你在家好好完成功課，等你爹回來檢查，真不用送我過去。」

「那可不行。娘，您不用多說了，我是必定要去的。」

原東良擺擺手，兩三口把飯嚥下去，起身道：「我先去看看馬車準備好沒有。娘，等會兒要不要帶上什麼東西？」

「不用，我都準備好了。」馬欣榮見狀，不推辭了，擺擺手，又看寧念之和寧寶珠。「下午放學了，早些回來，妳們小姑姑不知什麼時候能生完孩子呢，若是……」頓了頓，到底沒說出來。

寧念之不太擔心寧霏，寧寶珠倒是有些擔憂，上課時便有些心不在焉。

姊妹倆在學院熬完一天，等先生出了門，兩人便飛快地拎著書包跑出去，準備回府。

馬車一停，寧寶珠就跳下來，還招呼寧念之。「大姊快點，我看見大伯母的馬車了，說不定大伯母回來啦！」

寧念之趕緊下車，姊妹倆分開走，寧寶珠回去找二夫人問情況，寧念之則先去關心馬欣榮的肚子。

「娘，您覺得身子如何？沒有不舒服吧？」

馬欣榮點點頭，笑道：「沒事，不過就是在寧王府坐了一天。妳小姑姑也生了，是個大胖兒子，有六、七斤重呢。幸好妳小姑姑福大命大，雖然難產，但終歸順利地生下孩子，以後再養個兩、三年，身子便養回來了。」

「那就好。」寧念之也鬆了口氣，雖然她不喜歡寧霏，但也不代表能眼睜睜地看著她去死。

寧念之在馬欣榮身邊坐下，才低聲問道：「小姑姑早產是怎麼回事？是寧王府出了什麼事情嗎？」

見馬欣榮皺眉，寧念之更驚訝了。

「真出事了？上次進宮時，我瞧寧王府老太妃是個明理的人啊。再者，小姑姑也不是那種願意受委屈的性子吧？」

「老太妃雖然明理，但寧王妃不是那麼明理的。」

馬欣榮嘆口氣。「妳小姑姑性子強，但寧王妃心疼兒子，覺得妳小姑姑懷了孕，沒人照顧寧王世子，就給寧王世子找了個貼心人，便出事了。」

其實說起來就是那句話，當娘的都不想看見兒子被一個女人把持住，就像趙氏，覺得多給兒子幾個伺候的人，是對他的寵愛。於是，二房的姨娘接二連三地來，連李敏淑被人算計，趙氏都不當一回事，還覺得是她自己沒本事。

寧王妃也是如此，既然寧霏懷孕了，當然得另外找人伺候兒子，還不能委屈了他，不漂亮的不要、不貼心的不要、不溫柔的不要，精挑細選，選出來的人自然比寧霏好多了。

那姨娘長得比寧霏漂亮，性子比寧霏溫柔，寧王世子沒幾次就被迷住了。之前趙氏去寧王府，就是為了這事生氣的。

但是，寧王世子雖然被女人迷住，卻還是有幾分理智，哄住了寧霏，讓寧霏誤以為這姨娘只是用來糊弄寧王妃的。

雖然趙氏不聰明，卻不糊塗，一眼看出蹊蹺，告訴寧霏要提防，寧霏卻不信。之前趙氏被寧霏傷了心，這會兒又被她頂撞，心裡自然不舒服，沒住兩天便回來了，一下氣女兒太糊塗、不爭氣，一下擔心女兒受委屈，精神自然不怎麼好了。

寧霏糊塗歸糊塗，但對男人偷吃這種事，女人的感覺還是比較敏銳。

之前寧王世子說那姨娘是糊弄寧王妃用的，平日多半還是在寧霏房裡過夜。偏偏，昨兒晚上，寧王世子說要忙正事，歇在書房。寧霏心血來潮，想給他送碗湯，還不許別人進去通報，結果就撞見了滾在床上的兩個人。

這還沒完，畢竟是個姨娘，寧霏心裡也有點底，知道寧王世子的話不能全信，這麼個美嬌娘放在身邊，不可能完全不動心。

糟糕的是，寧王世子在辦事時，和那姨娘說了些不乾不淨的話，牽扯到寧霏。

寧霏器量小，當初寧念之還是小孩子，不過是得了寧博歡心，她都能鬧出事情來。這次，可是她喜歡的男人直接往她臉上搧巴掌，被氣得早產，也不算太出乎意料了。

「那現在怎麼辦？」寧念之挑眉問道。

馬欣榮勾起嘴角。「怎麼辦？自然要寧王府賠禮道歉了。寧王妃給兒子安排姨娘，原是無可厚非，京城裡有六成當婆婆的都這麼做，但她太著急了些，明知這個時候不能讓孕婦生氣，卻非得這會兒安排，有失妥當。其次是寧王世子，他簡直不是個東西。」

馬欣榮嫁得良人，很看不起那些家裡有媳婦兒，卻還要去偷腥的，尤其是在媳婦懷孕時搞出事來的，太讓人看不起。

哪怕不喜歡寧霏，這次馬欣榮也站在寧霏這邊。「回頭定要寧王府給個說法，要不然，就讓妳爹接了妳小姑姑回來，咱們寧家還是能養得起他們娘兒倆。」

寧念之撇撇嘴，真接回來，自家可要不消停了。她就不相信，以寧霏的性子，會感謝為她出頭的寧震夫妻。

不過，這件事，自家爹娘還真不好甩手不管。

寧念之頓了頓，又問道：「爺爺知道了嗎？」

馬欣榮抬手揉揉寧念之的頭髮。「應該知道了。今兒太晚了，不好過去問，明兒再看看吧。」

中元節前一天，太學放了假，寧念之和寧寶珠跟著自家娘親一起去寧王府探望寧霏。

寧霏的神色有些猙獰，顧不得有小輩在場，便和趙氏說：「娘，您可要給我作主，那老虔婆真以為給兩、三件東西就能收買我了？我寧霏是什麼人，連這點眼界都沒有？娘，這次我要讓那老虔婆好看！」

趙氏忙安撫道：「放心，娘的乖女兒，娘定會為妳好好出口氣，必不讓妳受委屈。妳先歇歇，等出了月子，我讓兩個哥哥來接妳，咱們先回家住幾天。這次，要是不讓寧王世子跪著接妳回去，妳也不用回來了！」

寧霏氣哼哼地點頭。「就是這樣，我要他們給我磕頭賠罪！那賤人真以為自己是牌位上的人，竟敢口出狂言，我就讓她知道死字是怎麼寫的！」

寧念之簡直無語，看看馬欣榮。

馬欣榮深吸一口氣。「妹妹啊，這事妳可得先想好了，要讓寧王府做出什麼樣的承諾？或者，給妳什麼補償？」

寧霏怒道：「當然要處死那賤人！以後那老虔婆再不許給我相公塞姨娘，給不給姨娘，我說了算；給哪個丫鬟，也得由我安排才行！」

寧霏剛生完孩子，臉色實在不怎麼好看，失血過多，有些發黃，加上兩天沒睡好，生出了黑眼圈，而且又不能洗澡，這會兒神色猙獰，更顯得有幾分恐怖，連寧寶珠都忍不住往寧念之身後躲了躲。

雖然李敏淑不著調，但是心疼女兒的，見寧寶珠被嚇著，忙道：「這些個事情，她們小姑娘家家的，不好知道太多，不如讓她們去院子裡轉轉？」

寧霏瞪她們一眼，這才叫丫鬟進來，帶姊妹倆去了外面。

「大姊，妳快看！」

進了園子，寧念之的胳膊忽然被寧寶珠推了一下，順著她指的方向看去，忍不住挑眉，倒是巧啊，又遇見熟人了。

「見過三公主。」寧念之領著寧寶珠行禮。

三公主忙抬手，免了她們的禮。「不用多禮。妳們兩個怎麼在這兒？」忽然一拍額頭。「我真是傻了，忘了世子妃是妳們的親姑姑，妳們來看看也是應當的。今兒是洗三禮，我瞧著時辰還早，想先過來看孩子，聽說長得很像世子呢。」

寧念之眨眨眼，哎呀，剛才只顧著聽這些隱私事，差點忘了今兒是洗三禮。再仔細一聽，人聲果然多了起來，有不少是往這邊走的，遂暗暗推了寧寶珠一把。

寧寶珠會意，忙道：「三公主能來，是我那小表弟的福氣，我去幫您看看他醒了沒有。」說完趕緊溜走了。

寧念之有些不好意思。「三公主別見怪，我妹妹就是這麼個急性子……」

「沒事，我多少了解一些。」三公主笑著說道，和寧念之一起慢悠悠地往屋裡走。

「說起來，我好久沒見著妳們了，不如明兒我作東，請妳們吃飯？我家八妹也念叨著妳們。」

「明兒要祭祖呢。」寧念之忙回道。

三公主又拍了拍額頭。「最近越發覺得自己的腦子不好使了，什麼事都忘，妳可別見怪。」

「是不是沒休息好？」寧念之關心地問。「三公主可讓人準備些安神的茶水來喝，過段日子就好了。」

「嗯，回頭我找人準備。」三公主笑道，又看寧念之。「去西山打獵的東西，妳都準備好了？若是沒有，我幫妳準備一份吧，不是什麼貴重東西，就是普通的衣服、弓箭之類的。」

「哎呀，早知道，我就不自己準備了。」寧念之笑道。「我太心急，以前沒去過西山，八公主一提這事，我便回去死纏著我娘，讓她幫我準備各種東西。現在看來，可是準備得太早了。」

三公主忍不住笑。「看來，我不用多操心了。我聽說過，妳娘年輕時，也去過西山呢，一群姑娘裡，就妳娘表現得最出色。」

這個，寧念之還真不知道，兩人說著話，就到了寧霏房門口。

三公主進去瞧了一眼，因為氣味不好聞，所以沒有多待，看過小孩後，便轉身走人了。

第五十四章

三公主是頭一個來的，接下來是其他賓客，有寧王府的親朋好友，也有鎮國公這邊的人。

不過，寧霏在坐月子，不能見風，比較重要的人呢，就帶他們過來看看寧霏；不太親近的，便只在前面等著了。

吉時到，寧王妃抱起孫子放進水盆裡。寧霏好不好不要緊，要緊的是她這大胖嫡孫，可是半點差池都不能有。整個洗三的過程，她都不錯眼地緊盯著盆裡的孩子。

因是寧王世子的第一個兒子，洗三禮辦得挺熱鬧，連宮裡都送來賀禮，一直到下午，客人才陸續離去。

接著，重頭戲來了。

女眷這邊，趙氏帶著兩個兒媳，和老太妃與寧王妃面對面坐著，開始商量事情。男人這邊，寧王領著寧王世子，正對著寧博和寧震父子。

這種場合，當然沒有寧念之和寧寶珠參與的分兒，她們只能跟著寧王府的姑娘們坐在花廳裡，有一句、沒一句地說話。

等到天擦黑，兩邊人才帶著笑，親親熱熱地出了門。

寧博先出來，寧王世子跟在他爹後面，那樣子一看就是挨打了，臉上紅彤彤的巴掌印張揚得很，三、五天裡別想出門了。

寧博輕咳一聲，轉身看趙氏，趙氏繃著臉微微點頭，這才說道：「你們別送了，得了空，我們再聚。」

說著擺擺手，領著寧家人回去了。

上了車，寧念之趴在馬欣榮身邊問結果。

馬欣榮撇撇嘴道：「還能怎麼辦？先將那姨娘送到莊子去，然後寧王妃給妳小姑姑一些補償，有一座莊子、兩間鋪子，還有幾件珍寶。

「不過，寧王妃並不虧，妳小姑姑生的是男孩，是她的嫡長孫，這些東西給了妳小姑姑，其實就是給了她的孫子。

「至於妳小姑姑，若寧王世子能好好哄哄她，出了月子還照舊過；若哄不好，妳祖母就打算把人接回來了。」

寧念之聞言，嘆了口氣。「但願寧王世子口才好些，能說會道，早點把小姑姑給哄住。」

馬欣榮噗哧一聲笑出來。「這倒是簡單得很。我估計，一個月後，妳小姑姑是怎麼都不願意回娘家來的，我瞧她也不是那麼聰明的人。」

有些人啊，不是蠢笨，就是轉不過那個彎，被男人幾句話哄得找不到北。

就像寧霏，其實這事真說起來，定是寧王世子的錯，若不是他縱容，一個姨娘敢在床笫之間辱罵嫡妻嗎？

偏偏出了事，那叫紅袖的姨娘被打發走了，寧霏話裡話外，還要說是紅袖勾引世子，迷住了他。說好聽點，是夫妻一體，護住寧王世子的面子；說得不好聽，就是她被個男人迷住心竅，腦子都沒了。

馬欣榮感嘆兩句，然後抓緊機會教育寧念之。「日後妳若是嫁人，定不能看上寧王世子這樣的，外表看著光鮮，長得好、文采好、風流倜儻，但實際上最是沒擔當。

「妳看看今兒這事，站在妳小姑姑這邊來說，表面上是她得了好處，但男人被傷了面子，心裡說不定多不高興呢，哪怕回頭不納妾，怕也不會像以前一樣和妳小姑姑親近了。

「而站在紅袖那邊看，寧王世子著實太無情了些，這事也不是一個丫鬟能做成的，最後卻是犧牲丫鬟，在他心裡，怕是人命如草芥。又好色、又沒擔當，那張臉也是油頭粉面的。」

馬欣榮喜歡寧震這樣的漢子，自是覺得寧王世子那樣的白面書生太過油滑。

雖然閨女才十一歲，但女學距離男學那麼近，難免會有學子動歪心思。

馬欣榮覺得，堵不如疏，越是不讓閨女知道男女感情的事，怕她越是容易被人糊弄。說清楚，講明白，閨女至少會識人，不管是現在還是將來，都不會被人迷昏了頭。若以後閨女能和夫婿兩情相悅，自然最好；若是不能，也要先保護好自己。

寧念之被念叨得臉色發紅，一會兒想想原東良，若他遇上這樣的事情，原東良會是什麼反應？一會兒又想想爹娘的態度，現在看來，爹娘是很不同意的，怎樣才能讓他們同意呢？

她想了一路，下馬車時沒注意，一腳踩空，栽了下來。

寧震剛扶馬欣榮下車，一時半會兒沒注意到這邊，聽見寧念之驚呼一聲，已經來不及了，遂不忍心地合眼，生怕看見閨女摔得滿臉開花，卻瞧見原東良迅速竄過來，在自家閨女臉著地前，把人給拽住了。

寧震這才鬆了口氣。「念之，妳怎麼回事？下馬車時沒瞧著點嗎？這回虧得有東良在，不然，妳就要直接栽下來了！」

「爹，我不是故意的。」寧念之無語，仍有些驚魂未定，真是臉朝下啊，萬一原東良沒抓住她，鼻子就要直接撞在地上，萬一撞斷了怎麼辦？

馬欣榮見狀，趕緊道：「好了好了，快看看磕到哪兒沒有。」

寧念之抬抬腿，拍拍胳膊，搖搖頭。「沒有，謝謝大哥了。」

原東良揉揉她的頭髮。「沒事。不過爹說得對，以後可要多小心些才好。這次幸好我在，若下次我不在呢？」

「知道了。」寧念之無奈地攤手。「以後我會更注意的。快走吧，祖母都走遠了，今兒大哥留在咱們家吃飯？」

原東良猶豫一下，對上寧震的眼光，立刻搖頭。「還是不了，我祖母一個人待在家，我不放心，先回去陪她吃飯，吃完飯再過來。」

寧念之忍住笑，點點頭。「那行。大哥快回去吧，馬上要天黑了，早些吃了飯，早些過來。」

寧震哼哼兩聲，扶著馬欣榮往裡面走。

馬欣榮有些猶豫了。「其實，除了西疆太遠，東良這小子，是最合適的人。」以往寧震聽到這些，都要辯駁兩句，但今兒不知道是怎麼回事，竟不出聲了。

馬欣榮嘆口氣。「可真是太遠了，女孩子嫁人後，本就要辛苦些，還是遠嫁，怕是受了委屈，我們都不知道。」

又想到寧霏，這還是在京城呢，都能被人這樣欺負。也幸虧是在京城，寧霏一出事，自家就能馬上過去幫她討公道。

若換成寧念之，生孩子時，沒個親人在身邊，萬一、萬一和寧霏一樣，難產了呢？萬一也被相公給氣著了呢？

可再換個想法，若嫁給原東良，必定不會和寧霏一樣，被相公和姨娘聯手氣得早產加難產啊。

「念之還小。」寧震憋了半天才說道。

馬欣榮點頭。「對，這事……不著急。」

寧王世子真是口才了得，也不知他是怎麼勸解寧霏的，反正，後來寧霏再沒讓人送信來鎮國公府，叫家人去給她撐腰。

趙氏去了兩回，頭一次被氣得回來，也不吃飯，睡了兩天。第二次回來，卻笑咪咪的，心情好得不得了。雖然寧念之好奇她在寧王府遇到了什麼事，但沒工夫去追問。

因為，八月到了，要去西山打獵了。

西山在京城西邊，有點遠，幾乎有一個京城那麼大，皇帝不去時，整座山都被圍起來，裡面放養著各種飛禽走獸。

在皇帝去之前，寧震已經帶著人來查看過，圍場裡不能有太大的野獸，像熊之類的，還得再放些有象徵意義的動物，比如鹿。

最重要的是檢查圍場周邊，不能有漏洞，要安排布防與巡邏，出點差錯，就是要掉腦袋的事情。

為了這事，寧震提前十天出發，所以寧念之姊妹倆便跟著原東良和馬家人一起去西山這邊，寧念之收拾東西，那邊馬欣榮正拽著原東良囑咐。

「一路上要跟緊你外祖父家的馬車，皇上不會等後面的人，若沒跟上，到時候便不好進去了。

「另外，有什麼事情拿不定主意，就去問你外祖父。」

馬欣榮說著，忽然一拍額頭。「瞧我這記性，竟忘記了，這次你祖父也要去。你這就過去問問他，看還有什麼要帶的，得帶齊全了。」

原東良忙應一聲，趕緊出門去找寧博。

自從把爵位傳給兒子後，寧博的日子過得越發順心了，要麼在家帶帶孫子，要麼就和老伙計出門玩玩。心裡沒事，吃得好、喝得好，寧震又請太醫開了養身的方子，寧博倒是越過越年輕了些，老當益壯，威武不減當年。

皇帝念舊，瞧寧博身子康健，這次去打獵的名單上，就多了他的名字。

寧博聽了原東良的疑問，豪爽地一揮手。

「路程就兩天工夫，帶些麵餅之類的墊肚子就好，到了圍場，自有人準備飯菜。對了，圍場上不好洗衣服，多帶幾套，剩下的便不用了。」

原東良有些無語。「那弓箭呢？」

「你帶也行，不帶也行，皇上去打獵，還會少了弓箭用？」寧博笑呵呵地說。

「咱們連戰場都去過了，還擔心一座圍場？真不用帶太多東西，不要和你妹妹一樣。我剛聽說了，你妹妹已經收拾出兩輛馬車的東西，嘖，不知道的，還以為她要搬家呢。」

原東良忙幫自家妹妹辯解。「妹妹她們本來就是要去玩的，多帶點東西，有備無患嘛。」

寧博擺擺手。「我又沒說什麼，她們想帶什麼就帶什麼。至於你麼，大男人家的，帶著自己去便行。」

原東良無奈，回去挑挑揀揀，只裝了兩兜衣服，拿上弓箭，就算收拾妥當了。只等著到了日子，跟著大隊出發。

八月初一，皇帝出發到西山，皇城軍開路，士兵們守在大街上，有喜歡看熱鬧的老百姓便擠在大軍後面圍觀。

寧念之和寧寶珠躲在馬車裡，看著周圍熱鬧的情景，也有些激動。

他們半夜就過來了，各家馬車按照身分地位及交情排隊，他們家的馬車跟在馬家後面，原東良騎馬守在旁邊，寧博則去前面找馬老將軍下棋了。

一會兒，馬文瀚騎馬過來，看看馬車，問原東良：「表妹們都在裡面？」

原東良點點頭，馬文瀚便湊上前，隔著車簾道：「表妹不要害怕，有什麼事，叫我一聲就行，我也跟在妳們馬車旁邊。

「今兒人挺多的，要是閒不住，想找朋友說說話，我也能送妳們過去，或者幫忙傳口信。不過，現在街上都是人，妳們先別露面，等出城再說，知道嗎？」

寧寶珠笑嘻嘻地在車裡接話。「知道了，大表哥放心吧。」

對寧念之來說，趕路不算難事，當初從白水城回來，趕路趕了將近兩個月呢，這會兒不過兩天工夫，看看書、下下棋，和表哥表弟聊聊天，就差不多了。

有人來找原東良，衝他招招手。「原兄，我來找你說說話，總這樣趕路，也太沒意思了。你看，我的騎射功夫不是特別好，到了圍場，未必能打到獵物，不如咱們來合作？」

原東良挑眉，那少年忍不住笑道：「好歹咱們是小時候就有的交情，對我不用這樣冷淡吧？來來來，我跟你說，這次呢，我帶了秘製的調料，是千金難買的！」

光聽這兩句話，寧念之便猜出來是誰了，掀開車簾偷偷看兩眼，果然是趙侯爺家的小胖子，趙頤年。

不過，現在他已經不是小胖子了，長大了，身量抽長，小胖子變成了翩翩少年郎，不過，沒有原東良高，但長得也不錯，笑起來眉眼彎彎，看著脾氣特別好。

寧念之戳了戳寧寶珠。「瞧見了嗎？這位公子和妳一樣，最喜歡吃，京城裡哪家有什麼好吃的，他全都知道。」

寧寶珠聽了，低聲嘟囔。「什麼叫和我一樣最喜歡吃啊？我最喜歡的明明是看書。大姊，咱們不是說好了，在外人面前要給我面子，不許說我壞話嗎？」

她一邊說，一邊掀開車簾偷看，然後臉色微紅地轉回來。「大姊，我發現，他長得挺好看啊。」

寧念之抽了抽嘴角。「大哥長得更好看吧。」

「哎，大哥也就那樣，和大伯父簡直如出一轍，不，比大伯父還可怕，整天繃著臉，長得好也沒用啊。」寧寶珠笑嘻嘻地湊到寧念之耳邊說：「這位公子，笑起來挺好看的。」

「我告訴妳啊，就算他長得好看，也不是良配，知道嗎？」寧念之瞇著眼道。

寧寶珠的臉更紅了。「大姊，妳胡說什麼呢？我才多大，什麼良配的，我聽不懂！」

她說完，便不搭理寧念之了，再掀開車簾看看，憋了一會兒沒憋住，又找寧念之說話。

「馬三表哥長得也好看，就是太不正經，嘻嘻哈哈，像小孩子似的。」

寧念之看看外面，趙頤年今年也十六、七歲了吧？不也是小孩子嗎？

難不成，自家妹妹真看一眼就喜歡上了？

「不過呢，我還是覺得，太學裡的明玉公子長得最好看，尤其是穿著學子服時，眉眼有說不出的韻味。」寧寶珠夢遊般地說。

寧念之放心了，小孩子家家的，知道什麼叫一見鍾情？只是看這男子長得好看，感嘆兩句罷了。

「要能讓我摸摸明玉公子的手，給我三盤點心都不換！」寧寶珠握拳道。

寧念之更放心了，估計趙頤年連三盤點心都比不過，但以後可要多注意了，說不定妹妹會被六盤點心拐走。

有美男子看，寧寶珠總算打起精神，一路上和寧念之說說笑笑，也忘記馬車的顛簸了。

第五十五章

太陽快下山時，眾人終於趕到了西山。

寧震和幾個將領在入口等著，看見龍輦，趕緊跪下迎接。

皇帝掀開車簾，笑著招呼。「不錯，朕看外面的守衛，安排得很妥當。」

「多謝皇上誇獎。」寧震忙說道，伸手示意一下。「皇上趕路辛苦，不如先到營地裡休整一番？」

於是，馬車繼續前進，到了營地，自有人將車馬帶下去。營地分成兩部分，前面是男人們住的，後面隔開，是女眷住的地方。

因為寧家沒有女性長輩過來，所以寧念之姊妹的帳篷就搭在馬家旁邊，馬大夫人親自過來，看著丫鬟、婆子收拾妥當才離開。

寧震忙得很，但也抽空讓小廝過來傳話。「國公爺說，那邊有水井，走一會兒就能看見，可以每天派人去拎水，飯菜跟點心也是到那邊拿，找黃色帳篷就是了。

「今兒姑娘們先別亂走，休息一天，明兒國公爺得空，再帶妳們到處轉轉，大少爺已經去國公爺那兒了。」絮絮叨叨，大部分都是馬欣榮在家交代過的。

寧念之倒也不嫌煩，從頭聽到尾，點頭應了。「知道了，你告訴我爹，不用擔心，有大舅母在，有事也能找到人幫忙。對了，明兒咱們去打獵，馬兒在哪裡？」

「東邊馬營。」小廝笑嘻嘻地說道，伸手指了指方向。「那邊是宰殺獵物的地方，太血腥了，姑娘們還是不要過去。」

營地的布置其實和軍營差不多，皇帝的帳篷在最中間，後面一些是皇子們的帳篷，周圍是武將跟守衛。這次皇帝出來，還帶了皇后娘娘與幾個妃子，公主們也跟過來了。

因有皇后娘娘在，大臣也帶了家裡的嫡妻。大大小小的帳篷共有五、六十個，寧念之和寧寶珠藏在裡面，一點兒都不顯。

小廝剛說完，又有人來傳話，說皇后娘娘召見，姊妹倆忙趕過去。

皇后娘娘的帳篷大得很，嬤嬤進去通報，沒一會兒便出來叫她們。

帳篷裡，正中間放著軟榻，兩邊是椅子跟茶几，裡面大約是臥室。

皇后娘娘倚在軟榻上，懷裡摟著八公主，笑意盈盈。

「不用如此多禮，我聽瑤華說，她和妳們很要好，便將妳們當自家晚輩看待。來來來，到我近前來坐。」

「是，多謝娘娘。」寧念之忙笑道，領了寧寶珠上前。

「一段時日沒見，皇后娘娘越發精神了，看著比之前年輕不少呢，可是用了什麼好方子？回頭教教臣女，臣女也好幫娘親準備。」

「妳倒是個有孝心的。」皇后娘娘笑道，轉頭吩咐身邊的嬤嬤。「記住了，回頭內務府送上的胭脂水粉，也給寧夫人送一份過去。」

寧念之聽了，有些慌張地起身。「娘娘，這怎麼敢……」

「無妨，不過些許胭脂水粉。」皇后娘娘擺擺手，把寧念之拉到身邊。「這次妳們姊妹過來，身邊沒個長輩跟著，帳篷可收拾妥當了？有沒有人給妳們講這營地裡吃穿用度的事？」

寧念之笑著回道：「多謝娘娘關心，帳篷已經收拾妥當，吃飯取水的地方，爹也派人來說了。」

皇后娘娘點頭。「那就好。若有不明白的，或者受了委屈，只管讓人來找我。妳們娘親沒來，我必會好好照顧妳們的。」

「有娘娘這句話，臣女忽然覺得十分安心呢。」說著，寧念之有些羞澀地行禮。「到時候，娘娘可別嫌我們鬧騰。」

「妳們這個年紀的小姑娘，個個都跟花兒一樣，我喜歡還來不及呢，哪會嫌棄。」皇后娘娘忍不住笑，又點了點身邊的八公主。「妳們得了空，就帶著這小魔頭到處玩玩，省得她在這裡纏得我煩心。」

八公主頓時不依了。「娘，我才不是小魔頭，我聽話著呢。」

「好好好，妳不是小魔頭。」皇后娘娘忙道，又讓人端點心過來。「眼看要用晚膳了，不如妳們倆留下來陪我一起吃？人多些，也熱鬧不是？」

「娘娘好意，臣女心領了。」寧念之忙道。「只是，臣女是第一次來圍場，心裡惶恐，怕會擾了娘娘。再者，剛才我爹派小廝來說，要一起用晚飯，給臣女講講圍場上的規矩，所以……」

皇后娘娘點頭。「是我疏忽，那這次就算了，明兒妳們一定要來。」又說了幾句閒話，直到嬤嬤過來說晚膳已經準備好，才放姊妹倆離開。

回到自家帳篷裡，寧寶珠才拍拍胸口，壓低聲音道：「雖然皇后娘娘那麼和善，但不知道為什麼，我看見她，總覺得不敢開口說話。」

寧念之伸手戳她額頭。「妳啊，也只是在家人跟前鬧騰，一到外人面前，嘴巴就跟鋸了嘴的葫蘆一樣。不過，妳這性子，確實少說幾句比較好。」

倒不是怕她惹禍，寧寶珠不說話時，看著聰明機靈，但一開口卻成了吃貨。這還沒說親呢，吃貨的名聲先傳出去，以後會有人要嗎？

這話一說出來，寧寶珠就不樂意了。「我又不是吃得特別多，肯定不會把夫家吃窮的。要是看我吃太多就不要我，那我還不去呢，萬一他們家養不起我怎麼辦？」

寧寶珠的話逗得寧念之哈哈大笑，深深覺得自家堂妹就是個活寶貝，有她跟在身邊，整天都能笑開懷。

過沒多久，寧震便派人來叫姊妹倆了。

因這一片是女眷的帳篷，男人不能進來，只得讓她們到寧震的帳篷去了。

寧震的帳篷，和姊妹倆的真是天差地別。

姊妹倆帳篷裡，雖說不能布置得如自己閨房一樣舒服，但軟榻要有、茶几要有、繡墩要有，甚至還要掛個風鈴什麼的。而寧震的帳篷，除了裡面的鋪蓋、外面的隔間，就只擺上了桌椅跟茶具。

「剛才皇后娘娘找妳們了？」寧震一邊坐下倒茶，一邊隨口問道。

寧念之忙把剛才的事情說了一遍，寧震點點頭。

「嗯，這無妨，沒有長輩跟過來，皇后娘娘確實要過問一下，無須擔心。明兒就開始狩獵了，頭一天是男人們的事情，我和東良都要跟著皇上，妳們不許到處亂走，只在帳篷裡待著。我們回來了，自會讓人去叫妳們，知道嗎？」

正說著話，原東良也進來了，寧念之抬頭看看他，又看寧震。「那要是有人請我們出來玩呢？」

寧震點頭。「可以，只是不能走遠，因為所有人手都被皇上帶走了，若走得太遠，出了這個圈子……」伸手比劃一下。「萬一遇上野獸，定不會有人來救。念之，妳是當大姊的，心裡要有分寸，知道嗎？」

寧念之趕緊點頭，原東良將手裡的食盒放在桌上，麻利地將裡面的飯菜端出來。

「明兒妳們還是過來，咱們一起吃早飯。至於午飯，知道去哪兒拿吧？」

他頓了頓，又道：「算了，不知道也沒關係，等會兒我交代一聲，讓人幫妳們送去。」

寧震擺擺手。「不用，別人家都是自己去拿，咱們不要弄得太張揚了，有丫鬟跟嬤嬤，不需要她們兩個親自跑腿，累不著的。」又轉頭看寧念之。「女眷的帳篷後面，沒多遠就有一條小河，若是想洗臉什麼的，也不能獨自過去，知道嗎？」

寧念之不會游水，忙點頭應下。

接著，寧震事無鉅細，從姊妹倆應該吃什麼，一直說到下午要穿什麼樣的衣服。有些之前就說過了，有些是頭一次聽說，寧念之專心聽著，時不時點個頭。

寧寶珠是真緊張，連晚飯都少吃了兩口。不過，這兩天趕路著實累人，晚上她便睡得挺香的。寧念之倒是有些不習慣，林子裡有各種蟲叫聲，她聽了好一會兒，慢慢習慣後，這才睡著。

第二天早上，寧念之是被聽雪叫醒的，睜眼一看，天色已經大亮了。

聽雪和映雪勤快，一個人收拾床鋪、一個人收拾寧念之，寧寶珠的丫鬟同樣如此。

不久，有小丫鬟提飯菜來，唐嬤嬤上前說道：「等會兒皇上就要帶人出發了，姑娘們早些吃完飯，還能看見呢。」

這一說，姊妹倆立即吃快了些，吃完便扔下碗筷出去看。那邊果然是整裝待發，因是頭一天，大家都要好好表現一番，所以特別有精神。

寧念之的目光在人群中掃過，自家老爹跟在皇上身邊，穿著輕便的鎧甲，拎著長槍，時不時警惕地掃過周圍。至於原東良，因為身上沒功名，皇帝身邊肯定不會有他的位置，不過，離得也不算太遠。

皇帝身後是大臣，大臣身後便是各家子弟，有寧震的身分在，又有原家的家世，原東良也是有能耐的，在一群人裡，位置是比較靠前的。

今兒原東良穿了石青色的衣服，騎棕色馬兒，馬上掛箭筒，長弓被他揹著。長槍則繫在馬背上，不到萬不得已，是不會動用的。

寧念之正看得入神，原東良忽然一轉頭，正好對上她的目光，原本面無表情的臉上立即露出笑容，一點都不顯得英俊，倒是有幾分傻傻的。

難得有這樣的機會，一群閨秀聚在一起，嘰嘰喳喳地對公子們評頭論足。

「那個是不是王家的大公子？長得挺好看，就是身量有些單薄，騎馬動作也生疏些，若打不到獵物，可丟人了。」

「應該不至於，就是打不著大的，不還有小的嗎？隨便一隻兔子或野雞什麼的，也能拿來充充門面啊。再者，王公子本來就是讀書人，自是不能跟那些粗魯野蠻的練武之人比。」

「呀，快看，那個是不是曹家公子？早聽說曹公子長相英俊，今兒一看，果然名不虛傳啊。」

「王公子有才學……」

「劉公子武功高……」

「那個，原東良是妳哥哥？」有個小姑娘湊過來問寧念之。

寧念之笑咪咪地點頭，小姑娘便臉紅道：「妳哥哥長得也挺好看的，高高大大，武功肯定也好。」

「是啊，我大哥武功很好的。」寧寶珠探頭過來，將原東良誇成一朵花了。

這時，不光小姑娘們在討論，就是那些長輩們，也湊在一起指指點點的。

距離雖然有些遠，但她們這邊也能模模糊糊地聽見，皇帝先慷慨激昂地說了兩句大好江山之類的話，然後一揮手，眾人便散開打獵了。

原東良衝寧念之這邊揮揮手，然後催動馬兒，也挑了個方向過去。今兒寧震整天都要跟著皇帝，沒空照顧他，想要出頭，就得自己努力。當然，他有這個真本事。

男人們的大隊伍一走，剩下的就都是女眷了。有人坐不住，遂找了小馬兒，在營地周圍溜溜達達地轉兩圈；不喜歡動的，便找了朋友，三五成群說說話、散散步。

這一消磨，便過了一下午。

「回來了！」

太陽快落山時，有人喊了聲，眾人一愣，立即往前趕去。

皇帝一馬當先，後面的侍衛馱著不少東西，最顯眼的，就是放在寧震馬上的那頭鹿，是成年雄鹿，體型十分巨大。

皇后娘娘笑著領眾人行禮，讚道：「皇上精力不減當年，越發威武，竟能獵到這樣一頭鹿，今兒可有口福了。皇上千萬不要忘了臣妾，定要讓臣妾嚐嚐這鹿肉，才算沒白來這一趟。」

皇帝哈哈大笑。「皇后放心，自然少不了妳的。」

然後是太子，太子小小年紀，卻也不含糊，身邊侍衛拖著十幾隻獵物，當然，最顯眼的，依舊是一頭鹿，不過卻是幼鹿。至於這鹿是誰射的，不重要，重要的是，皇帝說是太子打來的，那就是太子打來的。

當即就有不少人誇起來，說太子有乃父之風，讚得太子忍不住紅了臉。有人高興，便有人忍不住惱恨，不過，大皇子他們好歹也是成年人，不至於當場變了臉色。

寧念之看了兩眼，她一個小姑娘，不用管這些事，遂轉頭去找後面的人，很快就找到了。原東良正和馬家兩個表哥在一起，身後小廝的馬上都馱著不少獵物。

見寧念之看過來，原東良立即舉起手裡拎著的東西。

寧念之忍不住抽了抽嘴角，那是……一隻兔子？大哥該不會以為她和小時候一樣，因為要裝乖，所以得表現出非常喜歡這些柔弱的小動物吧？

果然，等皇帝說完話，原東良就拎著兔子過來了。「我記得妹妹小時候最喜歡小兔子，還和安成搶著養。這隻送給妹妹，妹妹喜不喜歡？」

寧寶珠也看寧念之，見寧念之不說話，便拉拉她。「大姊，咱們晚上吃爆炒兔肉吧？」

原東良聽見，抽了抽嘴角，看向寧寶珠，寧寶珠趕緊閉了嘴。

寧念之乾笑，伸手接過兔子。「活捉的？沒受傷？」

「沒有沒有，兔子比較好養活。」原東良忙說道，見寧念之沒露出欣喜若狂的表情，有些遺憾。

「不過，我想了想，咱們還是吃了吧，妹妹若想養兔子，回頭我買更好看的給妳。對了，今兒我還獵了隻白狐，回頭讓人將皮毛弄好攢著，等過段時日，給妹妹做披風。」

寧念之忍不住笑，把兔子塞給原東良。「多謝大哥了。大哥覺得，今兒能拿頭籌嗎？」打獵也有比較的，尤其是他們這些勛貴子弟，誰能奪得頭籌，便能在皇帝心裡留下印象。若運氣好，說不定可以直接得到官職，有了前途；就算運氣不好，這會兒在皇帝心裡有了好印象，回頭不管謀個侍衛差事還是直接進軍營，都比較容易些。

這評論本事的標準，自然就是今兒打來的獵物數量，及獵物皮毛的完整了。要不然，別人一箭射中，你卻射個百八十箭的，就算獵物一樣多，也不好說你和人家水準相當。

原東良微微挑眉，看著寧念之，很有自信地說：「捨我其誰？」

第五十六章

晚宴上，皇帝坐在上座，笑哈哈地舉起酒杯。「今天眾兒郎的表現都很不錯，朕見之心喜啊！我大元朝有如此良才俊傑，還愁日後無猛將英雄嗎？」

寧寶珠跟著寧念之坐，頗為緊張。「大姊，妳說，要是大哥能奪了頭籌，皇上會不會有賞賜？」

皇帝臉上一直是笑咪咪的，寧震跟在他身邊，臉色沒什麼變化。

原東良倒憋得住，聽見自己名字時，才微微動了動腦袋，輪到別人時也認真聽著。

寧寶珠就有點控制不住自己的表情了。頭一個唸的是原東良，她可高興呢，若自家大哥能拿第一，說不定皇上真有賞賜。輪到後面，便在心裡一個勁兒地祈禱，其他人的獵物千萬不要比自家大哥的多。因為太緊張，她便伸手掐寧念之，掐得寧念之的胳膊都疼了，

寧念之無語，不就是打獵嗎？但說真的，她也有點緊張，誰不想拿第一啊？能在皇帝面前留個好印象的機會，誰會捨得拱手讓人？

「太子文韜武略，很有皇上當年的風範呢。」

唸完了名單跟打回來的獵物，聽見有人誇讚，皇帝哈哈笑著摸鬍子。「他還小，眾卿可不能將他誇得得意了。」

「太子殿下年幼，第一次參加圍獵，就能得如此成果，可見是皇上平日教得好。」

「有如此太子，是我大元朝的福氣啊！」

「太子殿下很是英勇，不過，大皇子也表現得不錯。地上的兔子好打，但天上的鷹卻不是那麼容易打到的，大皇子能打下一隻，騎射功夫也是極好了。」

皇帝臉上帶著笑意，對誇讚自己兒子的話，只點點頭，等眾人說得差不多，他又換了話頭。「說起來，今兒還有幾位英傑，身手很不錯。這裡面表現最好的，當數……」

眾人緊張起來，皇帝目光轉了一圈，落在原東良身上。「寧震的義子，原丁坤的嫡長孫。原東良可在？」

原東良趕緊上前一步行禮，皇帝上下打量他一番，點頭道：「不愧是原丁坤的嫡長孫，很有你祖父當年的風範。朕聽說，你是被寧將軍帶大的？」

「回皇上，是。小時候機緣巧合，草民被義父義母收養，得虧義父精心教養，才能有今天。」原東良忙道。

皇帝聽了，摸著鬍子笑。「小小少年，身手不凡，今兒能奪得頭籌，朕有賞賜。你可有什麼想要的？」

原東良愣了下，偷偷看寧震，寧震不搭理他，只站在皇上身邊，目不斜視。

原東良壓下心裡的蠢蠢欲動，這會兒他說了，皇上倒是有可能答應，但回家後，肯定要被寧震揍得再也說不了話。

再者，他想和妹妹兩情相悅，要妹妹願意，才將妹妹娶進門。這會兒還不知道妹妹的心思，若是讓皇上下旨，未免太倉促些，惹爹娘生氣，又會惹妹妹不高興，不大划算啊。

「草民吃穿不愁，並沒有什麼想要的。」原東良收回目光，恭恭敬敬地行禮。

皇帝哈哈大笑。「雖然你沒什麼想要的，但朕不能說話不算數。這樣吧，朕聽聞你學的是寧家槍法，便賜你一桿長槍，願你日後勤練身手，熟讀兵法，早日扛起這長槍，為朕保衛大元朝。」

「是，多謝皇上賞賜，草民定不會讓皇上失望。」原東良忙跪下謝恩。

有了頭籌，接下來的人就不太顯了，原東良出了大風頭，有心寬的，便過來捶他兩下、道句恭喜；器量狹窄的，索性不過來了。

皇帝賞完人，喝了酒，晚宴才算正式開始。

寧震得了空，到自家閨女旁邊看看，見原東良還守在這兒，就踹他一下。

「趁此機會，你趕緊去結交幾個朋友，守著妹妹有什麼出息？」

原東良不想離開，但寧震瞪著他，沒辦法，只好一步三回頭地走人了。

寧震招招手，讓人送了兩盤烤肉給寧念之姊妹。「這些太油膩了，不許吃太多知道嗎？等會兒我讓人送些菊花茶來，多少喝一些，解解膩。」

寧念之笑咪咪地點頭。「爹，明兒您還要跟著皇上嗎？」

寧震揉揉閨女的頭髮。「明兒還要，若想出去玩，讓東良帶著妳們。後天爹就有空了，到時候，帶妳們去打獵。」說著，又伸手比劃一下。「我今兒獵了頭小野豬，小野豬肉嫩，明兒讓人送過來，妳們自己烤了吃？」

「好啊，多謝爹。」寧念之忙點頭。

原東良轉了一圈回來，見到寧震，忍不住又鬱悶了。「爹，您不用到皇上身邊守著嗎？」

寧震白他一眼。「我又不是侍衛。來來來，我帶你去見幾個人。」直接扯了原東良起身，往旁邊的人堆走去。

寧寶珠看著別人動手烤肉，稀奇得很，非要自己來烤。寧念之勸不了，只好先把寧震剛才端來的肉填進肚子裡，總比等會兒吃生的強。

不久，三公主也帶著八公主，拿著烤肉過來了。

八公主嘰嘰喳喳地圍著寧念之說話。「念之，妳大哥武功很好嗎？那我明天去打獵，能讓他保護我嗎？他打得過父皇給我的侍衛嗎？」

「這個我也不知道，不過，他應該保護不了妳。護在公主身邊的人，都是皇上精心挑選的，不光武功好，還要有經驗，能眼看六路、耳聽八方，我大哥身手雖好，也只能單打獨鬥。」寧念之忙笑著說。

開玩笑，能被安排到八公主身邊的侍衛，不知道經過了多少競爭，這差事輕巧又不危險，多好啊，讓原東良去跟人家搶，不是要得罪人嗎？

再者，以後原東良可是要上戰場當將軍的，侍衛的待遇再好，能好得過將軍？

「那真是可惜了。」八公主惋惜地說。

三公主笑咪咪地伸手將放在盤子上的肉遞給寧寶珠，又笑著看寧念之。

「今兒妳兄長得了賞賜，怕是明兒全京城都該知道，寧家出了個少年英才呢。過不了幾日，去踏你們家門檻的媒人，便要數不清了。」

寧念之眨眨眼，抬頭看著三公主。

「瞧，不是我說，妳大哥長得真的挺不錯。」

八公主促狹，擠在三公主身邊道：「三姊瞧著如何？長得好、有本事，出身原家，又是寧家的義子。我記得，最近母后正給妳挑夫婿呢。」

三公主捏八公主的臉頰。「別瞎說。這種事情，我們女兒家哪能插嘴。」

寧念之捏著筷子，心裡有些憤憤，表現太好，果然也麻煩。現下原東良十六歲，也到了要說親的時候。今兒他得了皇帝的賞賜，指不定就會有人上門打聽。這會兒，爹娘還不願意讓她嫁給原東良，難不成要眼睜睜地看著他去娶別人？

她總不能衝上去，說不准他娶吧？不對，既然是他先喜歡她，那他自己的桃花債，是不是應當由他自己解決？若連這點事情都解決不了，還是不用想以後了。

「明兒我們也能到處走走了，我和瑤華想打獵，妳們要不要去？」三公主笑著問道。

寧念之搖搖頭。「我爹說，暫時沒空陪我們，得看明天大哥有空沒有。若是他有空，我倒是可以和寶珠一起去轉轉。」

三公主點點頭。「那倒是，得有人陪著才行。我記得妳們是第一次來圍場，倒是不怕遇上野獸，就怕迷路了，走不回來，那才倒楣呢。

「這樣吧，明兒一早，我和瑤華過來找妳們，如果妳大哥不能陪妳們，那就和我們一起走；如果妳大哥能陪著，我也不用擔心了。」

寧念之笑著點頭。「這樣的話，便要煩勞三公主了。」

三公主擺擺手。「一句話的事，又不是要我親自跑腿。明兒咱們回來，也弄個烤肉晚宴，看誰打的獵物最多，然後讓母后給些彩頭或賞賜。」

八公主聽了便拍手。「這個主意好，我也要參加！不過，我年紀小，拉不動弓箭，能不能找人幫忙？」

寧寶珠本來正專心致志地吃肉呢，這會兒迅速接話。「不行，那樣不公平。妳找個幫手，我也找個幫手，到時候是比誰的功夫好，還是比誰的幫手好？」

八公主嘟著嘴，不大高興。「那我拉不動弓啊。」

寧寶珠笑咪咪地說：「我也拉不動，大姊從小練武，我可沒跟著。」

她想了想，道：「這樣吧，咱們倆不跟她們比，咱們去採野菜。我聽嬤嬤們說了，這山裡啊，有很多很多野菜和果子呢，咱們每天光吃肉也不行，得吃點果子跟菜。還有，那邊有河，我可會釣魚了，妳會不會？不會的話，我教妳。」

八公主頓時被吸引住，樂呵呵地和寧寶珠討論起明兒要怎麼玩。
寧念之有些心神不寧，喜歡原東良的人挺多啊，會不會真有人上門提親呢？
三公主則看看這個、看看那個，有些無奈。
兩個小姑娘說好要摘野菜跟釣魚的，結果越說越熱鬧，現在居然還想加上打獵？
八公主貪玩，回去肯定要鬧皇后一場，接下來應該怎麼辦？

第二天一早，寧念之剛起床，就聽聽雪說，原東良已經在外面等了一會兒，遂趕緊梳妝打扮。她本想在帳篷裡吃早飯，卻不知道原東良來之前吃了沒有，索性帶上食盒，跟寧寶珠一起到外面吃。
這會兒入秋了，地上蓋著落葉，偶爾能瞧見草叢上的點點露珠。剛升起來的太陽灑下橘紅色的光，又有小鳥時不時飛過，嘰嘰喳喳叫上兩聲，深呼吸一口氣，頓時覺得心曠神怡。
寧念之攤開手，感嘆一句：「要能一直住在這兒就好了，我都捨不得離開了。」
寧寶珠撇撇嘴。「住個三五天還行，而且也要季節合適。冬天時，帳篷可不頂用，下幾天雪便被壓塌了。到了夏天，會有各種蚊蟲蠅蟻，一不注意身上就被咬出幾個疙瘩。
「而且現在是有侍衛守著，若妳自己住這兒，野獸來了，帳篷頂得住嗎？」
寧念之聽了，伸手掐她臉頰。「我就說那麼一句，妳倒有十句、八句等著我。」
寧寶珠做了個鬼臉，轉頭和原東良說話。

「大哥，今天你都會跟著我和大姊嗎？我們想去哪兒玩都行嗎？我們去打獵好不好？昨兒我和八公主商量好了。」

原東良看寧念之，寧寶珠也知道作決定的是自家大姊，趕緊期盼地望著她。

寧念之想了下，正要搖頭，卻聽見八公主的喊聲。「還以為是我起早了呢，沒想到，你們竟然起得更早！你們商量好了沒有？今兒要去哪兒騎馬打獵啊？」

原東良打量八公主一下，繃著臉道：「八公主跟寶珠太小了，騎馬有危險，不能單獨騎馬。」

寧寶珠不樂意了。「我哪裡小了？我跟大姊一樣大，大姊都能單獨騎馬去打獵，為什麼我就不行？」

原東良沒說話，寧念之趕緊起來和兩位公主打招呼。

三公主瞧見地上還放著食盒，連忙擺手。「是我們來得不湊巧了，你們先吃早飯吧。我帶著瑤華到另一邊轉轉，等會兒再過來。」

寧念之忙道：「不用了，我們剛吃完。三公主可有什麼好主意？咱們上哪兒玩去？」

「我倒是想去打獵，不過，瑤華確實太小了。」三公主笑著說，又看原東良一眼，大大方方地招呼道：「原公子。」

原東良趕緊起身還禮，然後就站到寧念之身邊，不說話了。

寧念之伸手拽了寧寶珠。「我記得昨兒妳們兩個商量半天，說要去釣魚的，今兒怎麼改了主意？」

「你們都去打獵，我們兩個去釣魚，很沒面子嘛。」寧寶珠嘟囔著道。

八公主趕緊點頭。「是啊是啊，很沒面子的。這樣好了，你們不是嫌我們年紀小，不能騎馬嗎？那我牽我的小馬兒來好不好？」

眼看八公主打定主意要跟去打獵了，寧念之沒辦法，只好應下來。於是八公主興匆匆地讓人去牽她的小馬兒來，翻身上馬。但沒想到，不光三公主和八公主過來，太子也到了。

太子面無表情地向大家點頭示意，八公主笑嘻嘻地說：「母后不太放心，所以讓太子哥哥也跟著。人多熱鬧嘛，你們說是不是？」

寧寶珠傻樂呵，看八公主能騎馬打獵，也鬧著騎了自己的小馬兒。

於是，一群人，只有原東良一個能頂事，剩下的不是女孩子，就是小孩子。

寧念之忍不住扶額，這裡面可有太子啊！還有皇帝最寵愛的小公主，出了一點點事，寧家都是兜不住的。幸好，皇后娘娘還算可靠，知道別人大約降不住自家閨女，又特意派了侍衛來，太子身後也跟著十幾名侍衛，加起來有二、三十個，夠用了。

寧念之很相信自家親爹的本事，這圍場的防護是寧震一手布置，應當不會出什麼差池。

於是，幾個人收拾一番，帶上各自要用的弓箭，便出發了。

——未完，待續，請看文創風467《福妻無雙》3

2015年3月出版

如意盈門

文創風 275~277

出身侯門，
別家的嫡女活似寶，自家的嫡女猶如草？
再不想辦法贏回自己的裡子和面子，
未免太愧對她「如意」之名了~~

宅門心計，鋒芒暗藏／暖日晴雲

身為侯府嫡女，雖名為「如意」，前世的她卻與此徹底絕緣，
貴為侯爺的老爹不疼也就罷了，
嫁作王妃竟還被側妃給扳倒，連自己的小命也賠上……
幸虧今生重來一回，讓她得以扭轉命運，
當初父親既以孝為由，將她們母女倆安置到莊子上冷待十年，
如今她也能讓母親以孝婦的美名風光地重回侯府！
不過，這侯門深似海還真所言不虛，
沈老夫人不知與長房結下什麼冤仇，一回府即給足下馬威，
平日更是處心積慮要她們母女倆難堪，
更別說在後頭窺伺家產爵位的嬸娘們了，各個都不省心。
可她沈如意也不是什麼省油的燈，
既然這宅門戰帖已下，
她也就摩拳擦掌，準備出招！

文創風 466

福妻無雙 2

國家圖書館出版品預行編目資料

福妻無雙 / 暖日晴雲著. --
初版. -- 臺北市 : 狗屋, 2016.11
冊 ; 公分. --（文創風）
ISBN 978-986-328-655-4（第2冊 : 平裝）. --

857.7　　105017559

著作者　暖日晴雲
編輯　安愉
校對　黃薇霓　周貝桂
發行所　狗屋出版社有限公司
地址　台北市104中山區龍江路71巷15號1樓
電話　02-2776-5889～0
發行字號　局版台業字845號
法律顧問　蕭雄淋律師
總經銷　知遠文化事業有限公司
電話　02-2664-8800
初版　2016年11月
國際書碼　ISBN-13　978-986-328-655-4
原著書名　**《重生之改命》**，由北京晉江原創網絡科技有限公司授權出版

定價250元
狗屋劃撥帳號：19001626
網址：love.doghouse.com.tw　E-mail：love@doghouse.com.tw